洒落的心语

侯合心　著

中国金融出版社

责任编辑：肖　炜
责任校对：刘　明
责任印制：陈晓川

图书在版编目（CIP）数据

洒落的心语（Saluo de Xinyu）/侯合心著 . —北京：中国金融出版社，2017.7

ISBN 978 - 7 - 5049 - 9026 - 6

Ⅰ.①洒…　Ⅱ.①侯…　Ⅲ.①散文集—中国—当代　Ⅳ.①I267

中国版本图书馆 CIP 数据核字（2017）第 111807 号

出版　**中国金融出版社**
发行

社址　北京市丰台区益泽路 2 号
市场开发部　（010）63266347，63805472，63439533（传真）
网 上 书 店　http://www.chinafph.com
　　　　　　　（010）63286832，63365686（传真）
读者服务部　（010）66070833，62568380
邮编　100071
经销　新华书店
印刷　保利达印务有限公司
尺寸　169 毫米×239 毫米
印张　15.75
字数　196 千
版次　2017 年 7 月第 1 版
印次　2017 年 7 月第 1 次印刷
定价　39.80 元
ISBN 978 - 7 - 5049 - 9026 - 6
如出现印装错误本社负责调换　联系电话(010)63263947

序

  侯合心，1986 年考入西南财经大学攻读硕士学位，在学院统一分配导师与学生辅导关系时，他被分配在我的名下。当然，这种师生关系并不代表我们是第一次认识，因为在四川财经学院（西南财经大学前身）恢复招生后的第二年，侯合心就考入本校银行系，成为七九级 121 个学生之一，而当时我也刚刚落实政策回到大学讲授《货币银行学》课程。

  在四川财经学院 1978 年和 1979 年两级本科学生中，社会青年考生占有较大比重，也正是因为这样一种学生结构，作为经历过特殊历史和陷入过困惑的师者，不由自主地要对他们这一代人进行文化和历史定位思考，思考的内涵虽因历史复杂而复杂，但结论却是很清晰的：他们和我们这一代人之间属于"有交替和有区别"的两代人。有交替，是因为我们这两代人都共同经历了中国那段将永远存续于民族记忆的特殊历史；有区别，是因为在我们共同经历的那样一个特殊历史时期，他们这一代人因为年龄的缘故，还无法对一切所见和所感进行深邃的社会学思考，而我们这一代人却有能力而且也必然要对所经历和承受的一切进行哲学和政治学思考。也是基于这样的思考，在 20 世纪 80 年代社会相对宽容、曙光乍现的时候，我曾经为他们这一代人的幸运而感到欣慰。

  在侯合心研究生学习期间，大致知道他是一个在极度困境的生

1

活环境中长大，并完全靠着自身努力，以一个仅仅有"文革"时期农村初中教育基础考进大学的。侯合心属于"文革"时期经历过苦难一代年轻人中不甘认命的群体之一员，有个性坚韧的一面，同时也因为历史造就而有个性逆反的一面。毕业后，他和他们这一代考上大学的所有年轻人一样，在带有传统"功成名就"内涵的所谓"事业伦理"的驱使之下，开始了自己的人生追求，这些都反映在他本科毕业后三次进入工作单位工作，两次脱产再进入大学学习的过程中。

2003 年的 11 月，七九级同学毕业 20 周年回校纪念时，侯合心回到学校，我们见了面，当时他正作为中央博士服务团成员在南方某省的省政府工作，记得在我们交谈中，他告诉我：省政府很快会委派他到地、州去任职，从他说话的语气，能清晰感觉到我的这个学生不经意流露出的某种向往和喜悦。但不知什么缘故，2005 年他从国有大银行总行辞职，只身去了南方的一所大学当了一名老师，这样的结果显然并不是 2003 年 11 月他在回学校参加年级聚会时向我表达的那个结果。

2009 年秋天，七九级学生再次因入学 30 周年纪念在成都相聚，我们师生二人也再次在成都光华村见面。这一次见面交谈中，他向我说到类似于 2003 年见面交谈时说到的、但抉择截然不同的经历：2007 年正在北京大学做访问学者时，所在大学干部任免部门致电问其可否任职于他所在的学院，但他甚至都没有问一问究竟任什么职，就婉言谢绝了。我认真地听完了他的讲述，保持了与 2003 年那次一样的态度，没有说任何带倾向性的话。之所以这样，原因在于：从内心讲，我仍然不能断定这样的抉择是否就是他个性的某种复归，更无法确定这种复归是否就反映他作为一名知识分子，基于某种成熟和有良知文化人的秉性而摒弃功利，并沉下心来思考与自身生命和生活，以及与生命和生活关联着的所有历史和社会现实问题。

今年四月，侯合心将他围绕着亲情、友情所写的《洒落的心语》书稿发给我看，并请我为他写一个序，在看完整篇文稿后，我终于可以坚信：2007年的那一次抉择应该就是他回归自己的开始。

亲情体会，虽是血缘关系认识的反映，但因为血缘关系所包含的全部内容是以社会和历史为背景的，所以又并不简单反映为血缘认识，《洒落的心语》对血缘亲情、同学友情的认识和讲述，有荣耀也有屈辱，有喜悦也有悲苦，但无论是哪一种生活际遇，都与一段特殊历史和社会现实有着不可分割的关系。《洒落的心语》虽然表达的是亲情和友情，但本质上间接讲述了作为经历过那样一段特殊历史后成长起来的知识分子，在左冲右突的人生价值实现过程中，发现历史造就的性格与现实环境存在种种冲突，而这些冲突的存在有个人性格原因，但更多却并非个人操守和性格原因。

从内容上看，《洒落的心语》旨在揭示：作为性情至上者，在面对亲人而"亲情不待"，在面对朋友而"友情至尊"时，需要以并非面对面的空间环境来叙述自己的思考与体会，并以独白的方式向他生命构成中的每一个与之有关系的人袒露自己一份真实的"心语"。

从师者的角度看，这本书反映了他具有进行人性与社会问题综合思考能力，当然也有思考的局限性，因为所谓"亲情不待"如果不是个人操守而形成的人间悲剧，那么，一定就会有造成亲情不待的机制和环境原因存在，思不及这样深的层次，思考和理解就是不完整和不彻底的。

尽管如此，这本书仍然足以让读者从字里行间隐约体会到以下作为有良知文化人内心的一份信念：

作为生命之人，生命构成中的每一个相濡以沫的主体都需要得到充分珍视与尊重；

作为文化之人，价值求索中对每一种得与失的思考都应建立在公义与人文基础上。

刘兰民

二〇一七年五月三日于蓉城

目　录

父亲，我欲泣无声　1

　　一、生与死　4

　　二、罪与罚　10

　　三、贫与困　16

　　四、病与痛　29

　　五、哀与思　47

母亲，我欲哭无泪　53

　　一、童年·童媳　56

　　二、痛弃·迁徙　58

　　三、夫君·屈辱　65

　　四、生命·生活　70

　　五、贫瘠·灾难　76

　　六、亲情·纠结　80

　　七、弯弓·遣送　88

　　八、入学·辍学　91

　　九、衰竭·执着　97

　　十、失望·离世　101

　　十一、哭泣·无泪　108

唐旭，天堂很安静 115

　　一、同学·相识 118

　　二、师兄·师生 125

　　三、朋友·同学 139

　　四、病痛·离去 156

　　五、哀思·缅怀 174

儿子，我欲说还休 181

　　一、你之生 183

　　二、你之养 196

　　三、你之育 214

　　四、父之去 226

父亲，我欲泣无声

1990 年 8 月 24 日（农历七月初五）老父亲乘鹤西归至今，一瞬间十七年就过去了。

在老父去后的一段很长日子，我的情感一直辗转于：恍惚未失与已失、难以承认父亲已离我而去这一现实的真实性与这一现实确无疑义之间。也正是因为这种恍惚，我不得不反复地问自己：父亲之去是生命之自然归去吗？如果不是，父亲的离去是不是还包含着某种属于我、属于这窘迫困苦的生活世界的原因，于是，反复在自己的情感世界里痛苦地挖掘属于作为人子的自私、粗心和对血缘亲情冷漠的原因。合理化与非合理化、自我安慰与深深自疚、自愤与自抑，所有这些，都使我在这十七年的时间里，屡屡于梦境与现实两界天地之间，辗转反侧，难以自解自拔。

那个悲伤的夏天，与兄长、小弟办完老父亲的丧事之后，我便匆匆准备返回重庆，当携带幼子登上汽车去 80 公里外的玉屏县搭乘火车时，老母亲及家人凄凄地站在车边送行。从大家的表情可以看得出，与一生相关联的所有亲人都还没有从悲伤中恢复过来，也就是在那一刻，我暗暗对自己说：等到我天年闲暇时，一定为老父亲写一篇生前记事，从父亲一生道路的梳理中去认真体会与世事巨变交织在一起的父亲，也许只有这样，我这个读了七年大学，也是三

1

兄弟中唯一有较高文化的人子，才能对得起养育自己生命的父亲和
今天来车站站台上为我送行的所有亲人。

其实，根本不允许等到所谓"天年闲暇"，在父亲故去不久，兄
长便来信问我，可否为老父亲写点什么。显然，兄长在这个问题上
已经想在我之前了，否则，他不会写信来说这个问题。看了兄长的
信，我理解为一种亲情的"催促"，一下让我看到了所谓"天年闲
暇"是不近人情的，因为如果真的等到所谓"天年闲暇"，那应该
是几十年以后的事了，况且，在这纷纭杂沓的现实生活中，如果不
能超越世俗欲望改变现在的工作和生活状态，世事忙碌碾压之下，
灵魂是永远不会有一分真正的"闲暇"的。

直观地看，父亲之辞世与一般生命之逝去没有本质上的区别，
只是在父亲生命存续的六十八个春秋的过程中，有属于老父亲自己
区别于那个时代一般知识分子的特殊生活和生命内容。同时，作为
父亲的子女，我和兄长、小弟三人也同样是基于中国那段特殊的历
史，基于父亲传统中国文人的禀性，基于生长在那个贫穷落后大山
里的家庭历史，点点滴滴，无不承领可能是与天下其他父亲对待儿
女有所不同的生命关联和亲情关联。

记得在老父亲故去的第二年，也就是 1991 年的初冬，我当时工
作所在的重庆市扬扬洒洒下起了漫天大雪。据重庆人说，像这样的
好雪，于山城已经很久很久都未曾有过了。记性好一点的人们依稀
还记得是 1976 年，即"文革"浩劫结束那一年，重庆下过一场大
雪，算起来也是一眨眼十五年过去了。对于重庆人来说，可以在时
隔十五年后再次领略到天降大雪，既可以是一种美丽的体会，但同
时也可以是一种肃杀的回味。

时隔十五年，重庆又一次下起了大雪，为这久违的大雪，一些
年轻人纷纷乘车去南山观雪景。不过，对于那些与我年龄相仿或稍
大一些的重庆人来说，这场时隔十五年后扑面而来的大雪，给他们

带来的感受可能与年轻的这一代重庆人是完全不一样的。就在下雪的那天，因公事我与一个姓易的同志一起出差去北碚，她年纪比我大，前些年已从政府退休，但工作经验丰富，于是人民银行聘请她来组建城市信用联社。不幸的是，我们的车还没有出重庆市郊便抛锚了，我们只好坐在车内，一边避寒，一边观赏窗外飞扬的雪花，同时也等待单位另派车来救援。闲聊之中说到了大雪，这位姓易的老同志在感慨重庆所不易见的大雪天气的同时，也说到1976年那场大雪，并讲到她有一阵反复梦见她的一位老上级，而这位老上级在"文革"中曾经受尽磨难，在"文革"结束的1976年，也就是重庆下起罕见大雪的那一年，她的这位老上级便匆匆离开了人世。她说她前一阵回到原单位，向原单位年轻的同事们说起常常梦见老上级的事，原单位的人便提醒她，是不是老上级生前交代给了什么事情没有办？于是，她在同事们的提醒下把年轻时在工作单位的一些事，从尘封的记忆中搜索出来反复回忆，结果，还真有这位老上级生前所托的一件小事未能办成。于是，她又回到原单位，向年轻同事们说了确有老上级所托但未能办好的旧事，并做了一番解释。很奇怪的是，自从当着原单位同事一番解释后，老上级便从梦萦中绝尘而去。听了这位姓易的老同志这段闲聊，于是想起已然故去一年的老父亲。因为在老父刚刚故去的那一年，自己每每都会在梦中与老父相见，甚至诸如老父在世时与老父怄气那样的事也都在梦中频频再现。于是从这位姓易的老同志的讲述中，开始想在九泉之下的父亲，是不是对这个世界，对他所艰辛抚育的生命，对他曾经是那样苦苦追求的个人立身标准之下不能自清的结局，有着某种不解的心结。

在父亲故去的第二年农历十月，我去参加了兄长的生日家宴，在吃饭中间我们兄弟二人共同说到一个问题：如果我们能对老父亲的病早点引起重视，如果我们真正有勇气不惧贫困，设法筹借资金，在病兆刚出现的时候就将老父亲送到省城的医院去检查，早些诊断出病情，老父亲无论如何是不会如此早就辞世的，因为我们后来查了遵义医学院的病历档案，鼻咽癌发现于早期的病人，治疗后存活时间最长的达到了十七年。

奇怪的是，自从我与兄长那次在喝了两杯酒后的交谈，以及在交谈中说了很多深深自责的话以后，就再没有像此前的一年时间那样，常常在梦中见到老父亲了。说起来这也算一件莫大的憾事，就因为父亲之早故而诉说了自己内心之苦，竟然再难与老父在梦中相见了，这样一种情况，与重庆信用联社那位姓易的同事说到梦中常见老上级的事前事后的变化如此之相同，让我觉得蹊跷不已，当然也不免暗暗惋惜……

一、生与死

关于老父亲之故去与生前的那些我曾经认真体会或因我少不更事而被忽略的事，应该从何处动笔，怎么写，这是我一直未想清楚的问题。仅仅简单记事，区区之笔便足够了，毕竟个体生命事件所包含时间是有止有境的，但是，要将一份特殊历史条件下的特殊亲情过程写到能准确表达人伦、生命构成，包括精神被扭曲的痛苦，人性被残酷的非人性力量桎梏，那就不是区区之笔可以完成其万一的了。之所以这样说，是作为一家之长的父亲，在他以生命养育责任为主线的这段亲情所背靠的历史，曾经给他本人和我们这个家的其余每一个人以无法轻拂而过的体验。更重要的是，如果将包含养育责任在内的整个生活视为父亲个人的精神和意志实现过程，那么，作为具有一定文化基础和思考能力的父亲，他所要经历、同时也是比同时代其他人承受更大和更多痛苦的原因还在于：他努力想弄明白厄运降落在他头上的原因，但又不具备条件和能力去想清楚自己与那样一段巨变历史之间特殊构成，而这种痛苦与艰难的体验，恰好是每一个有知识并且同时是有道德良知的文化人最为痛不欲生的生命体验。

想来想去，除了以尊重生命、眷恋亲情这样一个基本出发点，将比生命和亲情更为沉重的祭奠之情写出来之外，可能不会有更好的选择了，毕竟，我们仍然不是生活在一个可以自由和自主面对自己、面对一切的社会和时代。其实，仔细梳理自己的成长过程，发现以实际生活为标准，自己真正在父母亲身边的时间并不多，尤其是父亲。应该说，从我13岁以后，就几乎只是断断续续地生活在父亲主持的这个家里，所以，为了能够写好给老父亲的这篇祭奠性的亲情记事，这些年，一直在大脑里整理和回忆从老母亲那里听到的一些关于老父生前的事情，可是，因为母亲与父亲之间的文化差距太大，父亲真正能告诉母亲的东西仍然是非常有限的，所以，对于母亲讲到的有关父亲的生前，一部分是母亲与父亲的共同经历，这一部分应该比较容易梳理清楚，对于发生的背景也是可以描述的，只有另一部分有关父亲孩提时代的经历，毕竟是母亲从族里的其他人或父亲零星的讲述中归纳而来的，所以，有关时间、地点可能会有差异存在。

这里还想说的是，对于任何个体生命而言，个性、文化、品格一定是与具体生命的脉络相一致的，而任何个体生命的脉络，又与历史的脉络是相一致的，所以，需要如实记载和讲述，可要讲述的这个生命毕竟是给予我生命的父亲，必然会涉及是否尊重我们这个民族长期形成的孝悌传统伦理准则的问题。褒贬之间，妄议严命必有不敬不孝之嫌，只有请九泉之下的老父亲原谅了。

公元1923年农历五月十七日，老父亲出生于贵州省沿河县晓景乡的一个偏僻山寨，这个山寨的人同属于一个侯姓宗族，全寨千余人口，分成10个村落散居在一条小溪的两边山峦中，父亲出生的这个名叫"白鸡井"的山村，坐落在小溪南边山峦的半山腰中。我的祖父、祖母均为地道的农民，从曾祖父下来，祖父辈有兄弟三人，以后每家又都是单传，所以，到了老父亲这一辈，仍然只有堂兄弟三人。我从母亲那里知道的情况是，父亲儿时颇受祖父、祖母宠爱，已是六七岁上私塾念书的岁月了，课中间还从私塾回到家里扑进祖母怀中吃奶。不幸的是，在父亲刚满七岁的时候，祖母患疾因无条件治疗，丢下年幼的父亲辞别人世而去。

父亲过早地失去母爱，这或许算是父亲童年最大的不幸。二十世纪初，整个中国的物质条件是十分贫瘠的，我的家乡一带属于中国经济版图中极偏远农村。面对贫穷、偏僻、落后，父亲那一辈，幼年失去父母的事例实在是太普遍、太寻常了。不过，单独就衣食是否充足而言，因为祖父辈从上一辈那里继承有田土，父亲的童年生活应该是没有受过饥馑之苦的。

还在童年便失去母爱，这在父亲一生中所留下的伤痕还是很深的，这种伤痕甚至影响到以后父亲的禀性和命运。在我很小的时候，有一件事至今仍然记忆犹新，每年阴历十月十六日，是我祖父的祭日（祖父于1960年饿死于从父亲所在工厂返回家乡之后），但不管家境多么艰难，母亲在每年祖父祭日的这一天，都想尽一切办法，包括向邻里借钱买来少许酒菜、纸钱、香烛，用以祭奠已故的祖父。在我8岁那年，祭奠祖父的那个晚上，父亲喝醉了，请来陪父亲喝酒的客人将父亲扶进了里屋。一会儿，躺在床上的父亲叫我，我应声走进里屋，发现父亲在床上流泪，我一下惊呆了，长那么大，从未见过父亲流泪，甚至在我幼小的心灵里，一直就认为父亲是不会哭的。父亲把我叫到床边，然后问我："如果我和你妈不在人世了，你怎么办？"听了父亲的话，我差点被吓哭了，我以为父亲真的马上就会死去。我那时毕竟也就不过8岁的年纪，在那么小的心灵里，从来也没有想到过会失去父母亲。以后长大了，懂得理解人情世故的时候才知道，在父亲的内心里，一直有两块沉甸甸的伦理巨石：一是祖母早逝，母爱尽失，他应该真的体会到童心无助的无奈和伤心，所以，才在酒醉后问我那样的话，而那样的话所表达的境遇，就是我父亲童年的境遇。二是在1960年那场饿死国人的灾难中，父亲再次未能保住祖父的生命，而最终失去了他对生命赐予表达敬意的机会。这种事情对于我们现代人而言，也许算不得什么，可是，父亲毕竟是旧时代的文化人，二十四孝图的那些感天动地的孝举，从小就由私塾先生、父母辈灌输进了思想里，所以，面对如此打击，岂有不将这些事铭刻于灵魂的道理。

大约是由于父亲童年时颇有学习的天资，8岁时便送去寨子祠堂里开的私塾识字和学习。以后到了16岁的时候，私塾已不足以满足父亲学习的需要，年少的父亲此时在内心里涌起了求知的冲动和需要，可祖父是个老实巴交的农村人，认为只要识几个字就行了，所以，从未想过还要让父亲往高了和深了的地方去学习。但是，父亲学习的天资被大爷爷（祖父的堂兄）看中了，大爷爷是当地的乡绅级人物，与我的祖父比起来，属于有文化有见识的人，由于善于经营，在家乡有较丰厚田土，每年农忙季节，自己家的人手忙不过来的时候，还得请人来帮工。大爷爷慧眼识才，认为父亲是个读书的材料，于是鼓动着祖父将父亲送出大山，到外面更高级的学校去学习。但祖父觉得父亲太小，加上意识比较落后，极不愿意让父亲离开家，便以贫穷为理由，拒绝接受大爷爷的主张，可是，当时大爷爷在族里很有威信，而且家里的经济条件也比较优裕，于是大爷爷不顾祖父的反对，承诺以借贷的方式，负责父亲出外求学的盘缠资用，祖父无奈于执拗的大爷爷，最终只好答应让父亲一人外出求学。

在我的记忆中，老父亲一生很少说起家乡的事，尤其是他小时候的事，当然也包括他长大成人后在外面闯荡的那几年的生活，我所能知道的那么一点零星事，也多是从母亲的唠叨中知悉的。根据母亲讲述的内容分析，一部分内容，母亲也是从祖父那里，或是从同族的亲戚那里听来的。另一部分内容便是母亲与父亲共同生活以后自己亲身所经历的。而真正属于父亲自己独闯的生活，母亲知道得也非常少。今天回想起来，依稀记得在我开始记忆但整体性格仍然处在孩提状态的时期，父亲偶尔会向我说起一些关于家乡、关于他自己年轻时的事。

小时候听得最多的，便是父亲给我们背诵侯氏家族字辈谱，"再天元梦显，思祖广东兴，德胜加中正，世守万年春"，父亲背诵的时候，受家乡方言发音的限制，总要把"显"字发成"醒"的音，把"元"字发成"云"的音。不知是不是担心我们有一天会把侯氏家庭辈分秩序给忘了，所以，每每背诵完毕就还要告诉我说，我们三弟兄这一辈是"天"字辈，是辈分轮回后的第二辈。其实，即使是到了现在，我也难以说清楚这 20 个侯氏族辈的"字"是否就是我根据父亲的口述所记下来的上述 20 个字，因为父亲也从未将这 20 个字写到过纸上。到 1969 年，我随母亲被遣送回农村老家，才发现村里的人们几乎全都是靠口头方式，一辈一辈地向下传递这 20 个字，即使是 1949 年以后，有关人名的书写要求比历史上任何时候都高，但我估计家乡的人们也只是以随机的方式，只要发音对了，于是就约定俗成地使用某个汉字。

1941 年的夏天，刚满十八岁的父亲，独自一人走出了大山，到了与广西交界的贵州省榕江县，投考当时由国民政府创办的贵州国立师范榕江分校。有关外出求学的这段经历，也许就是父亲一生中最重要的生命与生活体会，而可能正是因为这一点，父亲的这一段经历，也成了我知悉最详细和完全属于他自己的生活内容。在这段生活经历中，父亲一共给我们讲过两件事，似乎这两件事就囊括了他走出大山去求学后的全部艰辛。父亲讲述得较为沉重的事发生在他去榕江县投考途中。二十世纪三四十年代，国内贫穷，交通也不发达，山里的人外出几乎都是徒步，只有家境非常富裕的人家，才可以骑马远行。后来我计算过，从沿河县地处深山的老家，徒步到与广西交界的榕江县，要走超过六百公里的路程。在父亲独自一人徒步前往榕江县的一天，因为中暑父亲病倒在途中的一个小村镇上。据父亲说，病发作得非常突然，就是在他行走山路的过程中，突然就倒在路边上，口吐白沫，人事不省。幸运的是，此时正值乡下人干完活、回不远处村镇上吃晌午饭的时间。好心的乡下人将父亲带到镇上，采用桐油、铜钱刮背，也就是现在的刮痧等土办法急救，终使父亲缓醒过来。后来，父亲在那个好心救治他的人家住下，经过半个多月的休养，才得以恢复过来。

另一件父亲讲得较多也较为生动的事发生在他考取贵州国立师范榕江分校后。按照民国时期进入国立免费中级学堂学习的有关规定，凡通过文化考试被录取的考生，正式上课前需接受为期一个月的军事和劳动集训。集训是极其艰苦的，考试入学时正值酷暑盛夏，校方给每一个通过文化考试新入学的学生划定一块土地，要求在规定的时间内完成人工翻地，并种上蔬菜或其他校方规定的庄稼。父亲描述得最生动的要数关于烈日下干活的各种艰辛。据父亲说，一个多月集训下来，整个头皮晒成了蜂窝状，太阳曝晒后，头皮上形成的疮痂几乎可以整块整块地揭下来，按父亲的说法，到了最后，揭下来的头皮疮痂几乎就是一个成型头盖骨形状。

也许正是这段生活经历锻炼了父亲，父亲一下子从一个多少还有点稚嫩的少年，转变成了一个成熟且能吃苦的真正男子汉。也许也正是这段经历，影响了父亲未来的一生。当然，最突出、也是让我们最能感同身受的是，在以后长达数十年的艰难岁月里，父亲以他的坚韧意志，不仅承受住了极度的贫困，而且还承受住了长时期的政治打击。

二、罪与罚

父亲于 1943 年秋天学成毕业，并于当年回到沿河家乡，作为当时在贫穷落后的家乡为数极少、并且接受过新式教育的青年知识分子，父亲与少数有着同样在外求学经历的家乡弟子共同在乡政府所在地——晓景办起了新式学校。

在那个贫穷与落后的年代，在那样一个偏远的农村，要支撑起一所新式学校，对于刚过弱冠之年的父亲来说，其艰辛是可想而知的。事实上，在如此偏远的乡下有意识和能力送孩子来新式学校上学的家庭是很有限的。也正是因为上述原因，家乡一带的孩子普遍存在启蒙教育时间晚的情况，送来读书的孩子的家庭也基本是当地一些乡绅和有钱人。据母亲转述，少数来新式学堂上学的孩子与父亲年龄相近，有的个子比父亲还高。

在我们老家那样的偏远山区，人们读惯了旧式私塾，而私塾一贯是用实物缴纳学资，主要是粮食。并且，在一年中具体什么时候缴纳学资，还需要由当年不同季节收获的丰歉来确定。但新式学校不同，因为请来的都是些受过新式教育的老师，有的老师甚至是家在很远地方的外地人，所以，教师的酬劳是以工薪方式按月发放，这就要求学生必须以现金的方式缴纳学费，并且必须在入学前就一次性缴足。可是，这在家乡是很难为学生家长们接受的。所以，作为校长的父亲，不得不常常为收缴学费来发放教师工资而费尽心思。据母亲说，有一次父亲去陈家沟陈姓家族中的一个乡绅家里催收积欠学费，结果学费未收到，反而遭到陈姓族人的殴打。

父亲生前几乎从不向我们提到他的这段经历，只在偶尔酒有过量的时候才零星地说一点。据后来的情况分析，父亲当初回到家乡兴办新学，原本是有其个人抱负的，只是当真的回到家乡，面对物质贫穷、意识落后的现实环境时，父亲才发觉，实现其抱负的条件与愿望相去太远。

收取学费被陈姓家族殴打一事，让血气方刚的父亲负气在家待了很长一个时期，与他人创办的新式学校也从此夭折。经历了一段时间的调整后，父亲终于决定离开家乡到外地去闯荡。1945年，也就是父亲二十二岁那年，经他在贵州国立师范读书时的同学介绍，父亲二度离开家乡，到了四川重庆巴蜀中学任教。

也就是在父亲去重庆巴蜀中学任教的第二年，即1947年，父亲与正处在困境中的母亲相识。母亲之所以与父亲相识，是因为母亲那时正好在父亲所在学校做校工。也就是在与父亲相识的头一年，母亲为了逃避追债，丢下幼子来重庆考纺织工，原本是想要进入当时的重庆市李家沱沙市纱厂当纺纱工人的，后因为年龄和身体的缘故，母亲未能通过入厂考试，于是经人介绍，暂时寄居在父亲任教的学校当工友，干些杂活。

按照家乡旧俗，在父亲还身处襁褓时，便由祖父母做主，与十里外的一位田姓姑娘定下了娃娃亲。父亲从榕江县学成回家乡后，遵照祖父之命与田姓姑娘结了婚，并生下一女，不幸的是，女儿出生后没有多久便夭折了，就在父亲二次离开家乡后不久，这位我们只是听说而未曾谋面的先母便得了重病，不久便辞别了人世。

父亲与母亲于1948年秋正式结为秦晋。结婚后不久，也就是1949年初，独居家乡的祖父屡屡托人带信给父亲，催促父亲回沿河老家，但时值1949年，重庆局势动荡，父亲也因为没有老师来接替其工作而迟迟没有动身。到了1949年夏天，祖父托人带信到重庆，声称自己身患重病，要父亲赶快回家。父亲经不住祖父催促，加之考虑到形势不稳，城市生活较为混乱。父亲与母亲商量后，决定借此机会请长假回老家看望病重的祖父，于是，父亲带着已怀有身孕

11

的母亲，经四川綦江、贵州遵义、思南、德江回到沿河老家。

经历了半个月的艰辛旅途后，父母亲回到了家乡。也是回到了家乡才得知，祖父屡屡催促父亲回家乡一事，乃是大爷爷授意下安排的。按照大爷爷的想法，父亲既然饱学诗书，便应该做官从政，显耀门庭，为家族争光，岂可一辈子在外做教书匠？

回到家乡后，父亲以旧知识分子的倔强拒绝了大爷爷的安排，洁身自好，远离官场，并在村头的宗庙里开了一寓私塾，重新开始了教书生涯。以后来父亲所走过的人生路，以及这一次返回家乡的间接或直接的人生后果来看，让父亲未能料及的是，这一次匆匆返乡，不仅成为他一生抱负落空的起点，同时也成了厄运从此纷至沓来的开始。

1950 年冬，新的政权开始接管沿河老家。作为当时家乡偏远农村少得可怜的知识分子中的佼佼者，父亲被新政府看中，不久便加入了政府征粮队，参加了沿河老家新政权接管社会后的第一次大规模征粮肃反工作，此后，因工作成绩突出，于 1951 年调沿河县财务科（县级财政局的前身）工作。

1952 年秋天，大规模"三反"运动在全国展开，不久，运动开始冲击父亲工作所在的这个偏远的山区县城。上面派来打老虎的"打虎队"给县里下了一批"老虎"指标（贪污分子的别称），作为经手全县财政核算的父亲，自然而然地成了必须打掉的"大老虎"之一，加上在乡下还有一个因为多有几亩田土而当上了"大地主"并在新中国成立后不久被新政权枪决的大爷爷，政治上便有说不清道不明的问题，最终，父亲成了县城里这次运动在劫难逃的人物之一。

1952 年初，结案之前经"三反"运动复查小组复查，最后认定事实有三件：一是用公款为七个区的区长各代制衬衣一件，未及时收账办理财务结算。二是地区行署办理年终决算出差时，受同事之托，用公款帮同事代买了一斤毛线，因为托买人未及时付款而没有及时抵补公款办理报销。三是召开全县工作会议的会议经费未及时入账结算。客观地说，前两笔款项共计合旧币 34 万元（也就是新币 34 元）的确有不符合制度规定的问题存在，至于第三项，那就完全是个工作处置是否及时的问题。

可是，当时的社会也就相当于一个"战时社会"，今天回顾我们这个社会自 1949 年以来的历史，可以说，"运动"是社会生活的核心，几乎占据着政治和国民生活的大部或全部，"运动"高于一切，在本质上也就等同于社会始终处于"战争状态"，战争状态下，法律就是无效或低效的东西。

如果完全按照复查后的事实认定，上级下达给这个县里的"老虎"指标就无法完成。于是，当时完全听命于"运动"的所谓"三反法庭"最后对父亲作出了一个与复查事实完全相悖的判决：服刑两年，赔赃款旧币 100 万元。判决下来后，母亲几乎当卖了所有的家产，最后，由于实在无法凑足这 100 万元的所谓"赃款"，生活在乡下的祖父，不得不卖掉了当年的全部口粮。据母亲说，当时还不满三岁的兄长，仅有两条裤子，但为了筹款赔"赃"，母亲不得不当卖了其中一条。

这一判决，对于父亲自己而言，虽然形式上只等于两年的人身监禁，可是在以"运动"为核心模式的社会历史条件下，不仅这个所谓的"犯罪"判决代表着曾经的个人抱负从此灰飞烟灭，而且因为这个"犯罪"判决，一是让父亲本人承受了政治上的终身歧视。二是对于整个家庭及这个家里的三个孩子来说，其苦难更是无以言尽。

后来我上了大学，在学习经济学之余，也试着看一点政治哲学，这个学术选择一直延续到了后来上硕士研究生、博士研究生。开始看得比较多的是古希腊和古罗马政治哲学，了解所谓史前政治文明进程，后来就系统研究法国的孟德斯鸠、卢梭和英国的约翰·洛克、大卫·休谟等，读了那么多政治哲学书，这才知道，一个国家真正具有主人地位的政治概念应该是公民概念，按照世界通行的规则，公民因触犯法律服刑，但法律规定的服刑期一结束，公民身份就会自然恢复。可是，我们似乎从来就没有做到这一点，"文革"前不必说了，即使到了现在，有所谓犯罪记录的公民，似乎也算不上真正的"公民"，社会的宣传工具始终以"出生论"和"历史"存在解释每一个中国老百姓的今天，甚至还包括未来。面对特殊的历史时期和特殊的社会环境，封建传统意义上的所谓"老百姓"，并不具有作为国家主人至高无上的公民和宪法地位，所以，一个老百姓如果出身"不好"，比如因祖父辈有几亩田地而被划分成分为"地主"或"富农"，其子孙几乎就等于失去了真正意义上的公民权，当然就更不要说在"运动"中曾经服过刑的人，任何人，只要有了这样的经历，实际就等于终身失去了公民权利，并因此而备受歧视。

在那样一个畸形的历史条件下，对父亲的这一判决，绝不仅仅是对父亲一个人的。尤其是对于包括我在内的三兄弟而言，这一判决几乎就是一场要用我们的一生命运作为成本加以支付和赔偿的，而这个灾难和赔偿就是难以言尽的灾难、困苦和歧视。在将近二十年时间里，历史除了强加给我们三兄弟心灵上的深深屈辱和生活上的极度贫困外，更重要的是，有些触及灵魂的东西一直残留在我们的心灵里，影响着我们的一生。

1968年，也就是"文革"开始后的第二年，我的兄长初中毕业，尽管他在学校学习成绩优异，但在"教育为无产阶级服务"和"教育为无产阶级专政服务"的口号下，他被排斥在了继续受教育的机会之外，从此不得不接受揶揄而贫穷、落魄而病困的生活命运。对于我自己而言，尽管在改革开放那样一个历史临界点上，很偶然的因素，我抓住了仅有的机会，于是从大学本科读到了硕士研究生，从硕士研究生读到了博士研究生，尽管在读书求索过程中，也不断提高修养和反思自己，但是，正如二十世纪早期奥地利著名哲学家路德维希·维特根斯坦所总结的那样：人的命运，是他自己个性的产物，而人的个性，又是所处家庭和所处历史的必然产物。

1983 年大学毕业后，就工作而言，进进出出，一直辗转于政府机关和准政府机关的国有银行，用才而不得法，狷介而遭忌，处处感到不适。我没有理由将自己的不成功完全归咎于我工作所面对的这个环境，更没有权利去质疑我们所面对的这个社会体系的运转结构是否存在这样那样的问题，更不想去埋怨关于人才问题上的各种制度和机制是否真的存在着某种弊端。我唯一可以做的，只能是在大量的政治、哲学、历史和法学知识的阅读中，进行充分的内心和灵魂自省，在自省中发现属于自己的个性缺陷。经历过了长时间的自省自视，最终得出的结论是：从那样社会历史条件下走出来的我，所持有的个人事业期望和所具有的知识和才能，是很难得到自己的禀性支撑的。于是，在 2005 年的初夏，毅然从准国家机关式的国有银行辞职而去，到相对于垄断式国有银行而言、收入水平无法相比较的大学去当一名教书匠，走回了父亲的人生老路。

其实，只要我们每个人都能用历史的方法去分析和看待问题，今天我们所具有的一切，无论是有利于自己的事业期望，或是无助于甚至有碍于个人事业期望的实现，都应该分别以两种客观的人生态度去看待：首先，如果你自认为是有社会正义感和责任感的文化人，那么，从长远的观点去审视社会，你可以剖析出一万种环境、制度的原因，甚至用你所积累的知识去呼吁社会创造更加科学、更加公正和公平、更加务实地使用人才的制度和机制。但如果我们将一切问题放在短期里，并深究作为个体自身的事业期望成功或不成功的原因，那么，最好或最有效的方法便是：从我们自己的性格成型的那段生命历史和生活经历去总结，如果你还有着可以依赖的青春，那么，你为了个人的事业期望，试着改变或调整你自己。其次，如果你已没有大把的而且是可为你自己使用的生命岁月，也不再愿意通过改变，从个性上塑造出另外一个自己，那么，最好的办法，就是寻找到一个与自己个性形成冲突的概率相对较小的环境里去生存。

2005 年，自己"弃富适贫"，离开了自己个性与之冲突较大的环境，也算是一种选择，虽然于个人抱负而言，很有几分无奈的色彩，可是，生命和生活毕竟因此而变得轻松起来。从社会伦理道德而言，人，不能勉强别人，像孔子说的那样：己所不欲，勿施于人。但从明智而灵魂自洁而言，人，不能勉强自己似乎更为重要。所以，将孔子的传统名言稍加改变，即可成为现代生命名言："己所不欲，勿强于己。"透过这次生命价值和意义的重新选择，让我同时也看到了哲学家路德维希·维特根斯坦关于人的命运逻辑断言的真理成分，因为我今天的选择，实际也就是那段历史中家庭命运对我影响的延续，而那段历史中的家庭命运，实际也就是由父亲不幸的政治命运来决定的。

三、贫与困

1966 年，"文化大革命"开始。就在这一年，父亲从他刑满后就业所在的矿山基建科，下放到车间从事重体力劳动，全家的生活以这个时间为起点，开始承受精神和物质的双重困境。

"文化大革命"到来之初，我年纪不过十岁，至今记忆最深刻的情景是：常常在晚饭后，透过像"集中营"似的学习室外边的窗户，看到经历一天沉重体力劳动的父亲在批斗学习会上流露出的那份凝重和无奈的神情。还有多少次，从窗户里看到批斗学习会上可怖的情景：有的人一不小心就会莫名其妙地被揪到前面的台阶上，被粗大的绳索捆起来，两个同样身份的人（甚至有可能前两天他们还被抓出来批斗过），用粗壮的手摁下被批斗者的头，另外的人，拿来早已准备好的、由细铁丝套成颈圈和重达二十斤的木牌子挂在被批斗者的脖子上，不一会儿，就会看到那细细的铁丝，深深地陷入被批斗者颈部的肉里。还有的人因为不服批斗，被人用粗大的钢钎穿过捆绑在身上的棕绳，然后由两个人使劲地往上掀，直至将被批斗者掀翻在地。

那时候，我最担心的也就是父亲了，担心他也会遭此身心的凌辱。一些人被莫名其妙地掀翻在地，遭受身体摧残和精神凌辱而痛不欲生，甚至因为不堪凌辱而就在当天晚上含着眼泪将脖子伸进房梁上的绳圈里。今天，我能从人性上弄清楚的疑惑，但在当时是百思不得其解的，另一些人为什么会为打倒了别人而欢呼雀跃？他们甚至不担心完全可能发生的另一种情景：他也会在某个不远的将来承受同样的生命凌辱和践踏。因为我看到的情况是：很多时候也可能就在第二天，"集中营"的人物角色会翻转过来，昨天还作为打手凶狠摧残别人，因为别人受辱而欢呼雀跃，眨眼间就莫名其妙地被昨天的被批斗者掀翻在地，承受着同样的摧残和凌辱。

以后上了大学，慢慢地懂得如何从细微之处去看问题，终于理解到父亲之所以在身体上逃过了那些残酷的打击，原因就在于他那始终的"沉默"。父亲毕竟是那个群体里少数受过正规教育而具有一定文化知识水平的人。中国社会所特有的"运动"，翻手为云、覆手为雨，具有任意损毁生命尊严、愚弄人性的特点，这一点在"三反"时就让父亲有了深深体会。"文革"结束后，我在报告文学上看到了关于张志新因坚持自己的信念而被残忍地割破喉咙，并折磨致死。比较起来，似乎我那时见到的那些人性尽失的事例又算不得什么了。今天想来，中华民族的历史为什么在进入现代社会以后，还会出现因为意识不宽容而导致生命惨剧的情况呢？它的文化和制度性根源究竟在哪里？我们这个民族要如何才能在未来的历史发展长河中，有效地避免这种人间惨剧再次发生？所有这些，都应该是值得我们每一个华夏后人认真思考的。

历史走到 1969 年冬天，运动进入了更为残酷的时期。父亲的工资被减到 15 元，在断绝父亲养育全家的经济能力后不久，开始实施遣送任何与"反革命"这个词语有关的家庭到农村的计划。很快，母亲带着我和小弟弟被遣送回农村老家，全家人在厂矿里的"革命者"押解下，回到了那个经历十余年之别，四壁空空的农村老家。由于父亲并没有真正的自由，他必须在规定的时间返回到厂矿，所以，送我们回到家乡后，安排了一下我们母子三人的生计，便匆匆踏上了归程。

那是一个初冬放晴的早晨，而且也是一个红枫叶飘落的时节。吃过由堂叔家为父亲准备下的饯行早饭后，太阳已覆盖到了村子所处的整个半山坡，父亲一一与大家道别后，背上他来时随身携带的简单行囊离开了我们所住的老屋。父亲仍然穿的是那件从回收废旧劳保用品仓库里廉价买来的旧棉衣，背上还依稀见到破旧棉衣买来后，由母亲亲手缝制的一块块补丁。帽子也还是那顶从废旧劳保仓库廉价买来的早已泛白的旧棉帽。母亲、弟弟和我以及堂叔全家，都站在老屋大院边上目送踏上归程的父亲。当父亲走到大爷爷家老屋的石梯下时，才回头向我们挥了挥手，父亲那挥手的情景，至今还在脑海里无法忘却，甚至一生也不会抹去，因为，血缘亲情第一次在还不完全懂得人间事的心灵里成为一抹明确的灰色……

回家乡是我稍懂世事以后第一次离开父亲，在离开父亲回乡下生活的日子快要到来的时候，幼小心灵的感受是复杂的。在那个矿山，我和我们一家蒙受的屈辱太多，尤其是在小学毕业的那天，我们的班主任，一位姓喻的女老师宣读了还可以继续读书的同学的名单，其中没有我，并很坚决地在全班宣布：凡是家庭成分不好、出身有问题的学生都不能再来学校学习，因为"教育是只为无产阶级服务"。可我是全班成绩考得最好的学生，当班主任念着可以继续升入初中上学的名单时，我总觉得她看名单的眼睛不时侮辱性地盯着我。当我走出教室时，另一些可以继续上学的同学，用不屑和嘲笑的眼光看着我和与我同样家庭出身的同学，那情那景，我一辈子都不会忘记。所以，从这种背景之下来体会与父亲的第一次离别，必然会让我幼小的心灵充满了矛盾。本质上离开父亲到乡下应该包含着的凝重亲情，阳光下，衣着破旧的父亲挥手的情景本来就是一种血缘和亲情的撕裂，但是，因为这种分别包含着离开那个除了给我幼小心灵留下屈辱，其他什么也没有的矿山的因素，所以，灰色的内心居然包含着一种"脱离苦海"的兴奋和喜悦。

就在我们离开那座矿山不久，父亲和一批曾经有过复杂人生经历的人，全部被送到一个较为封闭的矿区隔离劳动，在这个集中起来的隔离区，除了白天下矿井干繁重不堪的体力劳动外，晚上还得承受将近三个小时的精神奴役。相对于有父亲同样遭遇的这一辈人来说，所谓"无产阶级专政"被那个年代置换成了这样一个令人恐惧的命题：一部分人应该永远被打倒，永远接受人格与身体的摧残与打击。"斗争"，就是那个时代奴役生命的武器。许许多多的人们，有国民党时期的军人，有成分为资本家的人，也有新中国成立后历次运动被打倒的政府干部，甚至也有纯粹就因为有知识文化而被关押起来的人。封闭式劳动审查，实际就相当于"没有判决"的服刑，一些不堪精神与身体双重折磨的人，在自杀、重病不能医治而早故中匆匆西去。好在我的父亲最终还是坚强地走了过来。

回到家乡后，我参加生产队劳动了近两年。到1971年，母亲实在不忍心我如此年纪就辍学，于是找到生产大队的书记和队长，这些人虽然也不能幸免于"文化大革命"扭曲了的是非判断，但毕竟都同生活在侯姓宗族之下，多少还是有些眷顾之情，于是给我母亲开了证明，推荐到人民公社的农业中学去上学。母亲拿着生产大队的证明找到了人民公社。依稀记得当时晓景公社的那一任公社书记是一个有着健壮体魄、姓田的男人，他拒绝在母亲拿给他的大队证明上签字，表面理由是学校已没有名额，实质上是因为我的家庭出身问题。大约到了下半年的时候，公社新来了一位姓周的书记，当母亲再次拿着大队证明到公社找到这位新来的书记时，母亲得到了一个喜出望外的结果。在今天看来，这个人可能是那个时代的另类，当然也可能是在那个大潮中极少能够保存住人性良知的有权者之一。他不仅同意了大队的证明意见，并且对母亲说："毛主席说了：'唯表现，而不唯出身'，他还是个孩子，怎么能不读书呢？毛主席也没有说，父亲有历史问题，孩子就没有受教育的权利。"于是欣然在生产大队的证明上签了字，并亲自督促公社文书在证明上面盖了章。母亲回来后向我讲了这段经历，听了母亲的讲述后，一是暗暗为我又能上学而高兴得几夜没有合眼，二是那位公社书记的话一直萦回在脑子里：我从矿山被赶出学校的时候，那位姓喻的女班主任说："教育要为无产阶级服务"是毛主席说的。可是，这位对于我来说就如"恩人"一般的公社书记，说我有读书的权利的那些话居然也是毛主席说的，于是以不具有深入思考能力的幼小心智，我坚持认为两种说法中，一定有一种说法不是毛主席说的。

前些日子不经意看了重播的电视剧《国家权力》《使命》等，认真体会和理解里面的正面人物和反面人物的那些个台词，发现了一个可怕的现象：那些从事着反腐工作的所谓"好官"与作为腐败分子的"坏官"，他们引用那些个真理的出处居然常常是同源的。比如在《使命》里关于修建广场向人民征费的那场政府与人民的冲突中，出面主持与人民群众临时推选代表谈判的那个政法委书记，他的那些话都是以党的利益为准绳的，你能说那不是真理吗？在许多场景和情况下，人们甚至会觉得腐败的"坏官"所引用的那些个真理，比反腐败的"好官"所引用的真理更有力量。看完这些电视剧，我们可能都体会到这样一种现象：好官拿着"真理"干好事，坏官拿着"真理"干坏事。也许，这也是我儿时那段由母亲为我争取上学机会的事情上，困惑于那位公社书记引用最高指示与我辍学时班主任引用的最高指示之间，为什么会有不一样结果的原因了。现在想来，结论也就是：那位姓周的公社书记作为好官，拿着"真理"做着好事，而另一些把中国的少年儿童划成三六九等，然后剥夺部分孩子受教育机会的坏官，却拿着"真理"一直做着坏事。

在家乡农村上学的几年，父亲靠着自己三十几元工资，加上兄长在外面做点零工，不仅要养活在他身边的四口之家，还要不时地给在乡下上学的我寄钱来补贴用度。这期间，我一个人在乡下，常常还是很思念父母和家人的，可能父亲也看出了我这种幼小心灵不可避免的反应，几乎每半个月就要给我写一封信，所以，在公社学校住校学习的三年多，真正让我每天企盼的，同时也是能让我高兴得起来的事，就是每每收到父亲给我写来的信，因为只有读父亲写来的信函的时候，才能让我感到自己离亲人们很近。父亲给我的信通常都很短，写信的内容主要有两个方面，一是说说矿山生活的情况，当然主要是说家里人的情况，二是告知我一些做事和处事的道理。记得还在很小的时候，父亲常常会在一个较为固定的时间将我和兄长叫来坐下，说很多与日常生活有关，但又不纯粹是日常生活的道理，包括学习、生活习惯、品德、行为。关于这一点，很长的时间里我都没有真正理解，一直到1990年父亲患癌症在遵义医学院住院，这期间我去守候了他一个月，在这一个月与病中的父亲静静地待在一起，有时间回忆从懂事以后情感世界里的父亲，才开始理解父亲在儿女身上所尽的责任所包含的文化和亲情伦理。在父亲放射治疗解除疼痛后，我常和父亲一块去遵义医学院的教学区散步，散步中父亲多次说到了关于孩子教育问题，因为那时候我的孩子已经四岁了。而且，就在兄弟来接替我照顾父亲，我将要返回重庆的头一天晚上，父亲终于郑重地对我说：

"古有'课子'一说，所谓：子不教，父之过，其实就是说，天下父亲须尽'课子'之责，小锋锋（我儿子的小名）虽然还小，但已经开始懂事，所以，你也到了该尽课子之责的时候了。"

父亲在我要回重庆之前，很郑重地对我讲的这番话，真正让我幡然醒悟，理解了为什么小的时候，每隔一段时间父亲就会将我们兄弟几人叫来坐下，很正规地说一些在当时听来有些太大的"道理"。其实，那就是父亲在遵照"课子"的古训，尽其作为人父的责任。于是也就不难理解，在我独自一人于乡下读书的那个时期，尽管物质和精神条件是那样恶劣，父亲还是不忘给不在他身边的我写信，絮叨亲情、讲述道理。

有关父母尽"课子"责任一说，还不仅仅是那一次在遵义医学院守候父亲时父亲口头上说到的，后来才发现，在父亲没有住院之前，就在给我的信中专门写过这样的内容。离开国有银行去大学教书后，自己有了比较多的时间，于是翻阅父亲留下的那些文字，包括"病中记事"，写给我们三兄弟、保留下来不多的书信和病中抒发疼痛折磨感受的七言排律诗。结果在父亲于 1989 年 10 月 23 日给我的一封信中看到了父亲关于"课子"的内容：

这段话复写下来（下划线部分）就是："……俊峰最近少病，

身体也好一些，算是懂事的，就是有时要耍点脾气，什食①量需求多，不很好正常吃饭。今后文芬和你每天抽个把小时课子，要尽当父母的责任。"

这段话中提到的"俊峰"是我儿子，当时只有三岁，"文芬"是我妻子。父亲的这段话，实际也就是告诉我和我的妻子："课子"是做父母不可推卸的责任。

1975 年秋天，我中学毕业了，公社附属中学共毕业 45 名学生，尽管我的考试成绩无可争议的是全校第一，但最后校长在宣布去区里上高中的 19 个人名单中，再次没能念到我的名字。也不用再去问了，仍然是"教育为无产阶级服务"、"教育为无产阶级专政服务"的原因。不过，与 1969 年那次相比，虽然为同一个原因辍学，但感受上还是有差别的。

首先是没有第一次辍学时那位姓喻的女班主任对我们这样家庭出身的孩子辍学所表现出来的不屑和理直气壮，其实，如果不是因为什么"主义"和"口号"，一个老师在面对自己的学生如此年少就失去上学的机会时，是应该抱以同情和痛心的，但在那个畸形的民族心理时期，人们的道德良知与人性和人文无关，只与"主义"和"口号"有关。

其次是没有像当年在厂矿子弟学校，宣布我们这样家庭的孩子不能再读书后，遭到另一类所谓"家庭出身好"可以继续读书的同班同学的白眼。有资格去区里上高中的十九位同学不仅没有给我白眼，而且在毕业要离开学校之前，纷纷请我到他们的家里去做客。农村的同学都很纯朴，尽管他们也知道是什么原因使我没能继续上高中，但毕业正式离开学校的那天，同学们还是分别向我道了别，问了一下今后的打算，我们的班主任，甚至所有的任课老师，都跟

---

① 什食，即零食，这是作者父亲从小在私塾学习传承下来的特殊用法。

我道了别，问我毕业后是不是要回到铜仁去（父亲矿山所在的地区名），所有的老师都为我有如此好的成绩而不能继续读书而惋惜。

毕业后，父亲顶着可能会更加增添其持家的困难程度，毅然决定让我前往矿山跟家里人一起生活。在铜仁的家，基本是由母亲、兄长帮衬父亲来支撑的，由于在城市里没有户口，于是像我这样的人，有了一个可能让全世界都无法理解、并不是由种族差异形成的身份——"黑人"。在那个时代，"黑人"除了没有应有的公民地位外，最重要的生活特征有两个：

首先是没有粮食供应。计划经济时期，没有别的渠道获得粮食，农民们如果将自己的剩余粮食拿来卖，被称为"黑市"，是资产阶级的东西，市场管理委员会是要抓人和没收粮食的。说真的，真不知道当时的世界是怎么啦，我们的那些饱读马克思《政治经济学》著作的经济学家们，为什么会从中找到这样一些与人之生存尊严、劳动者之辛勤回报完全相悖的理论依据，凭着这个理论依据可以将农民为换钱购买盐和煤油及其他一些基本生活所需要的工业用品而出售一点粮食的行为，定义为"资产阶级"反革命行为，并以将其打倒为快。

其次是"黑人"没有住房待遇。当时执行的是单位分房制，虽然单位分的房经常是一家五口挤在一个不足15平方米的简易石灰墙的房子里，但是，如果因为是"黑人"，厂矿在安排住房的时候就只考虑我父亲一个人。所以，一家五口人只有我父亲分到的差不多就15平方米的住房，作为一家五口人的居住之地，这样的面积显然是无法生活的，好在矿山当时有的是石头和炼制水银产生的具有石灰特性的矿渣（后来才知道，高炉炼制水银形成的矿渣虽然可以用来作为石灰的代用品，但却包含着很强的汞辐射，而这是最典型的致癌之物），由父亲亲手在分到的房子屋前搭建了一个简易厨房，同时又在屋后搭建起一小间可供放一张床的小屋，就这样，一家五口总算可以勉强栖身。

人可以不是正义的，社会和历史也可以不是正义的，但上苍却应该是正义的和悲天悯人的，也可能正是这个原因，我们全家仍然在狭窄的社会中找到赖以生存之路。当时"农业学大寨"风起云涌，加上矿区采矿手段落后，在采矿场地（工作面）与运输矿石轨道所及之间，存在着短距离装卸工序，这个工序所涉及的中间距离，需要通过人力来运送矿石，这个运送矿石的工序是由原始的竹编撮箕作为装载矿石的工具的。而编制这个手工运矿石的工具就成为我们一家生存下去的机会。对于我们这样一个有着四个"黑人"，需要大量通过购买高价粮食来生活的家庭来说，这样的生存机会极其珍贵。当时，一对撮箕可卖四毛钱，而当时的黑市粮价是五毛到六毛一斤（国家粮站供应粮价为一毛二分钱一斤），所以这样算下来，大约一对半撮箕的价格，可以买到一斤黑市出售的高价粮食。

编制撮箕的原料主要是山竹和合适的灌木条，当时的农村山林还是生产队所有体制，管理并不那么严格，我们所需要的原材料可以自己上山去砍伐，所以，我们编制的撮箕几乎是没有成本的。当然，生产队还是派了人看管山林，只是在那样一种体制下，责任是模糊的，大多数看山的农民也并不那么认真，我们也总是能找到空隙砍伐到竹子和灌木条并挑回来。即使他们要认真，最大的惩罚也就是收缴我们当天砍伐的山竹，并收缴我们的砍柴刀。

那时一周只休息一天，每逢周日，父亲便带着我和兄长到属于湖南凤凰县阿拉区茶田人民公社境内的一个名叫"唐坳"的大山里去砍山竹和小灌木，而且这一天必须要把一周的原料备齐。剩下六天的时间，白天母亲和兄长破竹篾，打木架子，晚上大家一起开始编织。父亲一般是九点钟后才能从"精神集中营"回来，回来后，立即就坐下与我们一道编撮箕，一直要到深夜十二点。按照黑市米价计算家庭的生活费，每一天要完成二十对撮箕的编制，然后集中起来每半个月卖一次，一家一个月的生活费才能算是勉强得到了保障。让我记忆最深的是，在卖掉撮箕的那一天，家里一定会小小地改善一下生活。母亲是管家的，只要一拿到钱，无论如何也会花上几元钱，为爱喝酒的父亲打上半斤白酒，弄点肉或鸡蛋，让辛苦一个月的老父亲改善一下。在我跟随父亲生活的那些年份里，因为生活压力的缘故，很少能看到父亲有一丝笑容，也很少看到父亲有更多一点的话语，只有在父亲多喝几杯酒的时候，我们才会见到父亲多少有点高兴的神态，话也会比平时多一些。

这样支撑了一年多时间，到1976年底，编制撮箕的事情已经无法再做下去，一方面是附近生产队山林管理开始严格了，很难再去山上砍伐山竹了，于是我们从过去自己去砍伐原料，变成了从农民那里购买原料，撮箕的成本也自然就提高了许多。另一方面，由于那时候到工厂里来等待户口的"黑人"家庭不只是我们一家，贫困的家庭很多，所以编制撮箕的家庭也逐渐多起来了。按照今天商品经济的说法，产品出现了供大于求，售卖产品可赚利润少了，而且也经常有卖不出去的情况。全家放弃这个生存手段后，经人介绍，兄长和我去参加民工队做小工。做小工虽说收入很有限，但可以勉强糊住我们的嘴巴。母亲呢，也在工厂里帮别人家带孩子，也就是今天的所谓"保姆"，一个月可收入十几元。尽管如此，全家人的生活还是朝不保夕，时时要靠借债来搪塞。在我的记忆里，在矿山生活了的数十年中，包括我和母亲还没有被遣送回家乡之前，我们一共搬迁了不下五个车间，但我们家每搬一个车间或矿区，周围的邻居必是我们家的借债对象。

父亲在家是不具体管理经济之事的，他也从来不去财务科领工资，只有母亲不在家时父亲才无可奈何地去一次。那时领工资需要携带私章，父亲的私章从来都是在母亲手里。借债的事，父亲更是不会去做的，不过有一点好，父亲人缘好，他和同事、邻居相处都很和睦，所以，尽管每次都是母亲出面去向人借钱，但别人看的多是父亲的人缘关系。关于父亲为什么从不去领工资，我没有听他本人说过，但母亲是说过的，原因是父亲不愿见那些发工资的、属于另一个"阶级"的人们趾高气扬以及如"施舍"一般的面孔。

1978 年 10 月，也就是在"四人帮"被打倒后的第三个年头，我们全家的户口才最后一批得以解决回到厂矿。对于我们这样已经因为长期的政治凌辱而麻木的家庭来说，从头上脱下备受歧视的"黑人"帽子也许并不是最重要的，而重要的是有了户口，就可以从粮店里买到低价的供应粮。

也许是因为一下子松弛下来的缘故，父亲从这一年开始，酒喝得比过去多了。这一段时间，在我和父亲之间发生了两件较重大的事情。

第一件事是我提出来用半年的时间复习考试，不再去外面打工，父亲颇有些不愿，因为家里当时仍然非常困难，经济上仍然处在借新债还旧债阶段，父亲一个人的收入加上兄长打工的收入，仍然不能平衡家里的基本生活开支，所以，在父亲看来，必须是我和兄长两个人同时在外打工，才能勉强维持家庭的基本开支。但是，我仍然违背父亲意愿，不顾家境艰辛，拒绝去包工队打工，待在家里复习了近三个月。

第二件事便是 1979 年我从头一年报考中专改为报考大学，在临考试只有两个月的时候，我突然将这个决定告诉了父亲，为此，父亲很是生气。在父亲看来，我不过就在农村一个谈不上什么教学质量的公社农业中学念了一个初中，要考大学，谈何容易。如果考中专，把握当然会大一些，那时只要考上了学校，家里不需要太多负担，上学全是公费，而且包分配，所以，两年毕业后就可以立即参加工作，也就可以为父亲分担这个经济上沉疴深重的家庭。

八月中旬，高考分数从地区送到了我所在的工厂，分数到达工厂的第二天早晨，我跟往常一样，早起去工厂食堂的开水房打开水，在路上的时候，我突然发觉人们用一种异样和崇敬的眼光看着我，我也不知道发生了什么，人们怎么会这样？从农村以"黑人"身份回到这个曾经让我的情感充满着仇恨的工厂已经整整四年，在这四年中，我参加过工厂道路维修，为工厂的住房翻过瓦，为工厂的很多厂房堆砌过石墙；也曾经上山砍柴来卖给工厂里的很多人家，每天早晨在太阳还隐藏在大山里的时候，我就要去打工的工地或山里。在路上相遇的所有上学的学生、上班的成年人，他们都不会正面地看我一眼，如果要看，那也一定是以鄙夷不屑的眼光从我又脏又破的工装上一扫而过。

中午，父亲带着一脸喜气回到家里，说他办公室的科长告诉他：你们家老二的高考分数昨晚到了厂里，全厂文科第一名，全地区文科第九名，而且还可以报外省的大学，并向父亲表示祝贺。

我的考试结果在矿山的确引起一阵不小的轰动，因为他们怎么也想不通，在他们的记忆中搜索来、搜索去，都只知道侯家有一个经常穿着破烂衣服、蓬头垢面、起早贪黑地在外打工或砍柴卖的二小子，怎么也不会相信会参加高考，而且还考到如此高的成绩，甚至还要到外省上大学！对于这件事，老父表面上虽然没有说得太多，但内心的高兴还是可以感知的。

在我读大学期间，老父亲继续给我写过很多信，继续尽他作为一个父亲的"课子"之责，关于如何理解社会、如何理解亲情、如何理解人生，思路仍然是十分清晰的。只可惜在我毕业离开学校时，将父亲给我的一大堆信件，少说也有几十封，全都付之一炬了。虽然今天想来没有保留这些珍贵的父亲遗作，实在是一件天大的憾事，但是，当时这样做的理由似乎还是很充分的，而这个所谓的"充分理由"来自于我还是一个不懂事的孩子时亲眼目睹的一件与信件有关的人间悲剧。

大约就是"文化大革命"开始后的第二年，那时候我们家住在矿区，记得有一天晚上十二点了，我们全家都睡了，造反派在一个姓崔的科长带领下突击查抄了我们家，从我们家翻出了一些从家乡和父亲过去朋友那里写来的信件，只见那个姓崔的科长，反复地拿着这些信件看，并不断地以恶狠狠的口气询问我父亲，弄得我们全家感到了命悬一线的紧张，除了母亲和我大哥外，我和还只有五岁的弟弟吓得直想哭，但又不敢哭，生怕因为哭出声而招来一顿殴打。无独有偶的是，第二天早上听说邻居家的一个人被抓起来关在禁闭室里拷打，原因就是头天夜里从他家搜到一些信件，其中一些信件有"反革命"语言。从那时候起，父亲接到任何信件，都是一看完就烧了，这个习惯一直延续下来，我们家从不保存任何私人文字的习惯也就是从这时候开始形成的。那时候，只知道这是"革命"需要，没有想太多。以后上了大学，在试着阅读一些政治哲学著作后才知道，那是对人性和人的基本权利的一种摧残，是一种与人的起码尊严严重不相符的恐吓。可是，自由也好，尊重人的权利也好，虽然是人类的美好期待，但是，一旦历史被少数人操纵，它们就会变得苍白无力。

四、病与痛

1983 年 8 月，我毕业分配回了贵州铜仁地区，1985 年结婚，老父老母搬来同住。这一期间，老父亲始终没有丢弃远在二十三公里以外的那个属于他自己一手维持起来的家。与我们同住后，虽然很少回去，但是在他心情不畅快的时候，他还是会独自一人跑回去住上一些日子。记得有一次因疼爱小孙子与我妻子意见不合，怄气，一人便回到了矿山他一直保留着的那个家。我当时工作忙，也没有注意父亲心态上的重大变化，以为他住几天，气消了自己就会回来。可是不久，矿山上有人带信下来，说父亲不停地在家喝酒，整天沉睡，心情极坏。这时我才感到了事态的严重性，赶紧找了车去接他，当我走进矿山那间昏暗的房屋时，发现父亲一个人在床上流泪，我赶紧上去扶他，闻到了一阵浓浓的酒味。一生中真正见到父亲流泪这是第二次，第一次是在八岁那年，因为祭奠祖父喝醉时，我见到父亲流过一次泪。

父亲已经不再完完全全是以前那个父亲了，进入暮年且离开社会以后，一生中曾经的期望，包括得到的和没有得到的，荣荣辱辱、坎坎坷坷的经历都回到了作为传统知识分子的父亲的情感和精神世界里。易生气，个性趋于烦躁等，主要表现在对生活中很小细节的在意。关于如何照顾小孙子生活起居问题，常常会与我妻子意见不合，如果在以前，对于豁达、善解人意的父亲来说，这么点小事根本就不算什么。但是，对于退休后与社会渐远的父亲而言，似乎已不再是什么小事了。

父亲始终坚持要留住矿山的那个家，其实是有他深刻的想法的，而且也是产生于父亲进入晚年后，也是后来我经过认真地思考和酌量父亲的一些生活细节，才真正体会到了父亲的人情伦理原则：父亲一生持有独立的生活态度和倔强的个性，所以，即使是亲生的儿子，他也必须表达和展现自己保持独立和不愿意承受一种寄人篱下的生活态度。有关父亲的这一禀性，也并非在他生前为我所体会，而是在后来阅读父亲留下的病中记事和信件时才认识到的。1990年6月20日，也就是父亲第一阶段放疗结束后，我接他和母亲到重庆休养期间，父亲给我弟弟写过一封信，在信中，父亲因困惑于医疗费用昂贵，对第二阶放疗后是继续留在重庆还是回到铜仁犹豫不决，而在说到如果回到铜仁也会有诸多困难时，父亲写了以下一段话：

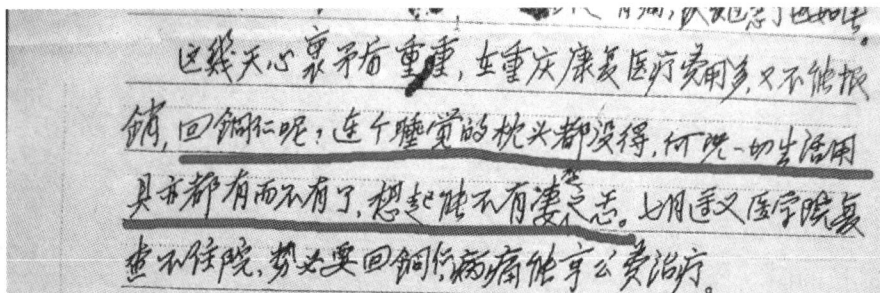

这段话复写出来就是："这几天心里矛盾重重，在重庆康复医疗费用多，又不能报销，回铜仁呢？连个睡觉的枕头都没得，何况一切生活用具亦都有而不有了[1]，想起能不有凄楚之感……"

这段文字的下划线部分，实际上就是父亲对我没有征求他的意见，就擅自做主将他和母亲的生活用品搬到重庆，使他失去了坚持独立个性的物质条件表达了一种无奈。有关这一点，在几乎同一时间父亲给我兄长写的信中，再次得到了证实：

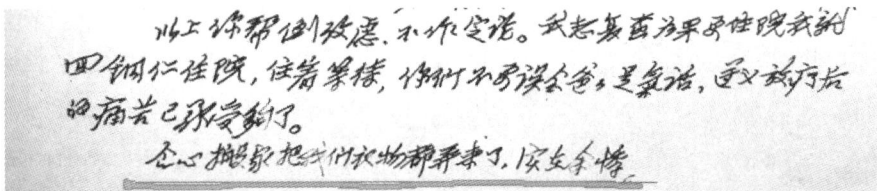

这封原信截图中的下划线部分复写出来就是："合心搬家把我们衣物都弄来了，实在余悸。"

综合地想一想上述两段话后，反映的其实就是父亲在他休养康复结束将要二次返回遵义医学院放疗时内心产生了矛盾和无奈。1990年5月，正值我在遵义医学院守候父亲时，调动妻子工作的事情得到批准，于是我直接从遵义医学院回铜仁去搬家。在清理和打包家中不多的用具时，我不假思索地将父母的一应生活用品装上车。当然，这样做的本意是要将父母亲留在我身边，尽孝直至他们百年离

---

[1]　作者父亲的口语。

开人世，所以，根本没有去关注父亲一直持有的独立个性存在，更没有从父亲的角度去想：一旦将父母亲的全部生活用品搬离铜仁的家，也就等于毁弃了父亲个性独立的物质基础。

更让我在看到这些信件时倍感痛心的是，在父亲与我兄长商量他再次住院放疗后，究竟是返回重庆还是返回铜仁时，在父亲给我兄长的同一封信中还看到了如下一段话：

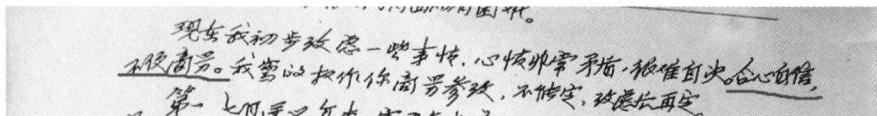

这段话在这里复写出来就是："……现在我初步考虑一些事情，心情非常矛盾，很难自决。合心自信，不便商量。我写的权作你商量参考，不能定，考虑后再定。"

其中下划线部分是父亲对我的一种最客气、但内心却饱含深深无奈的评价。这说明读完硕士研究生的我，作为人子，在父子情感世界里，已经让父亲感觉到了他这个二儿子渐渐生成了刚愎的个性。而面对我的这种改变，父亲已经不再可能像我们孩提时，可以以"课子"的方式加以说理教育了，而只能无奈以对。

1986年5月，我考研究生获得录取，这也是我一生中第三次严重违背父愿。父亲一直期望我安定下来，就在当地好好工作，何况当时我已提拔到了支行副行长的位置，父亲需要我给他和母亲，以及刚刚出生的孩子提供一个相对安定的生活环境。今天回过头去看，一切过错都缘于自己年轻，自私和自我，根本就没有出于传统孝道好好地去理解父亲的想法。我一走，作为父亲的儿子，我丢掉尽孝的职责；作为刚出生的儿子的父亲，我自私地将抚育下一代的职责扔给二位老人和家里的妻子。

出发去学校报到那一天，天气阴沉沉的，我工作的市支行安排车将我送到八十公里外的玉屏。父亲坚持要来送我，在玉屏火车站，父亲一直注视着我办完托运手续，直至上车。跨进车厢车门，禁不住回过头来看了一眼月台上的父亲，在那一瞬间，我才真正问了一下自己：再去读书，是不是一种错误的人生决定，是不是与亲情、人伦悖逆而行了？

1987年春节，也就是我上研究生的第一个寒假，期终考试一结束我就踏上东行的列车。回到家里，小儿子已经会依墙而行，但让我感受最深刻的并不是小儿子的变化，而是老父亲的变化，父亲的身体大不如从前，易感冒，咳嗽时有一种无法轻易停下来的症状。同年七月下旬，放暑假回家，母亲告知我，家庭经济很困难，不借债恐怕是很难维持了。我妻子的工资很低，就是加上父亲那点微薄的退休工资，实在不足以支撑全家的生活，尤其是儿子身体不好，几乎两三天就生病一次，加上父亲身体素质下降，有时候甚至是祖孙二人同时住进医院，那时是没有医疗保险的，父亲所在的单位属于劳改企业，这样的企业里的劳动者在当时的社会历史情况下，本来就分成了三六九等，第一等级是有着"干部"身份的人（这些人多为"南下干部"），第二等级是没有经历过牢狱的工人，即所谓"领导阶级"，第三等级为经历过牢狱刑满后留在工厂的人，他们被歧视性地称之为"就业人员"，第四等级当然是还在服刑的劳改人员。第四等级的人，因为正在服刑，其医疗体系在监狱内，没有报销关系。所以，工厂里的报销体系所针对人群主要是前三个等级，而父亲就属于第三个等级中的一员。在那样一个特殊的历史时期，像父亲他们这个等级的，虽然理论上坐牢是有年限的，但实际上在精神和基本权利上等同于终身监禁和终生失去。对于一个统一的企业医疗费报销体系，而报销对象又是一个复杂的等级结构而言，医疗报销政策也就自然形成了三六九等。对于我父亲这样"低等级的人类"来说，能否在厂矿的职工医院里用上有效的药，异地就医时能不能报销一些药费，一是取决于劳改企业一直存在的歧视性报销政策，二是取决于单位的财务账上有没有钱。因为当时的企业不景气（汞矿资源经数十年开采后已枯竭），财务费用相对紧张。

这就是说，除了政策以外，还有一个更为重要的限制是企业的财务困境。"南下干部"的医疗费是首先要保证的，其次要保证的是所谓"领导阶级"的医疗费，最后才是像我父亲这样"低等级的人类"。所以，父亲被诊断出癌症之后在遵义医学院住院的医疗费，多为我们三兄弟筹钱维持。拿回到父亲单位的报销单据，常常会被退回来，理由很简单，满足前两个等级的人报销后，财务已没有钱。其实，从1988年秋天父亲出现癌症病兆开始，到1990年夏天去世，有关医药费昂贵和医药费报销困难所引发的问题，以及父亲在这些问题出现后受经济困境高压被迫思考的情况一直都存在。但是，这样的现实存在，在认真阅读父亲的信件之前我是没有想到的。在阅读了父亲的病中记事和信件后才知道，在父亲去世前的近两年时间中，他除承受了剧烈的病痛折磨外，同时还承受了昂贵医药费给亲情带来的巨大压力。

我研究生学习直到毕业后工作，忙碌于世俗事务成为我生活的全部，没有时间去想因医药费困境给父亲带来的精神和亲情困境，也没有想过父亲在他要去世之前微微流露出知识分子才会有的对不公正现实的思考。从后来翻阅父亲留下的记事和信件内容来看，从生病开始，父亲就一直为医药费的昂贵以及因为歧视性报销制度而给他的三个儿子经济造成沉重负担的问题而承受着巨大的内心痛苦。以下是1990年6月20日，父亲在给我弟弟写信时讲到的关于医疗费报销问题的一段话：

　　这段话复写出来就是："今天南岸区第二中医院激光门诊部王医生告诉我，国家对于癌症病人医疗费用无论在哪里都可以报销，全国性的有文件，代院长说的是指一般病人的劳改政策规定，倘若以此而代之，那是不合理的。现在大哥提出找根据，找倒（到）文件就好了。"

　　1990 年 6 月中旬后，父亲从遵义医学院出院到重庆做放疗后的休养，在此期间，他常去当地医院做康复，当他听到当地医生跟他说了癌症病人的报销政策后，他立即写信给我兄长，要他去单位的医院询问相关政策，但他们单位那个姓代的院长婉转地告诉我兄长如下政策口径：在全国各地医治后的医疗费报销只是对"干部"的，对于劳改过的人员没有这个政策。兄长把这个咨询结果告诉了父亲，为了安慰父亲（仅仅是出于安慰），兄长还答应去寻找相关文件，看政策本身是不是真的像父亲所在单位职工医院的院长所说的那样，有着如此明确的歧视性规定。

　　对于"两年劳改，终身歧视"的这样一种不公正的人生际遇，父亲思考得更加深入，而这也是看了 1990 年 6 月 29 日父亲给我兄长的信中下面一段话才知道的，因为在此之前，我一直认为父亲是面对一切打击和不公正，始终以沉默不语来应对的那类传统文人。

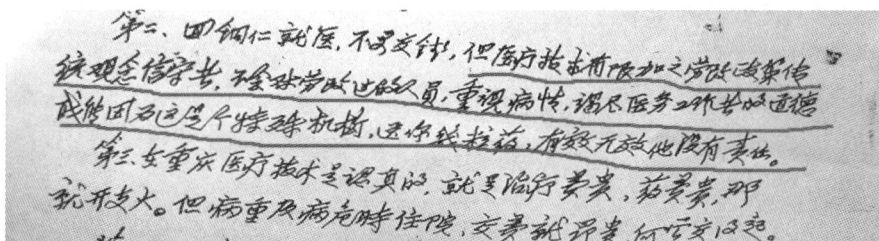

　　这段话复写出来就是："第二，回铜仁就医，不要交钱了，但医疗技术有限，加之劳改政策传统观念信守者，不会对劳改过的人员重视病情，（不会）竭尽医务工作者的道德职能，因为这是个特殊机构，送你几粒药，有效无效他没有责任。"

有关我去上研究生后家庭经济再次陷入困境的问题，最让我心酸的是母亲告诉我，父亲已经在我所住的银行大院门口的小商店里赊购了不少的生活日用品。而且还告诉我，父亲平时抽的香烟，全是那个小商店里卖出来的、因发了霉而处理的鸽子牌卷烟，一毛钱一包，很便宜。听完母亲的话，我的心就如刀绞一般。沉重的负疚感一下子又把我带到了最为艰苦的"黑人"岁月，那时候，我们全家因为是"黑人"，要吃高价粮，且家有三个正吃长饭的男人，所以，我们家的贫困是矿山里出了名的，突出的生活表现是，每到月底发工资前，母亲就得挨家借钱借粮，或向邻里借菜票和饭票，一等发完工资，母亲又挨家挨户地还钱还粮。到了我上大学以后，家里要寄钱给我补贴学校生活，那时，工厂有了小商店，父亲一直有喝酒抽烟的嗜好，于是，赶上家里经济不济的时候，父亲便去商店里赊购烟、酒和一些生活用品。到大学毕业后，全家经济状况开始有所好转，尤其经过一年多的清偿旧债后，总算过上了一阵虽然不宽裕但却没有债务的日子，可是，这次我一上研究生，相当于把整个家再次"扔"进了贫困的境地，将年迈的父亲再次逼到赊账度日的生活中去。

在我研究生即将毕业的头一年，也就是1988年秋天，老父亲出现了流鼻血的症状，并且无法以常规的方法止住鼻血。也是后来才知道，父亲这时候已经患上了鼻咽癌。应该说，我对此还是有些警觉的，但由于经济和精力方面的原因，加之一直觉得父亲身体很好，所以，总是没有拿出勇气来正视这一残酷现实。

1988年第二个学期中，为父亲的病我专门回了一趟家，这时，父亲的鼻咽癌已很严重，出现了两个严重的并发症状况，一是引起严重的偏头痛，二是眼睛出现严重复视。我回家时，父亲的右眼复视已经严重到了看任何东西都是双重影子，为了不影响整个视力，父亲只好用白纸将一只眼镜片封住。偏头痛被父亲误认为是牙齿痛，就在我回去看他期间，父亲因疼痛难忍但又为了要省钱，独自一人上街随便找了一个江湖郎中，在父亲的要求下，对方给他拔掉了两颗牙。

当我上街去寻找父亲时，在途中看到刚拔完牙的老父亲，只见父亲满下颌都是鲜血，并且还用一张白布包住了半边头，右边眼镜片被他用白纸蒙上，只见他在街上忽左忽右，踉踉跄跄，那情那景、那感受，作为人子的我，至今也害怕去回忆……

1989年初，我研究生毕业分配去了重庆。这时候父亲出现了头痛难忍、鼻血不止的病状。可能仍然是自己年轻的缘故，过于看重浮华世界里的那些俗事，认为刚到一个单位，努力工作才是最重要的。所以，在今天看来，在面对尘世俗事与亲情血缘需要我作出孰轻孰重、孰真孰幻的判断时，我自己却失去应该有的标准。

1990年初，我意识到如果再漠视父亲的身体，可能真的有违人伦了，于是从重庆单位的同事那里借了钱，匆匆赶回铜仁，将老父亲接到遵义医学院做病情检查。担心的事终于发生了，CT检查结果得出结论：三期鼻咽癌，且颅底骨已受到癌细胞的侵蚀。父亲就地住院，开始医院没有床位，找了熟人，才得以安排在综合病房住下，但综合病房是过渡性病房，属于观察期，医生来病床诊病次数很少，而此时父亲的病已进入疼痛难忍的阶段，即使是在大冬天，只要疼痛发作起来，头上就会有豆大的汗珠子一粒一粒直往下滚。见久久没有人来实地检查和治疗，在疼痛难忍之际，父亲的心情糟糕到了极点。最初几晚上，我睡在父亲的脚的那一边，病床很小，父亲晚上痛得睡不着，便吃大量的去痛片，病房里还有其他病友，父亲只能忍着尽量不哼出声来，实在忍不住了，就下床到外面去。

有关对父亲的病痛理解，其实对所有有清醒"人子"认识的男人来说，除了是一种生命机制理解的考验外，还是一种亲情理解的考验。事后回顾来看，对于后者的理解，以及在这样一种理解之下，如何面对父亲的病痛，我是极其有愧的。

父亲在没有进入正式放射治疗之前，经历了一个较长的检查期，对于这样一个检查期，父亲究竟承受了多大的病痛折磨，当时的我是没有认真去体会的，只是作为"非切身体会者"直观地看到了父亲对病痛的那种非常显著的反应。看到父亲那种疼痛难忍的状况，我有时甚至还会认为，这样的病痛是不是可以用毅力来克服和克制。一直到今天，自己也已经进入生命衰退期，才发现自己当时对父亲病痛的理解是那样轻率和没有人情味。事实上，包含在亲情血缘中的很多需要细致体会的东西，是不能完全用责任、坚强、理智等这样一些书面化的字眼来加以说明的。后来读了亚当·斯密的《道德情操论》，他在这本著作中明确提出了一个为后来学术界所总结的情感规律，即"同情共感机制"，这个机制的核心就是，如果不用自己在处于同等客观环境下的情感反应去理解第三人所面对的同等现实，那么，所有的理解都会是不准确的。由此而推论，当父亲处于病痛剧烈折磨时，我却想到了另外一些与血缘亲情并不一致的书面化标准，而这些标准恰好是世俗和社会化的，更不是在亚当·斯密"同情共感机制"理解之下的切身对照与理解。

父亲去世后，兄长收拾了父亲的《病中记事》和父亲写给我们三兄弟每一个人的信件，然后全部交给了我，兄长的意思是很直观的，就是想要我好好保存父亲的这些文字，今后在为父亲写点什么的时候，可以睹物思人。我呢，也真的在有空的时候认真阅读了父亲写的东西，读完《病中记事》和父亲的亲笔信后，大约有两个方面是我体会最深的。

首先是真正体会到了病重之苦和剧烈疼痛折磨对于父亲来说，绝不是任何文学作品的任何超生活现实描述可以概括的。而这样的体会，是在读到 1990 年 2 月 2 日，父亲于剧烈疼痛之中在他自己的那个小小记事本上，用他的传统繁体字写下了一段话。

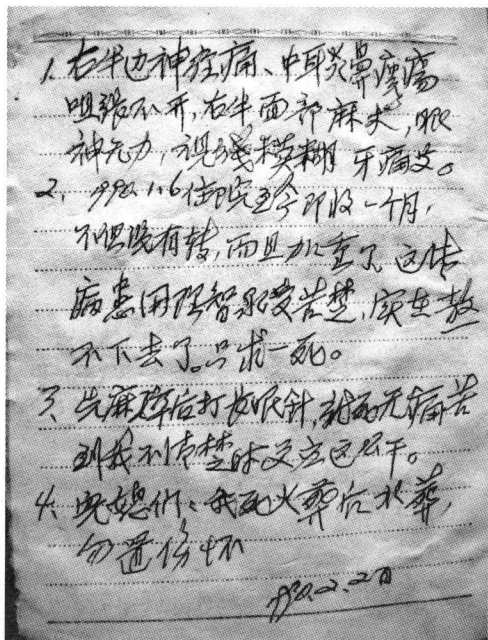

父亲《病中记事》所写下的这段话是在我接到去遵义医学院之前在铜仁地区医院短暂住院期间写下的，复写出来就是：

"1. 右半边神经痛、中耳炎、鼻溃疡、嘴张不开，右半面部麻木，眼神无力，视线模糊、牙痛等。

2. 1990年1月6日住院至今即将一个月，不但没有好转，而且加重了，这些病患用理智承受苦楚，实在熬不下去了，只求一死。

3. 先麻醉后打长眠针，就死无痛苦了，到我不清楚时更应这么干。

4. 儿媳们：我死火葬后水葬，匆置伤怀。

1990年2月2日"

从1990年1月病情加重开始，父亲就在他的小小记事本上以"病中记事"为标题，详细记叙他生病后的整个过程，一直记到1990年8月24日去世的头一天。上面这段话是父亲还没有去遵义医学院之前，在1990年春节的日子写的，也正是我们三兄弟商量要在春节后送父亲去遵义医学院的时候。也就是说，父亲的三个儿子那个时候都在他身边，但他没有直接告诉我们中的任何一个人他所承受的病痛，而是自己默默地写在小本子上。今天想来，也许是父亲不愿意让我们为他的病痛担心，而更愿意自己一个人承受，也或许是看到了他的儿子们，尤其是我这个二儿子对父亲的病痛流露出了某种完全"非同情共感机制"式的亲情苛刻，向病中的父亲流露出了书面化的坚强、毅力、理智等，所以，父亲本应该将剧烈疼痛的反应向曾经是自己赐予生命的儿子诉说，但是，父亲失望之余，选择了跟自己的小小记事本进行无奈的对话。

其次是体会到了父亲那种亲情浓浓的牵挂以及婉转的内心表达。在翻阅父亲留下的信件时，看到父亲于 1990 年 7 月 31 日写给我兄长和大嫂的一封信，在这封用繁体字写成的信中，父亲先是讲解了北宋诗人程颢所写七绝《春日成偶》以及唐代诗人杜牧所写七绝《清明》的韵律，然后，将他在铜仁住院和在遵义住院期间写的诗，寄给我的兄长和大嫂。今天连贯起来读和回味，才感知到父亲的这封信所具有的深刻寓意，而且是通过那样一种婉转的方式来向自己的亲人表达的：

"……

七言绝句，仄声起头

（一）

云淡风清近午天。傍花随柳过前川。时人不识余心乐，将谓偷闲学少年。

（一、三、五不论，二、四、六分明）

平声起头

（二）

清明时节雨纷纷。路上行人欲断魂。借问酒家何处是，牧童遥指杏花村。

七言排律类推：前四句是仄声起头者（一），后四句则用平声起头（二），反之（二）前四句，那就用（一）作后四句，亦有四句都是用（一）或（二）重复表示的排律诗句。

晚年了，说点诗给你们晓得，诗家的乐趣，民间的民谣、歌谣、世俗故事以及人生的苦怒哀乐等，都是诗的好内容和好题材。

[我的病中感受·七言排律]

其一

锦江春水缘幽蓝，踏上名城把病看。入院嗖嗖嫌被薄，离家寂寂带心酸。双人挽扶脚生短，八寸卧铺腿难翻。少却安眠焉过夜，服吞去痛觉心安。

其二

病毒沉屙智不清，无端逼子返铜仁。医家一语千金重，吾辈三生九重天。沿院缓行人作杖，扶梯慢爬他为撑。疗程归去催尔急，挂肚儿孙媳齐临。

其三

重庆两月度时光，遵医回迹复查详。肿留浅层安颈卧，稠将粘透口难张。将临幸福癌先夺，走完崎岖病摔伤。十殿阎君早勾簿，幽冥世界不累阳。

……"

在我们成长的那些年，受岁月煎熬，父亲和母亲的最大忧心在于如何能够养活我们这三个嗷嗷待哺的儿子。虽然知道父亲在父辈一代人中属于有文化的那一类人，但也从未听到过父亲认真讲述他的文化体会。在写给兄长和大嫂的信中，父亲讲到了诗律，对我们三兄弟来说都还是第一次。现在想来，之所以父亲在此时给他的儿子们讲诗律，显然目的已经不是要教我们三兄弟如何写好一首古诗，而是以诗言情，婉转地向我们三兄弟讲述病中的他自己、病中的亲人们以及对身后事的忧虑。

"七言排律·其一"，是父亲讲述病情加重后，病痛开始折磨肌体的感受。从我带他到遵义医学院检查乘坐火车开始，病痛其实就已经折磨着他，这时候的父亲已经需要用口服去痛片来确保自己能够入睡。

"七言排律·其二"，是父亲讲述住院的第一阶段的切身之痛。那时虽然住进了医院，但是由于要经历种种正式进入治疗之前的病理检查，所以在没有进入正式放疗之前，疼痛难忍的情况在不断加剧，常常因为疼痛导致神志不清，并且在这期间，对兄长发了脾气，而后来父亲为自己在剧烈疼痛折磨中的不理智行为后悔自责，而且还在诗的结尾部分写了他在进入治疗过程后，因为高剂量放射治疗，身体迅即进入极度虚弱阶段。这个时候父亲的内心滋生了对家人深深的眷恋，所以，期盼着所有的儿子、孙子能够都到他住的医院聚齐。

"七言排律·其三"，是父亲讲述自己的绝望与对身后事的忧虑。父亲在重庆住了两个月后，遵照当初出院时医院的安排，返回遵义医学院附属医院再次检查和治理。但此时父亲心里已经很清楚结果了，知道在整个家即将走出困境、幸福生活要来临的时候，自己的身体已经不能再支撑未来的生活，而这时候唯一想到的是希望能早一点到阎罗殿报到，不要拖累生活在阳间的亲人："十殿阎君早勾簿，幽冥世界不累阳。"

以上这些父亲写下的诗，还有一些病中写的信，以及他一直记录至去世头一天的《病中记事》，是在父亲离开人世很久了，我才抽时间来认真阅读的。反复阅读之后，发现自己在理解父亲病痛问题上存在着严重的"非切身"问题。当时，可能真的仅仅是从为人之子的责任去理解父亲的病痛，而并不是从生命艰辛的角度，或不是从作为我的生命赐予者的血缘亲情角度去体会父亲在身体剧痛和生命衰竭过程所承受的痛苦。

看到父亲在疼痛难忍中下床走出病房，我如何能睡得着？当父亲在疼痛中哼哼着帮我掖好被子，开门走出病房的时候，我似乎才真的感觉到，那份血缘亲情被我自己用世俗的刀子，撕裂成了永远无法再组合在一起的一块块碎片。

在综合病房住了近半个月，然后正式转入肿瘤病房，但开始仍然是观察和一系列的检查，这时的父亲已经是痛到了难以忍受的境地，我只好去要求医生给父亲打杜冷丁。那时候，去痛片和安眠药是父亲身边最多的两种东西，医生一再强调这两样东西不能吃多，但看到父亲受病痛折磨的惨状，我实在无法按照医生的指示做，医生不肯再给父亲开安眠药和去痛片，于是我就去外面给父亲买。渐渐地，以上两样药用量越来越大，到后来没有了效用，需要打杜冷丁的时间间隔也越来越短。那也是我最为担心的日子，担心老父亲会在进入正式治疗之前，就抵抗不过生命最后的痛楚。

但是，父亲还是表现出了他一贯所具有的坚强禀性和意志，即使是病痛到常人难以忍受的地步，仍然保持着很强的生之欲望。在经过半个月的检查后，父亲开始进行放射治疗，大约经过一周的放射治疗后，剧烈疼痛开始消失，但是，放射治疗是医疗科学无奈之下所采取的一种打击性治疗，加上放射部位正好在鼻咽中心，剧烈的疼痛虽然消失了，但整个味觉遭到了严重破坏，这使得父亲吃任何东西都如嚼木屑。

放疗一段时间后，父亲精神也稍显好转，于是抽空陪父亲出去走一走。一天，走到一家卖散酒的杂货店门口，父亲突然对我说，闻着酒的气味，觉着很香，想试着喝一点。按照医生交代，凡癌症病人是绝不能喝酒抽烟的，可能是父亲的病情有所好转，所以能闻到和感受到过去曾经嗜好过的酒香味，当然，也许父亲也想通过此举证实自己是不是已经恢复了。我没有拒绝父亲的要求，我们像鲁迅笔下的孔乙己那样，站在柜台前要了二两白酒，店老板用二两的酒提子，把酒从酒桶里打起来，然后拿过放在柜台上一只显得有些脏的土碗，直接将酒倒了进去，父亲慢慢地端起酒碗来，但只喝了一口，便表情无奈地放下碗，我问父亲："怎么了？酒不好吗？"父亲很沉重地对我说：

"不想喝了。"

回到病房后，父亲闷闷不乐整整一个下午，开始我没有在意，到了晚饭的时候，父亲端起饭碗突然说："我可能一辈子也不能喝酒了。"这话像是父亲自言自语，但又像有意要对我这个二儿子说的。我赶紧安慰父亲说：以后病好了，应该可以喝。

只有那一刻，我才真正隐约感受到血缘亲情所具有的关联性，老父亲的叹息可能并不简单是一个能不能再喝酒的问题，或许就是从这样一件简单的事情中，父亲知悉自己已不再可能是过去的自己，癌病已使他失去了过去的强壮，成了另外一个或许他自己都不认识的、噤若寒蝉的生命体。1990 年 5 月，第一阶段放疗结束，医生说，因为放疗对身体损害较大，要出院休息一个月，于是我去遵义为父亲办理了出院手续，并接父母到了重庆。

重庆的家，住在南岸区在当时来说还很偏远的四小区，没有公共汽车，我每天上班都得准时去楼下坐单位的交通车，否则就得到两公里以外的地方去乘公共汽车。房子是到了重庆后临时分给的，是那栋楼里剩下的最后一套，在八楼顶层。那时我才刚刚工作，加上父亲生病住院后一直借债维持，所以，重庆的家也仍然是家徒四壁。有一次，父亲去南坪集贸市场找了一个医生，开了一副大约是开胃带补的药方，等我第二天拿着药方到药铺去照方抓药时，划价下来，药费要一百八十元，可当时我的身边就没有那么多钱。我居住的房子楼层太高，没有电梯，每次父亲同母亲外出回来，要拖着很虚弱的身子徒步爬上八层楼，也许真的是太残酷了，父亲曾经多次感慨地对我说，每次去看病回来，只要一到楼下，看到高高的楼层都有一种恐惧感。

我还是工作太忙，没有更多的时间来关心和照顾病中的父亲。那时候在单位做领导的文字秘书，大量的时间都是在写稿子，可当时没有电脑，全部都得用手书写，一篇稿子写好了，要修改数次，最后才誊写成正式文稿交打字室打印。记得有一次，我写了一篇工作稿，我自己实在没有时间誊写，领导又急着要，于是将文稿拿回家来让父亲帮我誊写，这时的父亲，右眼因受癌细胞压迫，复视得很厉害，父亲只能蒙着一只眼睛誊写。由于只能用一只眼睛看文稿，加上父亲本身就是近千度的近视，在誊写中需要伏案到整个眼睛几乎贴近稿子，那种艰难是可想而知的。

也许这就是许多人都可能要患上的典型"年轻病"，我也没有例外。"年轻病"最大的特点就是：自视为大、世俗为大，淡漠亲情、淡漠生命。

七月，送父亲去贵州遵义复查，再次住下来做放射治疗，并由兄长守候。时隔不久，父亲出现昼夜咳嗽，经过一轮详细检查后，担心的事情终于发生了：老父亲的癌病变已向肺部大面积转移，院方正式告诉我们，父亲的生命已无希望……

八月，我再次去遵义，与兄长一道，将已然十分虚弱的老父亲接出医院。在老父亲即将回铜仁的头一天晚上，在老父亲的脚边，我度过了最后一个可以让我回忆起儿时情景的难眠之夜。小的时候，凡是与父亲出门在外，我总是睡在父亲的脚边。父亲很暖和，据说这是因为父亲属相是虎，再冷的天气，只要钻进父亲睡热的被窝，就会感受到一种温暖和安全。前些日子，偶然在音乐台听了舒伯特的《摇篮曲》，由一个浑厚的男低音唱出的每一个音符和歌词，都无不使我想起儿时在父亲身边的那种体会。

父亲出院后将立即返回铜仁，因为无法确知父亲会在哪一天故去，我又工作太忙，于是只得再次返回重庆等候。那年的八月，不知为什么，尽管离秋天还很早，但清晨遵义火车站的月台上竟然冷风飕飕地刮。也就是这样的肃杀，后来在重庆写下了以下一段诗句：

"播州秋月台，上苍泪成灾，父子亲如何，从此两尘埃。"

从重庆开过来的火车停靠在有一轨距离的二站台，我不得不搀扶着已经虚弱到了极点的父亲跨过铁轨。父亲全身已没有任何可以支撑他的血气，全身肌肉已经萎缩，几乎就是皮包骨头。后来才听癌病专家说，一般晚期癌症病人都会出现这种症状，医学上称为"恶病状"。站台上开车前五分钟的铃声已经响起，父亲还是什么也没有说，直到我要走下车厢了，父亲才对我说了如下话：

"不要担心我，自己安心工作，照顾好小锋锋。"

在当时看来，这就是很一般的亲情表现，可是联系起父亲从我们懂事开始，在我们三弟兄教育上所做的一切，实际是可以体会得到父亲这样一个传统文化人，一生坚持忠与孝、赡与抚、责与勤的传统伦理原则的禀性。

父亲回到铜仁后，住进了他们单位那个缺钱、缺医、缺药的职工医院，那时候通信不方便，也无法随时得知父亲的情况，于是在重庆一直期待家里能在父亲弥留之前给我音讯，也好让我能去病榻前送一送坎坷、艰难一生的老父亲。

可我最终还是没有等到那一刻。据母亲说，在此期间母亲曾数次征求父亲的意见，问他要不要通知我马上回贵州，可父亲都以让我安心工作为由，拒绝了母亲的提议。记得从遵义出院时，院方曾说父亲还可活一个月左右，可是时隔不过十五天，也就是八月二十三日，我接到了家里拍发到重庆的电报，说老父亲已然离开人世。当我和小锋锋乘坐火车赶到贵州铜仁的时候，老父亲已然在棺椁中静静地睡了三日。面对静静如眠，但已不再属于这个活生生的人生世界的老父亲，我唯一可以做得到的便是伏在父亲的棺木上，为自己曾经漠然亲情、颠倒真幻而痛悔，为生养自己生命的悲去、为父亲不幸的一生而放声痛哭。

哀痛中，与家人和过去的朋友们将老父亲送上了山，当数天前还是一个活生生的生命的父亲突然间变成了矗立在自己面前的这一抔黄土时，我不得不承认：作为具体生命的父亲，已真真切切地永远离我而去……

五、哀与思

在死神到来之前，老父亲甚至未向他身后的这个世界提一丁点要求，只将三样东西：记事、书信和一本粘贴报纸文章的笔记本留给了我。

父亲去后，我最先认真阅读了父亲的《病中记事》。在住进遵义医学院到他去世的数月中，父亲几乎记下了他的每一天，有些日子稍微写得复杂一些，也有一些日子写得很简单，甚至仅仅是记了当天治疗情况。看 1990 年 1 月 16 日，最初住进医院的那几天父亲所写的字迹，比较父亲 8 月 23 日最后一天所写的字迹，便能清晰体会到生命衰竭的迹象和过程。到现在为止，我认真地看过和体会过三个人在生命即将离去时留下的笔迹。

第一个人当然是我的老父亲。

第二个人是我在"文革"时期随母亲被遣送回农村时在乡下读中学的同学，他叫陈祖刚。

在我生活、学习最困难的时候，他和他的父母接纳我这个"家庭出身有问题"的同学寄居在他家里。1995 年，我还在北京五道口上学便在年初听人说他患了淋巴癌，后来他本人也曾经给我写信，说他到地区医院去求医，后因付不起医疗费，不得已放弃治疗回到乡下的家里等待死神的判决。十月的一天，我再次接到了他写给我的一封信，信的大意是说：他的病很重，快不行了，家里有六个孩子，上面还有八十岁的老父亲，加上生病将近一年多，家庭经济已经几乎崩溃，所以，希望我能帮他抚养一个孩子。信的内容很简单，但引起我第一反应的是，他写在信纸上的那些几乎站不直"身子"的文字，歪歪扭扭不说，关键是横笔不横，直笔不直，非常孱弱。

想到1990年我父亲去世前的那些日子所书写的"病中记事"，我当即得出了一个判断：我这位仅仅只有三十九岁的同学，已然到了生命的最后时刻。果然，收到信后的第三天，我这位同学的妻子，同时也是我和陈祖刚共同的初中同学给我发来电报，说陈祖刚已于一天前病逝于家中。一个年轻的生命，甚至也不问一声上苍自己为什么会那么早地离世，问一问这个世道：病不能治、病没有钱治，完全是他自己的原因吗？

第三个人便是佛学大师李叔同，因为他在临终前写下了著名的寓意深刻的绝笔："悲欣交集"。

1997年冬天，我与同学一块去天津，也是跟着这位同学不经意地进了天津大悲院。天缘凑巧的是，弘一法师李叔同生平巡展正好在这里举行，包括遗物、文字作品、法器等，据说此前已在福建泉州、杭州虎跑巡回展出过。其实，根据有关李叔同生平介绍，他并没有作为高僧在大悲院里修过行，但在李叔同有争议的出生地问题上，天津是李叔同的出生地是最令人信服的说法之一。我想，之所以将李叔同的生平巡展到天津大悲院，估计就是这个原因了。按照他的学生同时也是他毅然皈依的激发人夏丏尊的说法，李叔同是我们这个世界上少数使自己生活到了第三层也就是顶层人生的人，也是因为这一点，当我在大悲院里看到了"悲欣交集"四个字的真迹时，体会到的可能会比别人更多一些。直观地从李叔同的生命最后绝笔的四个字的字迹看，与任何一个生命将去的普通人，如我的老父亲、我的同学陈祖刚的最后字迹比较，其实没有什么本质区别，都表达了生命的终点到来之时不可避免的羸弱。但是，一想到这四个字是出自于已经将精神和情感完全超脱于世俗世界和具体生命的弘一法师，其所表达出来的灵魂和精神世界，应该是足以让有思想的后人永远想象和景仰的。

就个体生命与整体生命的关系而言，就生与死的规律而言，老父亲之去与千千万万个生命、千千万万个父亲之去没有什么本质区别，可是，每当我翻开老父亲留下的那些包括记事、古体诗及信件等在内的文字时，无一不在我心中显现老父亲与这个世界大多数生命、父亲所不同的结局：生之命运的悲哀，病之受折磨的惨烈，归去之生命的凄凉……

老父亲一生经历了两次重大的社会事件，或者说是重大的社会变革。第一次是1949年，理论上，新的政权接管这个社会后，应该反映为民族和国家的进步，这个进步既是物质的，但又不完全是物质的，应该是人文的，即始终坚持尊重生命之尊严的，始终眷顾这个民族生存的大多数国民的根本利益，始终坚持文化对民族生存与发展的重要意义。有这三个坚持，那么一切杀戮生命、任意践踏人性和生命尊严、摧毁知识和知识分子人格的事都是不应该发生的。如果历史不是像后来那样演变，中华民族有了走向光明和自强的期望，对于像父亲这样曾经有过抱负且勤奋读书的人，历史本应该给他和同辈人以实现抱负的舞台，甚至当初父辈也的确是这样企盼的。可是就在新的政权接管这个社会不久，社会很快便进入了不宽容的历史时期。对于父亲那一辈人而言，本来应该会有很光明的个人生命历程，但由于不宽容的社会意识形态的出现，使得一切光明期望转瞬间化为不确定的生命疑虑。每一次"运动"，总是会在意识形态上形成这样的规律：为整个社会、整个民族的思想发展划上严格的樊篱，于是有意无意中想越过这个思想藩篱的人，或不经意被强制性越过这个樊篱的人，都必然遭遇人生乃至生命悲剧；每一次"运动"，总是会在具体的生命世界形成这样的规律：有一部分同属于炎黄后代的人，要被划到遭受凌辱和生命戕害的群体里去，而另一部分炎黄的后代，则会成为凌辱另一部分炎黄子孙的可耻者。

以后，随着阅读增加，我开始研究和学习美国思想家亨德里克·威廉·房龙的著作，如《宽容》、《天堂对话》等，读完这些伟大的著作，比较我在不宽容的历史时期读到的那些讲述同一民族生命相互残害的小说、报告文学，这才深深体会到，如果一个民族不能规避宗教、文化、政治、意识不宽容，一个社会、一个国家、一个民族必然陷于深重的灾难。父亲那一辈人，在新政权接管社会之初，理论上看到了自己作为有志生命存在的意义，可是不久，不宽容的一切，渐渐使这种美好期望变成了泡影。想到"文化大革命"，很容易让人联想到欧洲十三世纪至十五世纪充满宗教精神奴役的历史，因为这种历史近似性，一些炎黄的后代，开始承受着社会不宽容所强加给他们的屈辱和贫困，而我的老父亲就是这个群体中最为悲剧的一员。

老父亲一生所经历的第二次社会重大变革便是 1976 年打倒"四人帮"。从这个时候起，我们的社会才开始走向宽容，1949 年新的政权接管这个社会时告诉人民的那些社会管理和民族发展原则才开始逐步恢复。到了 1978 年以后，社会变革进入一个更重要的时期，中华民族似乎开始看到了一个能自我宽容的未来。可是，这时候的老父亲已经进入暮年，一切曾经有过的、属于那一辈知识分子的个人期望，都已经不再可能成为现实。对于一个民族和一个社会，失去的，还有机会可以在未来的历史发展中找回，只是人民要无辜地为之付出成本，可是，对于个体生命而言，失去的便永远不可能再找回。所以，在第二次重大进步性的社会变革中，父亲作为个体生命和我们这个家的支柱，真正可以期望和感受到的只能是从极度贫困的物质环境中渐渐走出来。1978 年这一次重大社会变革，其意义还不在于物质方式的改变，而在于人们开始摆脱同族抗争、同类相残的民族悲剧。对于大多数国民来说，今天的物质繁荣似乎是最能体会和感受到的现实，但如果从父亲那一辈知识分子所经历的社会不宽容灾难，并将这种历史现实延伸到整个中华民族发展来看，可能更有意义的应该是：1978 年的到来，将整个中华民族带出了不宽容且自我僵化的意识形态泥淖，包括：具有典型封建文化特征的个人崇拜、荆棘丛生的思想禁忌、语言禁忌，以及被颠倒了的国家主人与受托管理国家的管理者之间的关系。

今天是老父亲故去后的第十七个八月，也就是说，老父亲无声无息地躺在那块给他、给我们全家以及家庭中的每一个成员大半生痛苦的异乡悲凉土地之下已然十七个年头……

白天，是轰隆的工业嘈杂，抖动父亲赖以枕息的殿堂；

夜里，是啸啸的瘦风，在那一抔黄土堆上游弋；

无论是绵绵雨夜，还是朗朗星空，都只有坟茔四周的荆棘与长眠地下的老父亲为伴；

生命，只有作为单一的物体时才是简单的，但是，每每融化为一份情感，或者看到生命的离去成为一个时代不应该付出的机会成本之一时，生命所包含的具体内容就会幻化成为一个硕大无朋、永远令人悲痛的空间。

但生命毕竟是生命，生之喜毕竟是生那一瞬间的喜，而死之悲，应该只是离去那一时刻的悲，生还得继续生，死也将不断地死，之所以哀思生命，是哀思不应该承受屈辱和贫困折磨的命运，是哀思为什么会有一段悲苦生活与高尚生命行为不对称的生命经历。

生之有幸来，死之也应有幸去，两者都是人类整体生命的严肃构成。自然规律不会因为任何理由去刻意怜悯某一个单一的生命，就如人类历史，尽管包含着数之不尽的个体生命之宠与辱、公正与不公正，但是，在对凌辱高洁生命的悲愤和对宠爱污浊人格的怒视中，我们生活的这个世界，仍然要不停地运转下去……

1991 年冬天于山城完成第一稿撰写
1998 年 8 月于北京完成第一次修改
2007 年 8 月于昆明完成第二次修改
2017 年 3 月于昆明完成第三次定稿

母亲，我欲哭无泪

从母亲身边回来后，觉得后腰一阵发酸发胀。

清明节前后，乘短途飞机去弟弟家与母亲在一起待了八天。在这八天时间里，一直陪着母亲打她所喜爱的川牌，常常在沙发上一坐就是十几个小时，想不到的情况是，作为母亲的儿子，比母亲整整小40岁，竟然在"坐功"上不能与已经97岁的母亲相提并论。每一次打牌到晚上时，总是因为我的腰背发胀，才提议母亲早点歇息……

比起春节和母亲生日与母亲在一起的日子，在弟弟家里所待的八天是相对宁静的，此前每年一次回家和母亲在一起，总是在节日期间，所以也就总是少不了节日的忙碌与喧闹，而这一次不在节日也就没有任何琐事打扰。八天中，一边打牌，一边听母亲讲她那些从小我就听过的往事和现在事，一边也感受母亲内心那份对现实生活的无奈。

每每这个时候，真不知道该如何去安慰母亲，而自己的内心也总是会充塞着对自己的不满和对世事的无奈，同时，也深想着这些无奈与不满后面的亲情和血缘原因。

在进入"五十而知天命"的岁月后，自己就暗暗打算好，在自己生命终结前，要分别写好给父亲的、给母亲的、给妻子的和给儿子的一份心语，而其中给父亲的和给母亲的心语，自然是要在他们百年归天后才写。给父亲的一份心语已经在他 1990 年罹患癌症去世后，时隔十七年的 2007 年写成，并以《父祭》为题发表在了《新浪读书》的"原创"专栏里。本来，写给母亲的一份心语，自然也应该是要等她百年归天后才写的，可是，这一次在弟弟家安静地和母亲一起待了八天后，我改变了想法。

在这八天中，母亲一边打牌，一边和我讲了很多她对过去事、现在事和未来事的看法，以一个已近百岁老人的有限思维，母亲讲了很多她对身边人和身边事的无尽忧心。

从平民意义上说，父母亲这一代人乃至我们这一代人，可能是中国历史以来最值得书写的两代人，父母亲这一代人，经历了理论意义上与"改朝换代"截然不同的社会变革，也正是在这样的历史变革中，开始经历自己完全不能自我认识的人生遭遇。也许，在像父亲那样有一定知识的群体中，他们在矛盾中要做历史和政治学上的判断，尽管沿袭着在权力暴虐下，中国知识分子不免屈服的本质，但他们应该有能力从历史和政治哲学思索中，为一切不合理的生活现实和社会现实找到合理的人类学哲理般的原因，但是，像母亲这样没有多少文化的朴素的国民群体，对于这样的矛盾是很难找到合理解释的，母亲没有文化，属于比作为知识分子的父亲活得更大胆和更无所顾忌的人群，他们会不假思索地用属于他们自己的方式来表达种种生之困惑。我记得在农村时，母亲为我的上学与生产队长抗争，与公社革委会主任抗争，后来在厂里与那些歧视我们这样家庭的人们抗争，我曾亲眼看到过母亲与厂矿的一个姓陈的政治部主任在厂部的广场上大吵，甚至能听到我母亲大声地对对方说：毛主席是怎么说的，共产党是怎么说的，你们怎么能这样等类似的话。

至于我们这一代人，之所以值得书写，是因为我们一方面承袭了父辈被主流政治所愚弄的某些意志与思想片断；另一方面，我们又因为外部信息的不可遏止而开始了部分与主流社会意志完全不同，而更接近与真实现实的哲学思考。但是，尽管这样，我们同样属于不幸的一代，因为正在我们以年轻意志可为自身命运而奋起的时候，我们与中华民族一段畸形的历史遭遇。我们这一代的大多数人，因为民族意志的一种畸形导向而放弃了对民族赖以进步的基础——文化的追求，最终在主流社会决定放弃对精神和意志暴虐的重要历史时刻，失去了真正从精神上站起来的机会。

所以，每每想到这里，很难想清楚的问题是，我们这一代与父母亲那一代，究竟哪一代稍微幸运，而哪一代命运更悲惨。只有凝视着已近百岁的母亲的时候，才在心里说，与父母亲比，我这个儿子是幸运的，尽管这并不具有历史和民族代表性。在这一次与母亲宁静相处的过程中，母亲用她唠叨的语言表达了很多她所担心的事，也陈述了她所亲历的一些烦心事，所有这些，似乎都与这个历史和社会给予她这一代人和我这一代人的特殊际遇有关系，也正是在这样一种复杂的心境下，我终于忍不住对自己说：应该在母亲有生之年，把她与中国特殊历史、中国社会进程紧密关联的，甚至也是今天仍然无以摆脱的悲苦一生写出来。

也正是在这样一种想法的强烈驱使下，从离开母亲走向机场的那一刻，我便打算好了，对这篇写给母亲，甚或是写给父母亲他们这一代人的，关于他们是如何用自己的生活和生命承载了这样一个特殊和沉重历史的记叙提前进行了构思。父母亲这一代人，是中华民族饱受光鲜与荒诞、欺骗与虚伪暴虐的一代，他们正是在这样一种特殊的历史条件下，经历了自己意志、情感和思想的特殊痛苦感受。他们的生活虽然不具有世界代表性，但是却具有作为中华民族一介平民的代表性。在中国的历史上，从封建社会以来，总是在政治人物肆无忌惮挥洒自己的个性的同时，把民族和平民的生命与生活，把人文进步所要求的基本标准的丧失，作为他们表达政治企图和野心的试验品，这样一种民族政治现实，是不是值得后世的人们在推动国家政治真正走向平民化的过程中进行深入的思考呢？我们这个民族应该有更多的思想者，从民族而不是从个人荣辱，站出来告诉那些已在历史上出现和今后还可能会出现的、缺乏民族意识和磊落及崇高政治远见，或有民族意志和政治远见而控制或管理这个国家和社会的政治人物们：中华民族需要你们思考的问题，远比光鲜的口号要复杂得多、深远得多。

一、童年·童媳

母亲是四川合江人，1916 年生，外祖父在比母亲小两岁的小舅舅出生后不久，就被路过当地的军队征用去做了挑夫，以后一直就没了音讯。大约在母亲三岁的时候，我的外祖母也因生病不治而离开了人世。

母亲每每讲述起外祖母去世以及安葬外祖母时的场面及情景时，总是能够把很多细节都讲得细致入微，我总是怀疑母亲怎么会有那么好的记忆力，甚至每次都要忍不住对母亲说：

"我的老娘，你那时候才三岁呀，怎么可能记得那么清楚？"因为我就几乎记不住我六岁以前发生在家里的很多事情的细节。

"哼，那时家里穷，要是有钱供我读书，我会比你们都能读书，你们还好意思不相信我说的。"

只要我表示出有一点怀疑，母亲就会对我的怀疑态度稍显生气地这样回应我。一半怀疑的同时，也不得不相信老娘的话，因为，她总是能把那时的场面和人物描述得那样清晰、生动。

外祖母去世后不久，被母亲称作"六舅"，也就是我们要称呼为六舅公的一家收养了母亲他们三兄妹。三兄妹被他们的六舅家收留后的不久，那个只比母亲小不到两岁的弟弟，也就是我的小舅舅，也被长江上过路的运盐船带走了，也是从此以后就再也没有了消息。母亲的哥哥，也就是我的舅舅，被六舅公家收养后派作放牛郎。按照母亲的说法，尽管是亲戚，但毕竟六舅公家也同样世事艰难，少不了会要打骂舅舅，而舅舅呢，又正值少年气盛的岁月，终因不堪受气而只身离家，一个人去了合江县城谋生。在县城里，经一个远房亲戚介绍，舅舅在一家剃头铺子里找到一个学徒的位置，于是在县城里待了下来。

母亲呢，以只有不到织布机机头高的小身段，被六舅公送上了织布机。据母亲说，每次学完织布，自己下不了机座，还要让大人从织布机的机座上抱下来。就这样，母亲一直在六舅公家生活到近十岁，就在母亲十岁那年，六舅公因病去世，六舅公家的家道也从艰难度日，一下子坠入崩溃，母亲已经无法再在家里待下去了，于是，在母亲的一些远房亲戚建议下，六舅婆将母亲送到同县邻村的一个赵姓家做了童养媳。

这些事，是在我 7 岁那年，赵家一个同母异父的哥哥突然来到我们生活的工厂以后，才从母亲的讲述中知道的，听母亲对她在赵家那段生活的讲述，大概知道，母亲的童养媳生活是有悲有喜的。

喜的是，赵家的那个婆婆待她这个童养媳很好，视如己出，吃穿都尽量满足年纪还小的母亲，每当那个同母异父兄长的父亲打骂母亲的时候，婆婆总会护着母亲。

悲的是，赵家的那个儿子，也就是我母亲的那个少年丈夫，是个不争气的家伙，小小年纪，整天在外喝酒赌博，惹是生非。

母亲在赵家长大成人，并随后为赵家生下四子，就在第四子生下不久，赵家儿子丢下他的母亲和妻子，跟着过路军队离家出走了。

以后，这四个孩子中大的三个相继生病夭折，大约在母亲 25 岁的时候，赵家婆婆生重病卧床，不久后也离开了人世。

　　婆婆生病后，母亲一个人不得不负担起家里的全部生计。但这在当时的农村，几乎是不可能的，本来就在婆婆病逝前，因为治病已经是家徒四壁。赵家婆婆病故后，因无钱安葬遗体一直滞留在床上无法入土。按照母亲的讲述，为了安葬赵家婆婆，她一方面去亲戚那里借，一方面也在附近村庄上按照乡下的传统习惯，上门磕头，求人施舍，讨钱葬母。最终，在村里人的帮助下，母亲终于将赵家婆婆安葬入土。

　　为了安葬赵家婆婆，母亲借了债，原以为那个当兵出走的赵家儿子听说母亲病故会带着钱回来还清债务，可是母亲怎么期盼和等待，也等不来消息。很快，为安葬婆婆所借的钱就到了归还期，母亲哪里有钱来归还呢？没有办法，只好带着唯一的第四子，连夜偷偷地到了合江县城来投奔在城里开理发店的舅舅。依附在舅舅家大约过了小半年时间，一则呢，舅舅家的家境也不是太宽裕，因为当时的舅舅虽在一家理发店里做大师傅，但是仍然没有能够自立门户，所以，经济收入也并不是很高，渐渐也感到不堪负担我母亲他们母子二人的生活。二则呢，乡下的那些突然间不见了我母亲的债主们，慢慢地也打听到了母亲的下落，便找上了舅舅家，上门讨债的情况，也有些让舅舅一家难以应对。

二、痛弃·迁徙

　　无奈之下，母亲选择了到更远的地方去求生。有人告诉母亲，说以她的年龄和从小学的织布手艺，她可以到重庆纱厂去考工，那时候正是抗战时期，很多沿海一带的纺织企业都随国民政府迁都而转移到重庆，得到这样的消息后，母亲作出了一个让她一生都觉得愧疚但又很无奈的决定：将还只有四岁不到的儿子搁置在舅舅家，只身一人沿江而下，到重庆李家沱沙市纱厂（新中国成立后的重庆第七棉纺厂）考纺织工。

到达重庆后，经人引荐到招工处报名，可是，到了报名处才知道，按当时厂家的规定，考工的岁数限定在22岁以下，可是当时的母亲已经接近三十岁，终因不符合报考条件，被挡在了招工考试的大门外。怎么办？显然是不能回到合江县城里去的，那样不仅债主追讨将难以应对，而且也会再次成为舅舅家的负担，毕竟已经将一个儿子丢在舅舅家由他们抚养了。就在母亲极其窘迫而无处求告的时候，终于有与母亲一块报名考工的好心人，推荐母亲去纱厂的一个工头家做佣人。

小时候，总是听母亲说起她这段经历，母亲称呼那个她帮工的工头为："喜大能"，因为母亲不能写字，也不知道根据母亲发音来揣测的"喜大能"，是不是就是这三个字。据母亲说，这个"喜大能"是个下江人，长得肥头大耳，在他家帮工，什么都好，就是包括他夫人在内的一家子，讲话很难听懂。母亲说，这个"喜大能"待人很和善，但是他的太太可就没有那么好了，整天地打扮，整天地叫来一帮跟她一样的阔太太在家里打麻将，把个家弄得乌烟瘴气，然后，都要由母亲收拾，并且还总是要额外地把家里又脏又累的活交代给母亲。

最为母亲津津乐道的是"喜大能"家的生活很讲究，尤其是吃的，总是大鱼大肉，而且还要讲究味道，而这些都是有专门的厨师来做。母亲那时作为佣人，是不可能与主人一起上桌的，但是，这个"喜大能"在饮食方面，并不苛待母亲他们那样的帮工和佣人，所以，饭菜上来后，总会有相当于主人家的菜品，安排佣人们在一起吃。

"文化大革命"时，我们一家生活在父亲所在的工厂，生活艰难至极，除了勉强能吃饱外，很难见到荤菜，周末的时候，如果父亲心情好一点，可能会从食堂里打上四毛钱一份的"甲菜"，那就算是"打牙祭"了，但平日里，一家子是连油腥子都很少见到的。所以，只要母亲一描述起她在这个"喜大能"家帮工的生活，最让我感触深的就是母亲津津乐道的"喜大能"家的伙食，有时甚至是口馋难忍。当然，听了母亲的讲述，也让还很幼稚的我，多多少少会有疑惑的地方：

"那这样的话，那时候被剥削压迫的人还能吃那么好的东西，比我们现在不是要好多了吗？"

"那还是不一样，现在穷人当家做主人了，那个时候，主人家还是要给我们这些佣人气受的。"

每听我说这样话的时候，母亲就一定会这样说。

那时候年纪小，不知道所说的"当家做主人"究竟应该包含一种什么样的本质内涵，以成熟后的眼光看，几乎就是文盲的老母亲，她能理解这样深刻问题的思想过程，应该是非常了不起的。因为从1949年开始，政府乃至身边所有的人，都对她反复说着一个非常地道但又不是像母亲那样的大多数国民所能理解的口号："人民当家做主。"对于这样一个口号，母亲能想通的可能就是，她不可能把自己划到地主老财、政府官员里去，自己应该算是地地道道的"人民"，既然政府都告诉她"人民当家做主人"，很自然自己也就是当家做了主。

对于那个年代的我来说，尽管在读书，乃至生活中受尽时代和时代中的一些人强加给我的歧视和侮辱，但我还是很相信母亲所说的话：现在虽然吃不饱饭，但一定比不是当家做主人的吃饱饭好。

大约在1947年的样子，母亲从那个纱厂工头"喜大能"家出来了，原因是什么，母亲至今也没有说。从那里出来后，为了生计，母亲经人介绍到了重庆李家沱的一所学校做校工，母亲做校工的这所学校正好就是父亲在家乡办学受地方乡绅打击后，经同学介绍来重庆任教的学校。

1948 年的秋天，母亲生了一场大病，医学正名叫"疟疾"，以母亲的川中语言，她说自己是"打摆子"。这是一种由疟原虫引起的传染性寄生虫病。那时候不像今天这样，抗生素满天飞，在当时，这样的病治愈有一定的困难不说，即使可治愈，但在身体上的痛苦反应也是非常剧烈的，而且时间也是很漫长的。正是在这样一种情况下，从偏远乡下来到大城市从教且天性善良的父亲对作为校工的母亲伸出了援助之手，担负起了照顾重病不能工作的母亲的责任。

现在想来，两个陌生的生命能够际遇在一起，有其必然性，但也应该是有着很大偶然因素的。他们之间所不同的是，在那个时代，父亲作为教师，其社会地位比起作为校工的母亲来说，应该是相对较高的，但他们之间完全相同的命运特点却恰好是：在这个城市里，他们都是举目无亲的异乡人。

母亲病愈后，两人相爱了，并正式确立了婚姻关系。

1949 年初，母亲怀上了我大哥，也就在这一年，重庆正处在政权更替的前夕，整个城市都处在战火的恐惧之中，也恰好是这一年，在那个还远离政权更替炮火的贵州沿河乡下，同样是生活在那个乡下但后来因多有几亩田地被新政权枪毙的大爷爷，怂恿我的爷爷以生病不起为托词，三番五次寄信到重庆，要求我父亲返回家乡，奉养我爷爷。

父亲反复思虑，一方面考虑孝道不可违，而另一方面也因为重庆正值战火燃烧的前夕，各种纷乱困扰着这座城市，谁都不知道未来将会是一种什么情景，面对那样的现实，最好的选择是避开动荡和不确定性的未来。基于种种忧虑和担心，父亲决定带着已身怀六甲的母亲返回了贵州老家，就在 1949 年的秋天，父亲和母亲踏上了离开重庆山城的路程。

现在无法理解当时的母亲，是在一种什么样的心境下，跟着父亲离开四川去那个她不能预测的贫瘠乡下的，但是，相信母亲不应该是那么平静的。在母亲出生和生活过的四川，母亲有不能为父母所养的悲剧童年，同时也有割舍血肉为生存而颠沛的青年时代生活，而以上这些，真正作为可以感受的残酷生活现实来体会，那是在自己成年以后。但在童年时听母亲的讲述，自己还幼稚的思想世界里，即使听到的是母亲关于自己一生不幸与劳作艰辛生活的讲述，也仍然能听得出母亲对自己家乡的热爱和眷恋：那个长江边上有着丰富故事的合江县城；那个母亲生命发祥地且包含着母亲一生亲情眷恋的合江乡下，那个母亲幼小的身子骨曾经坐过的六舅公家的织布机；那些在长江上喊着号子沿江而下的盐船和艄公，还有那个给了母亲以母爱的赵家婆婆，等等，一切既是母亲的眷恋和情恋，但同时也是我童年努力想知道的故事。

现在仍然依稀记得，小时候的我，常常会守在母亲身边，母亲一边编制竹器，一边唱她从赵家婆婆那里学到的民间歌谣，听着母亲唱那些令我幼小心灵神往、叙述式的民歌，觉得自己的母亲是天底下再聪明不过的母亲，什么都懂，而且唱起歌来是那么动听、悦耳。记得母亲唱到"孟姜女哭长城"时，还会掉眼泪，每在这时候，母亲就会说赵家婆婆教她这首歌的时候，总是会流着泪对母亲说："小三姑，你的命就跟孟姜女一样苦哟。"

在我还很小的时候，母亲同样以她的优良记忆和她那生动的语言讲述了1949年初她和父亲的人生大迁徙，之所以说是父母的"人生大迁徙"，其实可能未必是父母的想法，但对于我，这一定是一次决定着一家命运的迁徙，因为，在我和全家遭受歧视和屈辱的"文革"时期，我曾经和我大哥反复设想过另一种父母亲的命运："如果当初父母亲不在战火来临前返回贵州老家，我们一家将会是什么样一种命运……"

母亲说，从重庆到贵州的路很窄也很崎岖，这一点一直到我后来在 1991 年两次从重庆开车回铜仁时才深深体会到。母亲还说了一件在我孩提时候很惊讶和新鲜的事情，那就是，那时候来往于川黔公路上的车辆，都是以燃烧木炭为动力的汽车，母亲把它叫做"缸炭车"。母亲说，一是这种车子动力很差，每天只能跑一百五十华里左右的路程，加之沿途均是上坡，路程陡峭、弯多，遇到上坡路太陡的时候，司机就会让大家下来推车，当然已身怀六甲的母亲自然不在推车之列，不过，父亲就不能幸免了。二是这种车坐不了多少人，因为跑的路途太长，装木炭就占去了几乎半个车厢。

尽管母亲还说了许多沿途的事，但真正让自己记忆最深的是母亲所说的所谓"缸炭车"。因为从稍微懂事后所看到的就是烧汽油的汽车。听母亲说居然有烧木炭的汽车，觉得很有点不可思议。后来上了大学，看了作家鄢国培所写的长江三部曲中的《旋流》，才从中看到，民国时期的一位工程师发明了以燃烧木炭为动力的汽车。小说已看了多年，记不起小说中这位工程师的名字了，只记得好像是姓苏。

父母亲到达遵义后，车坏了，原说好是车要到贵州的煎茶，结果司机一通耍赖，把所有的人扔在了遵义，无奈之下，父母亲只好重新在当地搭乘另外的汽车前往沿河。

在这次父亲到贵州的途中，母亲还说到另外一件事，也算是母亲记忆较深的。

父母亲在遵义逗留大约两天后，终于重新搭上汽车，当车到贵州的煎茶（德江县管辖下的一个镇，是铜仁与遵义两地交界的重要交通枢纽），父亲在这里与母亲不认识的两个熟人相遇，据母亲说，后来父亲告诉她，他们是父亲的同学，大概也就是父亲在贵州榕江国立师范学习期间的同学。

父亲将母亲一个人留在旅店里，独自与两个同学见面聊天去了，并且一直到很晚才回到宾馆。从母亲讲述的口吻看，母亲似乎对父亲的这次同学见面和对她的冷落，一直有些耿耿于怀，因为很多次母亲讲到这里，对父亲都是颇有怨言的。

记得还在很小的时候，有一次，从家里唯一的木箱里翻到一张旧时的照片，是父亲和母亲离开重庆前的合影。父母亲那时都很年轻，没有被生活和生命的悲惨现实折磨的痕迹，所以，照片很漂亮，父母亲的表情也很轻松，甚至洋溢着某种年轻人固有的幸福，照片的拍摄样式也是属于那个时代的。就像我们今天看到的 20 世纪初的那些明星照片一样，父亲穿着呢子大衣，戴的是圆框的黑边眼镜，头发就如那个年代的知识分子一样，从中间分梳着，母亲呢，头发盘得很高，身上穿的是一件白色红花的花旗袍。

当然，这张珍贵的照片，最终在"文革"来临的时候，被我父亲亲手毁了，因为有一天父亲回家对母亲说，单位有一个同事，因为半夜搜查，搜出来旧时的家书和照片，主人被军管政府冠以"反革命分子"之名而后抓了起来。于是就在父亲告诉母亲单位同事不幸遭遇的那个晚上，父亲把家里的所有旧时的信件和照片，通通付之一炬，那张珍贵照片也就是在这次父亲毁弃旧时个人资料中被烧掉了。

尽管今天看来，的确很可惜，毕竟那是父母亲在那个岁月里留下的不多的生活写照。但是，仍然不得不承认父亲是对的，与生命在特殊时期的脆弱和无辜相比，一张照片已经不是什么珍贵之物了。因为，在后来父亲被贬到新矿区（我们当时叫"大山上"）从事体力劳动期间，有一次半夜被搜查，厂矿里的一个姓崔的科长，凶神恶煞地领着一帮"革命造反派"，几乎把我们家的床上、床下，被子以及床上垫的稻草，破木箱子，甚至竹席顶棚上的有限空间，全部倒腾了个底朝天。我和大哥、弟弟在寒冷的房间内惊恐地看到这一幕，好在没有搜出任何可冠以"反革命"罪名的东西。

可以肯定的结果是：那天晚上如果搜到了父母亲的那张照片，我们家可能就会少不了一场浩劫。因为在当时特殊社会意识形态下，只有穿着工人装，或戴着白毛巾，衣衫破烂的人，才是革命的，否则都会是"反革命"。

从小就记得，比起文化人的父亲来说，母亲要更不惧暴力一些，母亲气愤之下，试图要反抗，要质问几个凶神恶煞的搜查者，但被父亲及时制止了。搜查的人戴着红袖套，手里拿着"文革"时最常见的武器：钢钎以及捆人的棕绳。据有人说，这种纯植物纤维做的棕绳，捆在人身上，只要一遇上水，绳索会自动收紧，所以，"文化大革命"时，常见"革命者"往被捆的"反革命"身上浇水，开始不理解是怎么回事，后来才知道，这是捆人者对被捆者的一种方便但也是最有效的摧残方法。

父亲知道，这些人是可以做任何惨无人道的事的，直至任意杀戮人的生命，也包括那一刻我们全家的性命，父亲更知道，必须忍住对世事残暴的愤懑和内心的屈辱。

三、夫君·屈辱

父母亲回到老家后才知道，所谓爷爷重病不治，不过是爷爷思子之情，与大爷爷想让已学有成就的父亲回到家乡去政府里"做官"这样一种简单政治期望综合之下的一个本意善良的"骗局"。在重庆时，父亲以知识分子的敏感，早已感受到政权更替的大势将临，所以，回到家乡后，父亲并没按照大爷爷的安排，去旧政府里谋求职位，而是在村上办起了私塾，继续自己的教书生涯。

但这样的生活并没能过多久，就在 1950 年的秋天，政权更替的大潮涌到了父亲和母亲所在的那个偏远乡村，但是，母亲并不知道，当政权更替的历史来临之际，也再次因为父亲是知识分子的缘故，历史开始以无知无觉的方式，潜移默化地给母亲安排了另一个与她的童年、少年、青年早期同样悲剧，甚至包含着更大屈辱的命运。

随父亲回到家乡后，父亲就在村落的外面不远一点的地方，也是由半山上的侯姓族人所建的小祠堂里办起了私塾，主要教村里及附近村的孩子们的启蒙知识，母亲则在家打理家务。

这样相对安静的生活大约过了一年多一点时间，到 1950 年冬天，当政权更迭的大潮开始洗涤数千年保持着封闭的家乡后，母亲所拥有的"夫教妇织"、相对安静的农村生活，终于被运动给打破了。

作为这个偏远乡下少有的文化人，父亲得到了由军队组建的临时政府的赏识，于是在组织征粮队时，把父亲招进了政府的征粮队。父亲因为有文化，随即做了征粮队的主管会计，负责征粮核算。母亲呢，也因为是来自重庆这样的大地方和大城市，被认为是有见地的女性。因为母亲不仅会一手织布手艺，而且还在进入重庆沙市纱厂考工之前，在工厂为考工人员临时组织的识字班里认了一些字，会写自己的名字和一些简单的数字，所以，在那个偏远的乡下，也算是不多的有点文化的女性了，于是临时政府组织的土改工作队，推选母亲做了妇女委员，母亲成了村里妇女们的带头人，整天带领村里的一些穿着干净、稍有见识的妇女们，扭着秧歌，唱着工作组定制的革命歌曲，四处宣传新政权的土改政策。

母亲每每说到这一段，总会津津乐道，也许那是母亲一生最辉煌和最扬眉吐气的日子，当然也因为有了那样一段日子，母亲才坚信自己真的"当家做了主人"，而且这个信念一直在母亲的思想里固守到很久很久，直到有一天母亲突然问"不是早就说消灭剥削了吗，怎么现在又开始剥削人了？"

按照母亲的讲述，乡里乃至县里的那些领导们非常信赖和重视我母亲的工作能力，所以，大会小会都让母亲站上讲台去发言。记得有一次在电视上看到时任副总理吴怡的报道，母亲突然对我说：

"你妈命苦哟，要是当年不是你爸爸出事，我一直在土改工作队干妇女委员，到今天，我也是政府的大官了。"说完这话后，接着就会说，某某人当年在能力上远不如她，但后来人家都在政府做了官。

从记事以来，不知有多少次听母亲说到关于父亲"出事"，小的时候，只隐约知道这就是我们三兄弟从一生下来似乎就带着原罪和遭受社会政治歧视、生活贫困的原因。但那时没有能力去想为什么父亲会"出事"，甚至在种种歧视和凌辱来临的时候，就会在心里带着多少有些稚气地想，父亲当年为什么要"出事"，设想着要是父亲不"出事"会是什么样一种美好的情境。母亲呢，总会在说到这一段的时候，表现出一种只有身临其境、身受其害的人才可能有的那种切身之痛的表情。渐渐地，我自己对世事有了一定的理解能力了，开始从血缘亲情，从社会意志对个体生命暴虐，以及种种非理性和非人文的社会现实出发，去思考关于我父亲"出事"。当然，一直到自己开始系统地研究政治哲学，思考中国社会种种非理性的政治结构及其后果，这才深深地体会到：在我们这个家庭成长起来的三兄弟，其性格形成，甚至造就我和我兄长人生悖论后果，都与父亲的这个"出事"有着非常直接的关系，而父亲的这个所谓"出事"，又是父亲那一代人中与父亲一样的生命必然要承受的苦难。当然，对于没有文化的母亲来说，不需要有那样深刻的理论来概括，而之所以让老母亲那样为之深深动容和暗伤，是因为家庭命运中所包含的那些最具体的内容：切肤一般的生活困苦，因为保护子女而要承受的打击，等等，所有这些困苦，都是要由我的母亲一个人来承担的。

父亲在参加完成新政府的征粮工作后，在正式组建县政府时，被调到政府财务科工作，也就是后来县财政局的前身。母亲也在这个时候带着只有不到两岁的大哥跟随父亲去了县城生活。

在县城相对平静地生活了一年多的时间，1952年的夏天，"三

67

反"运动来到了这个偏远的县城。由新政府发起的这个"三反"运动，即，"反贪污、反浪费、反官僚主义"，又称"打老虎运动"，主要就是针对工作在经济战线上的政府工作人员。在县财务科工作，而且又出任主办会计的父亲自然是不能幸免的。在父亲所在的整个财务科里，除了科长是南下解放军挂名的非专业领导，既不管账也不管钱外，其余的无一幸免被定为"老虎"。

1952年的冬天，"三反"运动工作的审查结果来了：父亲因县政府人员借款不及时给予销账，视为贪污公款100万元旧币（新币为100元），要求在接到通知之日的一个月内退赔"赃款"，并通知说，父亲已认罪，只要退赔"赃款"及时，可免予处罚，恢复工作。

父亲究竟有没有认罪，我们是无从知道的，因为在后来父亲每每讲到这一段时，一直讳莫如深。不过，后来翻看一些历史资料和文献后，我想，父亲一定是不可能不"认罪"的，因为在我稍有些懂事后，父亲有时喝醉酒了会不经意地说那一段经历的具体情景：在"三反"工作组的审查过程中，凡不承认工作组所下达"赃款"指标的，要么用棕绳整晚吊在木梁上，要么强迫在超过60℃的热水里洗脚，其实就是让你把脚放在滚烫的热水里一个晚上不准睡觉，死扛和顽固不认罪或态度生硬的，还会由工作组人员关起来给予更严酷的"教育"，只是这个教育让父亲看到的结果是：出来的人多半都直接去了医院，再后来，就再也没有回到"老虎"群里来了。

父亲的这个审查结果，除了让母亲的心一下子寒到了冰点外，更让母亲无以应对的是退赔所谓的"赃款"，自从父亲被"三反"运动工作组关押，母亲再也无法在县城生活下去了，于是带着大哥返回了乡下。接到要求退赔赃款的通知后，母亲整整愁了几个晚上不能入睡，到哪里去弄钱来退赔所谓的"赃款"？

最后，母亲和爷爷一商量，决定把家里的粮食和稍微值钱一点的家当全部变卖，包括父亲从重庆回来时穿的呢子大衣、母亲穿的旗袍，乃至大哥的小棉裤。

东拼西凑，终于退还了"赃款"，可是出乎母亲意料的是，最终，父亲还是被"三反"工作组判了两年刑，并没有像工作组催着退赔"赃款"时所承诺的那样：退赃就好，就可以不坐牢。

1954年的年初，家乡一带的气温还继续着1953年没有褪去的冬寒，在父亲要去外地服刑前，母亲得到允许去送别父亲。所有服刑犯都在一辆解放牌汽车的车厢里，两边是荷枪实弹的解放军。父亲被剃光了头，鼻梁上仍然架着那副他从重庆回来时就戴着的圆边黑色眼镜，但是眼镜腿已经绑上了白胶布。父亲很清瘦，母亲把在家里自己织就的毛衣交给了押运的解放军，由他们检查后转交给父亲，母亲拉着大哥的小手远远地看着扶着车厢的父亲，父亲什么也没有说，当然也不能说，眼睛里充满了母亲不能理解的冷漠。

以母亲的文化，她可能是真的无法理解作为知识分子父亲的复杂心情，但是母亲对这样情景的描述，对我来说还是记忆深刻的。尤其是在我读大学后，总会把这种情景与1969年，我们全家被军队管制下的"革委会"遭送回农村老家，父亲送我们母子三人回乡下，然后离开家乡回厂那天的情景：那个时候的父亲，不过才53岁，但已是银发多于黑发，对照想想，母亲描述的那一次送别父亲去服刑，是不是人生的悲剧都发生在了我可怜的老母亲的生活里？

今天，自己甚至读了比父亲所拥有的知识水平更多的书，深知一个平民在一个社会里的生存际遇，尤其是当社会非理性的时候，权力成为一种不受约束的政治力量，甚至仅仅作为实现其自身目标的工具，而不是作为为这个国家和民族的每一个人谋安全、谋生存、谋公平权利的时候，作为单个的人，将会是多么的脆弱和无奈！

只要一想起1969年那个冬天晴朗的早上，在我们被遭送去的乡下和母亲一起送别父亲的情景，才真的能体会到父亲旧式圆边眼镜架后面的眼睛所溢出的那种复杂的神情，当时的我是不能理解的，但现在，终于有能力理解了。中国老一代的知识分子最大的悲剧在于，知识分子一旦被社会暴虐，除了与常人一样要去感受身体上的惨痛折磨外，还会在自己灵魂里藏匿起一份也许只有中国才有的，同时也是从秦始皇以来，知识分子被权力暴虐和玩弄的屈辱。我现在无法知道，在经历牢狱、经历"文革"屈辱、经历贫困后的父亲，是不是也从知识分子的命运去想他所遭遇的问题，如果父亲真能这样想，那也是完全有其个人认识依据的，而且也是具有历史代表性的。但我相信，父亲作为旧文人，是没有知识背景去思考他的命运是否具有中国文化人的历史代表性。

父亲虽然是个知识分子，但他是旧时代的知识分子，以他的政治学修养，他是无法将这样一些用他的生命和生活剧痛作为代价的人世疑惑想清楚的。

父亲服刑去了外地后，母亲带着大哥和一个在我父亲被关押前出生的姐姐在家乡艰难度日，那时好在我的祖父还在，虽然已年迈，但身子骨还很硬朗，外面的农活主要是几亩地的耕种，有这几亩地，自然也就可以确保一家四口能够有吃的，所以，所有农活就由我祖父来完成。母亲呢，仗着自己的织布和裁缝手艺，在村里四邻帮工，可以挣得买盐的钱和为全家添制衣物。

四、生命·生活

1955 年的夏天，父亲两年刑期满了，从远在二百公里的铜仁带信来，说已经刑满留在工厂里了，可以自由生活也有了自己的独立生活氛围。于是母亲开始筹划去父亲所在的铜仁汞矿探视父亲。当然，父亲也来信，详细地给母亲说了从老家到铜仁的路怎么走，一路上应该在哪些地方歇息，歇息的地方叫什么名字，等等。

在那个时候，数百公里是一个非常遥远的距离，家里很穷，加之那时在公路上跑的车辆本来就少，所以，母亲决定徒步去探视父亲，1955年的农历腊月，已是1956年的一月，家乡一带还处在浓冬，母亲在安排好家里的大哥、姐姐以及爷爷他们的生活后，终于踏上了探视父亲的旅途。母亲所要走的路是很艰难的，要穿过四川酉阳县辖的一个叫"南腰界"的地方，不仅坡陡道路崎岖，而且村落也不像今天这样充满"人气"，走完四川境内的山路后，还要穿过在四川秀山县与酉阳县之间的贵州省松桃县的一块"飞地"——甘龙镇，然后，穿过贵州松桃苗族自治县，才能到达铜仁。

还在很小的时候，母亲就一直给我们讲她的这段艰苦而传奇的探亲经历。选了一个晴朗的天，为了能够多赶一点路程，母亲带着干粮，一大清早从老家出发，穿过酉阳县的南腰界，晚上住进了贵州松桃县的甘龙镇上，这一天母亲整整走了六十华里的山路。进镇后，为了节约钱，找到镇上的一户人家，跟人家商量、求情，终于求得人家同意，免费在镇上一户好心人家里住一晚上。

让母亲没有想到的是，第二天一大早起来准备上路的时候，天上飘起了鹅毛大雪，善良的主人家劝母亲不要急于上路，等雪下停了再走，因为就在头一天晚上，完全不熟悉道路的母亲就第二天的道路怎么走，向主人家打听了很久。主人家知道，下大雪的时候最容易迷路，且路上行人稀少，也不易问路，加之母亲对道路又极不熟悉，大雪天完全可能将路走岔了。

可母亲觉得自己必须走，一是不想再麻烦别人，二是如果不走，算好的路程可能就走不完了，所带的干粮也就不够了，于是母亲没有听主人家的劝阻，独自一个人冒雪上了路。走上了大路不久后，母亲才发现，路上几乎一个行人都没有，就在母亲走出去约三十华里路的时候，在四川秀山县境内的石耶镇遇上了岔路口，正如那家好心人所料，母亲真的迷路了。

记得小的时候母亲说起这个地方，总把地名说成"石一司"，自己弄不懂这个"石一司"是什么，那时小脑瓜里有下军棋得出的军队概念，总觉得这就是军棋上的"师"什么的。南方人本来发音就"师""司"不分的，所以想了一下，觉得这地名可能就是因为那里曾经有军队的一个师，所以有了这个名字。

后来，在自己13岁的时候随母亲被遣送回原籍，在家乡近9年的时间中，自己数次往返于当年母亲徒步探亲的这条路，当然不会像当年母亲那样徒步走路，几乎都是坐长途汽车，于是这才知道，这个地方叫"石耶"，现在地图上也标为"石耶镇"。

按照母亲的讲述，在岔路口有左右两条道，母亲不知该怎么走，想问问过路人，可是漫天的大雪，到处是白茫茫一片，哪里有人烟呢，无奈之下母亲凭感觉任选了一条。

走出去很远很远，母亲总觉得心里不踏实，于是终于在走进一个村庄的时候，敲开一户农户的门，打听自己要去的方向，结果人家告诉我母亲，说她走错路了，母亲一下子懵了，因为如果再返回去重新选另一条路走，当天是无论如何走不到预定要到达的一个叫"黄板"的地方了，好在老乡告诉我母亲说，你不用回去了，可以另有一条路到达黄板，但是比应该走的那条路要多走30华里。

母亲听农户这样说，这才缓过神来，大雪天，要走回头路，可能还不是个路途远近的问题，而是内心情感上很难接受这一现实。

大约经历了五天的艰苦跋涉后，母亲终于到达父亲刑满后留下来的矿山。据母亲说，她上路时带了五双布鞋，除了两双是给父亲做的外，其余三双是母亲路上备用的，结果当母亲到达父亲所在厂矿时，母亲的布鞋已全部穿底，在途中，母亲为了解决鞋底已穿孔的问题，还想了一招，那就是一路扯路边已干枯但很耐磨的茅草垫在鞋底上。

老家那边还有一个年纪不大的大哥和一个只有两岁多一点的姐姐，母亲如何能放得下，于是在父亲所在矿山只住了大约一个月的时间，便匆匆和父亲道别。不过这一次，父母亲商量好了，要把家从农村乡下迁到工厂来。

就在1956年的冬天，母亲在家乡的老屋里生下了我，可不幸的是，生下我后母亲一直生病，所以没有奶，于是饿得我整天哇哇大哭，爷爷只好整夜地抱着我在院子里走。后来，我的一个过房姐姐，也就是我父亲还在家乡的时候就收下的一个干女儿，得知了我和母亲的情况后，带着她刚生下不久的女儿，从山的那一边到我们村里来照顾我们母子两人。我们家乡一带有一个习俗，儿女生下来以后，在同族的长辈中拜祭一个干爹，据说是有利于消弭灾祸，便于长大。其实，以我对一些传统习俗的理解，这也就是面对贫穷时大家互相帮衬的一种方式，尤其是在我的那个贫穷不堪的家乡。

后来我回到老家，知道村里的人都叫我这个过房姐姐（也就是干姐姐）"翠芝姐"，族谱辈分上和我同辈，是同一侯姓家族村里另一个寨上的。我这个干姐姐实际与我父亲相差不了几岁，很早就嫁到了翻过山去那一面的蔡家村了，这个干姐姐，现今还活在人世，只是岁数也到了耄耋之年。这个干姐姐当年正好生下一个只比我大几个月份的女儿，听说我母亲整日发高烧，根本没有奶供我吃，于是从山的那边带着刚生不久的女儿翻山来到我家，一边照顾病中的母亲，一边哺乳我。

在我干姐姐的精心照料下，母亲总算从死亡线上又恢复过来了，但从此便不可能有奶来哺乳我了。大约照顾我们母子差不多一个月后，毕竟干姐姐家里还有农活，看我母亲已无生命之忧，便带着女儿回山那边去了。对于我来说，非常幸运的是，就在同村里，有一个与我那已死去的前妈是亲姐妹的小姨，在当年也生了一个比我稍大一个月份的孩子，干姐姐走后，就由这位后来我叫她"细娘"（就是小姨的意思）的女人接替我的干姐姐给我喂奶。

就在我半岁的时候，父亲决定将我们一家迁到他所在的工厂，并决定留下祖父，暂时照顾家的老宅和田土。

在父亲的安排下，也就是1957年的夏天，母亲带着大哥和还只有不到四岁的姐姐从乡下来到父亲所在的工厂。这次迁徙，发生了一件让母亲终生伤感的事，那就是在这次旅途中，我那不到四岁的姐姐，因为发高烧夭折于途中，在当时那种医疗条件下，不要说是途中，就是在乡下的家里，患上这样的病，多半也只能听天由命，看自己的造化。所以，这对于还不具有基本抵抗力的姐姐，这样的小生命的死亡，是上帝无奈的选择，同时也是病人自己无法选择的选择。

之所以说是母亲终生不幸的事，因为从那以后，母亲生下两个弟弟，一个生于1960年，生下来不到数月，因正值全国人民大饥饿，母亲无奶汁不说，重要的是大人们也都根本就无法吃饱，所以，这个世界大门刚刚向他开启，便残忍地关上。还有一个弟弟生于1962年，也就是现在照顾着我母亲生活的人。

"要是你姐姐还在就好了……"

从我懂事起，只要我们一淘气，母亲就会无比伤感地念叨这一句。今天想来，母亲的九十七岁的晚年过得如此窘迫，如此没有幸福感，除了经济上的原因外，很重要的原因就是没有女儿，而我们这些做儿子的，无论如何在体会母爱和照顾老年人生活方面，也是无法与一个有着同等孝道认识的女儿相比的。

到达铜仁后，全家安顿下来了，父亲告诉了母亲一个非常突然的决定……

在父亲参与修筑从铜仁市到矿山公路时，父亲所在工程队住在横穿铜仁市境内，流向湖南汇入沅江的锦江河边的一个吴姓村庄，父亲被分派住在一户没有儿女的农户家里，这个农户家的女主人也姓侯，年纪稍长于我的父亲，于是认作姑姑。后来母亲告诉我们，说是这家人待父亲很好，父亲觉得无以回报，看两位老人已年过五旬，却没有后代，于是父亲在一次酒后，把我这个他还没有见着的儿子，许诺给了他们，由他们来抱养。

母亲听父亲说了后，惊得目瞪口呆，但父亲从来都是有些大男子主义的那种家庭当家人，答应了人家，当然是要兑现的，于是在一家迁到工厂后不久，也就是我满两岁进三岁的时候，遵照父亲对那夫妇俩抱养我的承诺，把我送去了那个叫吴家湾的地方，和这两个农村老人一起生活。

就在我去那里后不久，1958年"大跃进"开始，这个叫吴家湾的村子，根据运动要求更名为"合心生产队"。也就在这一年，我要正式上户口了，人民公社书记员问这对没有一点文化的农村夫妇，我叫什么名字时，他们一下子反应不过来，因为在此之前，都叫我从老家带来的乳名，而这个乳名他们又说不清楚如何写成文字，于是想去想来，只有"大跃进"给他们村变更的生产队队名，即"合心生产队"中的合心两个字，可以和人民公社的书记员达成口头和书写上的一致，于是这个生产队队名，也就成了我的名。

1959年我所生活的那个乡下搞起了大食堂，但这时候农村的生活已开始出现了饥荒，食堂里口粮分配开始紧张。下半年的时候，母亲来我所在的吴家湾看望我，发现从食堂里打来的饭菜连两个大人都不够吃，按照我母亲的说法，不够吃还不算，重要的是这两个大人没有哺养过儿女，加上我又不是他们亲生的，在生活富贵、平静的时候，这种非亲生的差距不明显，但是到了生死关头，这种非血缘必然导致的亲情差距就暴露无遗了。母亲说，她看到的是当饭菜从食堂打回来后，两个大人总是先要自己吃得差不多了，才拿给我吃，而且我只要一哭，他们还当着我母亲的面骂我。

母亲一气之下，毅然把我接回了矿上，父亲很生气，在他看来，这是不守诚信的行为，但是，对于母亲来说，无论如何也不愿意让我再回到那二老身边，当母亲讲述了她在那里所见到的情景后，父亲的心也软下来了。从此以后，我也就回到了母亲身边，只是由那两夫妇根据生产队名给我的名字，从此留了下来，再也没有变过了。

五、贫瘠·灾难

回到父母亲身边，很快就进入了1960年，这个以"三年自然灾害"在中国历史冠名的起点岁月，给中华民族带来的人文灾难，是值得世界文明史和中国政治文明史作深刻反思的。中国的人民永远只能是"老百姓"，而无法成为与世界人文进步国家同样的、拥有平行天赋权利的"公民"，在很大程度上，他们的使命和命运不能由他们自己来定义，他们很无奈，也没有权利对权力强加给他们的任何东西提出疑问，所以，他们只能相信，一切都是"自然灾害"造成的。

1960年的秋天，祖父从乡下带信来说，他一个人在农村没有办法生活了，土地被人民公社收走了，家里的所有东西在办大食堂的时候都因为"实现共产主义"需要而被搜走了，以他快七十岁的年纪，根本就无法在所谓的大公社、大食堂活下来。父亲想了一下，决定将祖父从乡下接到工厂里来，但是要求祖父将户口办来，因为没有户口，一个月17斤的口粮就不能从政府那里买到。

祖父是完全没有文化的典型的旧中国农民，他并不知道所要求的办理户口究竟是要些什么，于是就从生产大队那里打了个证明，接着把家里仅有的一些生活用品变卖做了路费，唯独在卖他自己早已准备好的棺材的时候，与我们家同在一栋房子另一端的三祖父，也就是我祖父的小弟弟阻止了他，无论如何不让我祖父把棺材卖掉。

爷爷满以为去了工厂，跟着他唯一的儿子，便不用挨饿了，可是当祖父来到工厂把大队证明交给我父亲的时候，父亲才知道祖父根本没有按照规定办齐迁移户口的手续。怎么办？在厂矿里，没有户口那会比在农村还要惨，因为农村如果没有口粮，还可以上山挖野菜，厂矿却不行了，于是父亲和母亲商量后，决定将父亲自己半个月的口粮换成粮票，并附上路费，让祖父再次返回老家办理户口迁移证。

让父亲和母亲怎么也没有想到的是，祖父这一去，便决定了他只能在那样一段特殊的历史时期，痛苦地离开了人世。

祖父离开铜仁回老家的第三天，到了松桃县境内，住进一家旅社，老实巴交的祖父，不知为什么让小偷窥视到了身上的粮票和路费，到第二天早上起床的时候，祖父在浑然不知中，失去了一切。

后据三祖父家的堂叔说，祖父没有钱粮，也不能住旅馆，也没有钱可以买吃的，于是沿途要饭和采集当地一种叫"舅舅粮"的野果吃，在走了五天的路后，终于回到了老家。"舅舅粮"这种植物，似乎在当时就叫这个名字，并没有学名，小的时候，自己也去采来吃过，当时也有叫"红仔"，原以为这可能是一方土地所独有，上不了书名，但最近在网上查了一下，还真能找到有关这种"舅舅粮"的资料：

"火把果"，又叫"火棘"，俗名"舅舅娘"，有一定的药用价值，根、皮含柔质，叶可制烤，可代茶，能清热解毒，生津止渴，消敛止泻、果实营养价值特别高，其营养成分，特别是人体所需的氨基酸和"不饱和脂肪酸"含量比例很大，在一定的 PH 范围内，它对光热氧及酸碱都具有较高的稳定性。它还是一种良好的天然色素。它的根可药用，主治虚劳、跌打损伤，它的果实味酸涩甘，主治功能为健脾消积，活血止血，治脾胃虚弱、消化不良、腹泻。叶的药用可治血崩及贫血、经闭和暴发性火眼。

这上面把这个东西说得很好，以今天人们因营养过剩而焦虑的现状来说，这可能的确是个好东西，可是在祖父盘缠被偷以后，徒步跋涉二百公里近五天的行程中，祖父是要靠吃这个维持生命，那可能又是另外一种体会了，我相信五天之内要全吃这个东西，它一定不是今天人们理解得那样美好了。

据三祖父家的堂叔后来说，祖父刚一跨进老屋和中堂（供奉天地君亲师的正房）就倒下去了，然后三祖父家的人把他抬上了床。祖父回去已经没有了口粮，大食堂已相当于将他除了名，认为他已经不再是村里的人了，没有办法，三祖父家只好让他们家每个人都省下一口，并把少得可怜的米粒熬成粥给我祖父吃。据说，祖父开始时已经吃不下了，他的胃大约是在那五天时间中吃野果，吃得已经不适应任何其他东西了。食堂供应的食物本来就少，三祖父家自己都已经不足以维持生命，所以，用来支撑祖父的食物，自然不可能起到恢复其生命的功能，祖父就这样奄奄一息地在床上躺了不到一周时间，最后在饥饿中离开人世……

幸运的是，在祖父走之前由于三祖父制止，祖父早就准备好的棺材没有卖掉，待祖父去世，棺材终于归了他自己使用，但是最要命的是，当时村里的人几乎人人都处于饥饿状态，没有人有力气将躺在棺材里的祖父和棺材一起送到墓地，也没有人有力气来为祖父开挖墓穴。

后来，在三祖父的力请之下，堂下的亲戚们在三祖父答应给一顿饱饭吃的承诺下，终于把祖父和棺木送到了他选好的墓地，葬进土里……

就在祖父去世后不久，三祖父和三祖母也相继在饥饿中离世，到了大爷爷家的大儿子被饿死时，村里已经没有人再抬得动任何棺木了，没有办法，于是就近葬在了房屋旁边的菜地里。这也成了我1969年随母亲被遣送回乡下后，最怕到大堂兄家去的原因，因为在他家厢房外面，就是两个大的坟堡，让那时还只有十三岁的我，在路过时总感到毛骨悚然的恐惧。

当父亲和母亲知道祖父去世时，已是祖父下葬后半月有余，父亲母亲伤心地大哭了一场，父亲不必说了，作为祖父的独生儿子，由于祖母去世得早，祖父一个人几乎是又当爹又当娘，到了父亲长大可以依靠的时候，父亲到了外地求学、教书，始终未能奉养老人，好不容易在政权更迭时，父亲回到家乡，祖父本可以享受点儿孙之福吧，不小心自己的独生子又摊上了牢狱之灾，留下一对儿女，祖父不得不把已弯了的腰撑起来，帮着母亲尽抚养之责。

到了满以为可以去工厂儿子身边度过一个平静的晚年吧，可是偏偏遇上了所谓"三年自然灾害"，而且还偏偏被小偷盯上，偷走了自己途中赖以活下去的一切，最终，在极度饥饿中走上了西去的路……

对于"三年自然灾害"这样的说法，中国的老百姓是坚信不疑的。今天可能会有人不再相信，但是，在那个年代，有着百分之百"老百姓"身份的国人是坚决不会怀疑的。所以，无论是因此而丢掉性命的祖父，还是因此而承受"失父"之痛的父亲，也一样对此坚信不疑。

1963年后，家庭生活稍稍好了起来，父亲是个种田好把式，我估计在他小的时候，在农村跟着祖父学会了做农活。那时在厂里，周边土地并不像今天这样所有权归属很清楚，所以，父亲和母亲只要一下班就上山去开挖荒地，种粮食和蔬菜，记得那时不宽的住房里，能看到缸里盛满了麦面、玉米，床下、箱子上全是收获的一个个的大南瓜。这对于一个处于那个时代的中国平民来说，其实也就是富足的表现了。

可是，这种相对富足的日子，在父母亲的生活中，几乎就是昙花一现。1963 年的夏天，邻居家的一个有些智障的孩子玩火，把我们家所住的用竹子和泥灰做墙，茅草盖顶，当然也是工厂矿山所特有的近似于工棚的房子烧了个一干二净。记得最清楚的是，母亲把弟弟抱到离火很远的地方，然后要我拉着弟弟，不准离开，于是一个人去抢火里的物品，后来，矿山上拉起了警报，父亲从单位回来，拉着已经满面烟火的母亲，不让疯了一样的母亲再往火里去。

房子在山的半坡上，那时没有什么可以救火的设施，人们得靠洗脸盆、木桶从坡下的水井里打水，依靠人群排成"人龙"传递盛水的脸盆和木桶。但那是一个盛夏天的日子，这样原始的救火措施，与眼巴巴地看着大火自然烧尽，没有什么本质区别。记得在火完全熄灭下来之后，我和母亲去了我们家所在的那间房，看到一个个南瓜已经烧熟，缸里的面粉已经烧成近似于石灰一样的东西。

那个夜晚，我们一家五口，住在厂里的大礼堂，用母亲好不容易抢救出来的两床被子铺在椅子拼凑的临时床上，度过了灾难后的一夜。

对于母亲来说，追溯她和父亲结婚以后的生活史，能过上稍微舒心一点的日子的时间长度，总共不会超过两年，这一次也同样是如此，就在大火后至 1964 年底前，家里接连发生了两件事，又让母亲经历了一场人生纠结。

六、亲情·纠结

1964 年的秋天，母亲因逃债而遗弃在舅舅家的同母异父的兄长从四川来寻找自己失散多年的母亲。以那个年代，可以想象，我这个同母异父的兄长，一定是按照"革命"的要求，带着深深的"阶级感情"到我们所在的矿山里来寻找母亲的。那时流行的做法是：为寻找新中国成立前失散的亲人，主人翁一定要在大会上，讲述旧社会人民的苦难，讲述自己的阶级仇恨，然后说自己有一个亲人由于受国民党反动派的压迫失散多年，这时候，个人可以向组织申请寻找亲人，组织上呢，会将这个作为阶级教育的一个范例来鼓励。

其实，我并不知道这位同母异父的兄长，是不是按照"文革"时期的范例走了那么一个过程，那时我太小，不懂这些，可后来自己上了大学，开始学会体会事物的本质的时候，回顾当年这位同母异父的兄长到矿山后的过程和做法，结合当时的历史和母亲后来讲述当时的那些情景，上述的推测是完全可能发生的。当然，以历史的观点看，发生了那样的事应该是正常的，而如果说没有发生，才是不正常的。

这个同母异父的兄长之所以能来到矿山，根本原因是母亲思念她在四川多年没有音讯的舅舅一家引起的。母亲知道，在四川这边来说，她这个胡家的妹子，算是因战乱失散多年的亲人。据后来几个表姐说，她们还专门到过重庆母亲考过的工厂找过母亲，可是谁也说不清楚我母亲去哪里了。

看到母亲的思亲之情不解，父亲于是开始帮母亲写信到四川合江县去打听舅舅一家的音讯，但是母亲在这件事情上多少有些私心的是，她并没有告诉父亲，在她的思亲之情里，其实还有一份属于我这个同母异父的兄长的，但是，母亲的这份母子之情，一直隐瞒着没有对我父亲说。后来才知道，母亲在与父亲婚姻前和婚姻后，并没有把她的那段苦难的经历告诉父亲，一则是考纱厂的时候，报考资格里就有未婚和年龄的要求，所以，母亲为了能考进厂去，把这两点都瞒了下来，二则父亲毕竟是当时的老师，以民国时期对知识和教师行业的重视，父亲与作为校工的母亲之间的社会地位相差很大，所以，母亲出于自身多少有些自私的考虑，也不愿意把这段经历告诉任何人，以至于直到这个赵家的儿子到了矿山，母亲的年龄整整大我父亲七岁，而且已经结过婚、有过孩子的真相，才得以让父亲知悉。

因为当时我还小，我是无法体会当这些与父亲情感选择相关的信息，瞬间被眼前的事实以"强加"的方式塞进父亲脑子里时，父亲是什么感受，但是，到我大学毕业回到铜仁，结婚成家并把退休后的父亲和母亲一块接来同住的时候，终于体会到了父亲对自己的事业追求、屈辱、对祖父离世，个人情感等，是持有某种复杂和难以言尽心理的，父亲从六十岁后开始出现酒精依赖，其对酒精依赖的程度甚至超出我们对一个过去非常有知识和理性父亲的基本认识。

记得小时候总听母亲说在四川还有一个舅舅的事，甚至记得父亲在帮母亲写信的时候，讨论舅舅家的地址，母亲反复说她唯一能记得一个详细街道名字，叫什么"吴障巷"。但那个年代的人都知道，由于历史的变化，像母亲提到的这些地名，是一定要被"革命化"的，所以，母亲所提到的地名，完全可能不再被沿用。

但是，父亲还是帮着母亲但求一次可能有效的心理，按照"四川省合江县吴障巷"这样一个古老的地名，不断地寄信过去。大约是过了很久，终于从四川有信回来了。那时我已经上小学二年级了，虽然很多字还不认识，但像"胜利"、"革命"、"人民"、"解放"这些还是认识的，偷偷看了一眼父亲帮母亲念完信的内容后扔到桌上的信封，果然信封上醒目地写着"四川省合江县人民路胜利巷××号"。信是舅舅家稍有文化的七表姐写来的，告诉了家里的情况，但是信中并没有提及我这位同母异父的兄长的事。

我这位同母异父的兄长来了后的第一件事，是拿着他从单位开来的"介绍信"，去厂矿的档案室查我父亲的历史。厂矿人事科把我父亲的历史告诉了他。

厂矿里人事科的人都是"革命者"，自然也把这样一件具有"革命意义"的事当做一件重要的事来对待，尽管查了半天，父亲的历史并不像这位同母异父兄长来之前所想象的那样：是国民党反动派把我母亲强行拐骗来贵州的，但毕竟是被新政府判了牢狱的，政治上是被定义为"反革命"的人，所以，厂矿里的干部们当场表示了对我这位同母异父兄长的"革命行动"的支持。他们把我的这位同母异父的兄长接进厂矿招待所住下来，通过人事科的人神秘地找到我母亲，说有事要和母亲谈，然后把我母亲骗进招待所跟她这个儿子见了面，母子俩见面后抱头大哭，母亲哭得几乎晕过去。

在招待所里，无论是我的这位同母异父的兄长也好，还是厂矿人事科的"革命干部"也好，整整一个下午就只有一个话题：要我母亲跟我这位同母异父的兄长回四川，要母亲与她的"反革命"丈夫及家庭彻底决裂！

可是，母亲只一个劲地哭，不表态，就这样在招待所里，由这位同母异父兄长以亲情打动，厂矿的"革命干部"以革命道理说理，磨了整整一个下午，母亲始终没有表态。可是，这个过程把我和我大哥害苦了，因为放学了找不到母亲，平时可不是这样，我们一放学回家就能见到母亲，见母亲在很窄小的屋里屋外为晚饭忙活。在此之前，对这种氛围并不经意，没有觉得这就是一种对母爱的依恋，可是，当那天我和大哥回家发现没了母亲的身影，一下子觉得天似乎就不是那块天了。问了问邻居，谁都说不知道，于是我和大哥在厂矿的球场、大礼堂周边四处寻找。后来，终于在水井边发现了母亲洗衣服常用的木盆、捣衣服用的木制棒槌。

这时才有人告诉我们兄弟俩，说是看到矿部人事科的干部把母亲从水井边叫走了。

下午六时左右，父亲下班了，就在我们跟随父亲回到家里不久，母亲也回来了，但眼睛已哭得红肿不堪……

母亲明确地告诉我的这位同母异父的兄长，作为母亲曾经对不起他的历史已经过去了，她不可能再做任何对不起我们三兄弟的事，她不能离开这个家。

既然有了结论，不论这个结论如何，总是要留下一点纪念的，这位同母异父的兄长约定和我们一起去照相馆照一张合影作为留念，但是，只有母亲还有我大哥去了，没有让我跟着去。

那时年纪小，对不让我跟着去，别说有多难受了，在还不成熟的内心里，觉得有那么一个遥远的大哥，尽管没有能力去理会其产生的社会原因和亲情原因，但还是在稚气的内心里产生了一种说不清楚的好奇感和亲切感。所以，在以后很长一段时间都想不通的问题是，我的这位同母异父的兄长居然不理会我的内心这份好奇。

在这位同母异父的兄长要走的那天，我放学后去父亲办公室和父亲一道从办公的地方回家，在唯一的一个汽车站边的马路旁，父亲和我的这个同母异父兄长打了照面。父亲并不认识他，他也不认识我父亲，但由于我跟在父亲身边，他大概就猜到了是我的父亲，于是两人很不自然地对视了一下，没有任何招呼就擦肩而过了。

"那就是赵大哥"，就在他们擦身而过后，我对父亲说，父亲不置可否。

对于这件突然来到父亲面前的事，我相信父亲是没有情感和思想准备的，那么多年了，母亲的生活中还有那么大的一个部分，是不为父亲知道的，尽管由于历史等方面的原因，所发生的一切都是可以被理解的，但父亲作为男人，无论如何也不可能在内心里没有一点芥蒂。

但有一点父亲是坚信的，那就是母亲的亲情感，以及看重她和父亲共同拥有的这个虽然贫困，甚至政治上包含着屈辱的家庭的这份执着。因为从 1964 年所谓"四清"以后，凡有所谓"历史问题"

84

的人，包括被各种"运动"判过刑的人，都已经开始经历政治上的歧视与打击，包括他们家庭里的成员。

当这位同母异父的兄长以"为革命寻找失散亲人"的名义来到矿山后，本质上对于母亲来说，是一次摆脱厄运的机遇，因为，母亲只要离开父亲，跟着那个已是"革命教师"的同母异父的兄长一同回到四川，母亲就可以彻底摆脱眼前所见到和所遭受到的不公平和悲剧命运。

但是，母亲没有做那样的选择，虽然母亲知道只要她做出这样的选择，她就不用再过贫穷和屈辱的生活。母亲出于一个女人的本能，这里有她的三个儿子，有与她相濡以沫、患难与共，且共同生活了近二十年的丈夫。我相信母亲的这个选择，相对于父亲这样一个文化人的理解能力而言，绝不是一个女人，一个母亲的本能那么简单。父亲知道，只要母亲和这位同母异父兄长以"革命"的名义离开这个家，父亲的日子就不再仅仅是政治上的屈辱问题那么简单了。母亲完全不被包括同母异父兄长的亲情倾诉以及厂矿人事科那些"革命干部"的革命性诱逼，毅然选择留在父亲身边，多少还是感动了父亲的。以我的记忆，从那以后，有关母亲和父亲生活中的这一段插曲，从未在他们的未来生活中影响过他们，我也从未听父亲在与母亲因事而不高兴的时候，翻过这样的旧事。父亲和母亲生活的经历，在我长大有能力进行整体理解后，尤其是上了大学以后，终于求证了在这个灾难深重的家庭里，作为一家之主的父亲的个性结论：在这个家里，父亲是一个充满理性的男人，除了在六十岁到他六十七岁患上鼻咽癌期间染上酒精依赖后多少有些让我们觉得惋惜外，直到去世，父亲都一直保持了他超人的理性，尤其是他那以说理为治家方式的风格。

同母异父的兄长走了后，事情似乎平静了，但是，从父亲不经意说到这件事的态度来看，父亲对我的这个同母异父兄长最为不满的事大概有两点：一是他的到来，首先表示出了对父亲人格的不尊重，不进家门就通过组织去查我父亲的历史；二是不顾念亲情，和所谓厂矿人事科的那些"革命干部"一道，威逼母亲跟他回四川。

我对这个同母异父的兄长不满大约也有两点：一是在我童稚而又对这突然降临的亲情事充满着好奇心的时候，我的这位同母异父的兄长偏偏忽略我这种好奇，这似乎与他对父亲的人格不尊重有同样的情感伤害意义，当然这个原因在我上大学、懂世事以后也就消失不在了；二是我们家从"文化大革命"以后经历了长达十年的最艰难生活，而在这个时间中，我这个同母异父的兄长总体上比我们要过得好，因为我们是"反革命家庭"，而他不是，他是"革命教师"。如果他还顾念母子亲情，即使不伸出手帮我母亲缓解抚育儿女的困境，也应该有音讯。但他似乎没有这样做，而且从此再也没有或者很少有过音讯。现在想起来，两个"不满"原因中，真正让我始终难以释怀的，恰好是这第二个原因。

也是基于上面父亲和我本人在这件事情上的态度，也可以算是我自己"小肚鸡肠"，当然，也可能是想秉承父亲没有说出的想法，在以后这些年的岁月里，一是坚决不让我的同母异父兄长将我母亲接走，他可以以任何方式表达他作为人子的尽孝心情，但唯独不能把母亲接走；二是坚持不热情于这份同母异父的亲情（这可能也是我母亲不满意的事，但为了遵循父亲生前没有说出来的理由我只能稍有违背母亲心愿）。

之所以坚持这么做，还有一个深刻的思想原因是比较明显的。我对一切因政治而弃亲情的人间行为都有着天生的鄙夷，无论持有这种人生态度的人出于何种原因。那时候，我这位同母异父的兄长是一个中学老师，也许文化水平加上那样的一个历史原因，他可能还无法判断在亲情与所谓"革命口号"之间的本质关系应该是什么，但是随着年龄增大，他是应该能体会得到的，但他一直到了20世

80年代末期，已经是知天命之年了，似乎仍然没有做到。

1991年的夏天，那时我在重庆工作，这位同母异父的兄长来到重庆，当然也来到我家里，这是从1964年以来，我们第二次见面。两人在我重庆家里小酌了两杯，那时可能也是自己一生工作事业较为顺利的时候，自己作为俗人那点因小肚鸡肠而衍生的虚荣，自然也会发生作用，所以，本来以我的酒量，足可以与之对酌尽兴的，可我只喝了两杯就不再喝了。大概他也看出我的意思来了，所以，从那次见面后，我们就再也没有见过了……

发生在1964年底的另一件事是，中央"八字调整方针"终于到了这个偏远的工厂，于是厂里决定要下放一批人回农村，一向个性桀骜不驯的父亲很自然就被他们科室的领导排在了第一批下放回家的人选。

父母亲开始匆匆准备回老家了，连一百元的安家费都领了，可是，就在要出发的那些日子，父母亲反复地想，反复地权衡前因后果，最后父亲作出了一个一生从未有，甚至是有风险的重大决定，不再履行下放回家的命令。之以说有风险，是因为这样的行动完全可被定性为"反革命"。

户口已经从当地下了，安家费也领了，所在厂矿的工资也停发了，怎么办？这时候才体现了一个没有文化的母亲比一个有文化的父亲具有更强的生命能力，母亲开始在厂矿的领导那里反复地讲解我们一家为什么不能回农村老家的理由。

终于有一天，母亲的坚持打动了厂矿的一些中层干部，当然也许是他们无法再那样拒绝我母亲的耐性，尤其是主持关于下放回农村这件事情的干部。当然，后来厂里也觉得父亲还是可为工作所用的知识分子，最终，我们全家在父亲失去工资收入的情况下苦苦坚持一个月后，厂矿最终还是把父亲和我们一家留了下来。

七、弯弓·遣送

1966 年的冬天，"文化大革命"的烈火烧进了我们家所在的这个偏远的矿山，一夜之间，矿山里的干部，工人，刑满就业职工都在可以被捆绑、被游斗之列。

看到这一切，自己还不成熟的内心很复杂。首先，看着那些平日里多少有些不可一世的干部，瞬间变成了人们唾弃的对象，觉得很解气。其次，从此产生了那种属于孩子才有的恐惧。尤其是为父亲担心，因为和父亲同一个办公室的一位姓徐的知识分子，从一开始就被捆绑着手，用钢钎架着游街示众。最后，深切感受到了自己和与自己同样家庭的孩子们，开始受到同学和老师的歧视。并且也就是在这时候，我们这样家庭的孩子，得到了一个共同而具有污辱性的称谓："弯弓崽崽"，开始还不理解这个称谓的来由，后来，同辈中玩得好一点的小朋友告诉我，他们家大一点的哥哥姐姐告诉过他，说因为我们的父亲是"刑满就业职工"，于是根据职工的谐音"直弓"反其意而用之，而产生了这样一个侮辱性的称谓。

自己曾经在很小的时候，看过苏联红色小说《钢铁是怎样炼成的》，小说中有这样两段情节：一段情节是年纪还不大的保尔·柯察金和一个名叫苏哈里科的有钱人家孩子打了一架。这个富家子弟是小说中保尔初恋情人冬妮娅的两个跟班之一，打架的原因就是那个富家之子的苏哈里科，当着那个喜欢保尔的冬妮娅，对保尔这样一个工人家庭的孩子使用了污辱性的称谓，保尔为了表现对社会不公正的愤怒与反抗，无视力量悬殊，与这个侮辱了他的富家子弟及其同伙打了一架。第二段情节是，十月革命成功后，保尔已成为年轻一代布尔维什克的佼佼者，1919 年冬天，由于基辅在寒冬到来后，铁路被毁坏，木柴紧缺而城市受到威胁，于是保尔主动请求到五百公里以外的木柴场去组织木柴运输。有一天，一辆从基辅开出来的客运列车因大雪而停在了保尔所在的小镇上不能动弹，于是由小镇的布尔什维克领导安排保尔他们帮着铲雪，但同时也要求列车上所有的男人下车一同扫雪，就在这时候，保尔再次碰到冬妮娅，而冬妮娅已为贵妇，其贵族丈夫因为拒绝铲雪而受到作为革命者的保尔的指责，在这个过程中，保尔同样以革命者的高大尊严，直面冬妮娅和她的贵族丈夫。所以，当我第一次被人叫"弯弓崽崽"的时候，自己的第一感觉就是：自己也许就因为这个称谓进入了与保尔·柯察金少年时期同样的人生状态，并且还想着有一天，自己是不是与保尔一样，有人生的第二个情节。

整个"文化大革命"时期，真正一直把心提到嗓子眼里的是我的母亲，母亲知道父亲的狷介与桀骜不驯，而在那个年代，这样的性格是最容易成为被伤害的对象。那时"革委会"强制父亲他们这样一些人，在晚饭后去学习，其实没有什么可学的，本质上就是限制人身自由，让父亲他们这个群体的人们互相斗争，所以，每天晚上父亲扛着小板凳去学习，母亲就开始担心，只有父亲平安地回来了，母亲的一颗心才算暂时落了下来。

到了1969年秋天，这一年对于母亲来说，面临了又一次生活上的剧烈振动，按照"文化大革命"的政治定义，厂矿要遣送一批政治上有问题的刑满就业职工的家属回原籍。仍然因为父亲是个知识分子，同时也因为父亲桀骜不驯的个性，我们家又毫无意外地排在前面。

这一次与1964年那次不一样了，这次是在政治高压下来实施所谓遣送的，如果稍有违抗，整个家庭，尤其是我父亲便会有人身灾难，甚至是杀身之祸。

1969年的冬天，冬寒来得是那样早，记得不过才十一月，当我们家和所有被遣送回家的人们在矿部的广场上准备上车的时候，寒风能卷起地下的树叶和吹走女人头上的围巾。和我们家同一批走的还有我的小学同学阿谦她们一家，远远地我能看见站在车旁等待上车的阿谦，她头上的那块熟悉的头巾就这样被寒风撕抢着……

她的父亲和我的父亲同在一个科室，而且是那个科室文化最高的，她父亲毕业于民国时期的国立贵州大学建筑专业，厂矿里的很多大型冶炼设施，如最早的索道车，甚至都由他来亲自设计，她们家一直都是我们家的邻居，父辈关系也非常好，我也跟这个阿谦一同上学，记得在大学的时候，还念念不忘这样一段童年的内心世界。回到乡下后，她的命运比作为一个男孩的我要悲惨得多，因为回到家乡后，阿谦以她的美貌被当地的"革命"当权人家的儿子看上了，在政治压力下，加上她的母亲多病、弟弟尚小，没有支撑家庭的人，于是在母亲和父亲的高压之下，以十四岁的年龄嫁给了这个"革命"当权者家的儿子，小小一个阿谦实实在在的悲剧命运就从这里开始。大学毕业以后很多年，只要一想起这个邻居和小学同学，便会不由自主地想到作家李剑写的短篇小说《醉入花丛》。

同一车被遣送回沿河县的一共有四家人，连人带家当也就被一辆解放牌卡车给盛下了。从铜仁到沿河县，总共不过三百公里，但因为公路崎岖难行，一车共四家人整整在车上颠簸了两天，由于有车棚盖着，人在车里很闷，体质较弱的母亲呕吐得不行，常常不得不拍车顶要求驾驶员停下来，让我母亲下车呕吐，记得有一次驾驶员很不耐烦了，嘴里嘟囔着说：

"这算什么差事，早知道就不来送你们这些'反革命'了。"听了这话，押送我们的"革命干部"也不制止，只是站在一旁笑。

我们母子三人回到乡下后，父亲知道我们在家乡的生活会无以为继，于是强行要求在铜仁当地当知青的大哥迁往老家来支撑整个家庭。如果大哥不回来，我们家一个劳动力都没有，即使我去参加了生产队里的劳动，但是因为只有十三岁，也只能算半个劳动力，每天只能给五个工分，那时候生产队是靠工分来分配粮食的，虽然执行的是准共产主义的"人七劳三"的分配制度（按人头分配生产队所生产粮食的70%，按工分分配生产队粮食生产的30%），但是，本来就无法吃饱的粮食分配，如果再放弃30%的工分分粮，那就更没有办法生活了。

大哥回来后，参加生产队劳动，但是那时农村的阶级斗争仍然是非常激烈的，尽管都是同姓家族，但是在无法吃饱肚子前提下的食物竞争，仍然会使人们失去伦理道德标准，更不要说什么同族之情，加上那种历史上从未有过的思想和意志奴役，人们的意识和血脉里，已经不知道什么是亲情，什么是正义，什么是人性了，只有"与人斗争，其乐无穷"。

母亲身体不好，只能在家里做做家务，小弟弟去大队部的下寨上小学，一家人第一年勉强靠"革委会"发的安家费算是过去了，但是到了第二年，全家生活立即陷入无法维持的境地。

八、入学·辍学

在被遣送回农村的共计九年的时间中，有这样两件事，是我一生都不能忘怀的。

1970年，家乡粮食明显歉收，我们全家总共只分配到了100多斤稻子，200斤多一点的玉米，然后剩下的就是红薯、土豆。季节不能接上的时候，只能靠吃稀食和用蔬菜充饥。记得有一天，我和大哥下工比较晚，回到家，母亲把煤油灯支在灶头上，正在做饭，弟弟放学回家后，由于等我们时间太长，已经在木炕（家乡叫它"火部"）睡着了，书包还斜挂着肩上。我把头伸向灶头，看看母亲做的什么晚饭，锅里其实就是玉米面和着萝卜丝，但因为玉米面太少，满锅看到的是萝卜丝。

"儿子，今年有这个吃已经是不容易的啦。"母亲看我多少有些失望的样子，无可奈何地对我说了这一句。

叫醒弟弟，准备吃饭，可是弟弟看着碗里的萝卜丝，就是不吃，然后告诉母亲说：

"我不想吃，我要睡了。"

"不吃怎么行，那不饿坏了吗?"母亲多少有些严厉地说。

可母亲刚刚说完，弟弟的眼泪就唰唰地往下掉。

这顿饭无论如何也吃不下去了，大哥也放下碗，一个人去院子里失声痛哭。母亲也不断地用她那老式的对襟衣服的摆边擦着忍不住的眼泪。我虽然没有哭，但也实在吃不下去了，于是也放下饭碗。看着全家人，看着灶台上那被锅里冒起的水蒸汽熏得摇晃的煤油灯苗，担心着它会不忍这悲惨的情景而熄灭……

经历很多年后，对这样的事，我仍然忍不住要问：和我们这个家一样的人民悲剧和生命困境，究竟是谁、是什么样一种体制造成的?

记忆最深的另一件事是关于我的上学问题，记得刚回到家乡的时候，父亲明确地对我说：

"合心，妈妈身体不好，你得要参加生产队里的劳动，上学的事就不要想了。"

记得母亲说过，1952年"三反"父亲被判刑后，曾经对母亲说过："今后，儿孙都不要再读书了，更不要搞什么经济工作了。"父亲这种说法应该是发自他内心的，因为文化和知识给他和这个家庭带来的不是幸福，而恰好是无尽的灾难，所以，父亲自然会觉得上学并不是什么好事。

可是母亲不这样看，所以，在1970年大哥从铜仁迁回到老家后，母亲就商量着一定要让我去上学。

可是，那时的口号是："教育为无产阶级专政服务""教育为工农兵服务"。由于父亲的原因，母亲所支撑的这个虽然穷得家徒四壁的家仍然不是"无产阶级"，身为最地道的农民，可不属于"工农兵"。不管什么"无产阶级"、什么"工农兵"，母亲横定了心非要让我上学，决不让我以小小年纪辍学，于是母亲开始奔走，从生产队到大队，从大队到人民公社革委会。

先是生产队，生产队队长的公章可不是那么好盖的，虽然母亲是生产队长的长辈，但母亲说破了嘴皮，对方拒绝盖章的理由有两个：一是本来就出身不好，读什么书；二是家里没有劳动力，"人七劳三"本来就白分了生产队里的粮食。

说不动生产队，母亲开始跑大队，我们所在的寨子全姓侯，分散在九个小村落，也就是九个生产队，大队长的家在"坪上村"，从我们村过去，要走两华里左右的田埂路，那样的路实际就不是什么道路，尤其是遇到下雨天，田埂路走起来经常会摔下田坎，但母亲顾不了那么多，在跑了数次大队长家后，大队长终于被说动了，答应给大队支书说说，然后在我的上学申请上盖章，并且同意给生产队队长说，由于大队长是族里的长辈，加上生产队里的很多事务得要依靠大队，于是大队长出面说情，生产队长无奈之下才盖了章。

母亲拿着由生产大队盖了章的证明去了公社革委会，革委会主任也就是人民公社书记，当证明交到他手里后，他无论如何都不签字。

那时公社有一个农校，从小学到中学每年级有一个班，除了小学只接受公社所在地的子女相对宽松外，中学的招生人数是非常紧张的，因为各生产大队有一个培养小学的民办学校，到了五年级后全都推荐上来，各大队的学生加总起来，公社的中学无论如何容纳不下，所以，每年都是象征性考试一下，淘汰那些成绩太差的学生。

时任人民公社书记兼革委会主任是一个姓田的男人，他总以中学名额有限，推脱不给我母亲签字，母亲呢，总是据理力争，有一次，在人民公社大院里，母亲和这个书记大吵了一架：

"没有名额就没有名额，何况你们家庭还有历史问题！"吵得急了，这个书记兼革委会主任终于说出了自己拒绝签字的最真实原因。

"有什么问题，那都是被冤枉的！再说了，孩子才那么小，他有什么问题？毛主席还说了，有成分，但不唯成分论呢。"

后面这句话，我估计母亲是从大哥那里学来的。就这样僵持着，一直到当年的下半年，人民公社书记换成一个姓周的男人，是从区上调来的，母亲听到这个消息后立即拿着大队证明去了公社革委会。让母亲喜出望外的是，这个从区上来的周书记不仅态度和蔼，还给母亲讲了孩子应该读书的道理。末了还明确告诉母亲，孩子的出身是不能选择的，因而不是不让上学的理由，这位姓周的书记当即在证明上签了字并督促公社秘书在证明上盖了章。

我终于可以上学了，但是学校告诉我，我得重新读一个五年级（"文革"小学五年制），因为中学是要考的，就这样我又读了一个五年级，考初中的时候，我这个从工厂子弟学校小学毕业的学生，在这样一个教学质量不高的农村中学考试，自然是要拔得头筹的。只是在升中学的政审中，我又差一点被刷下来，好在此时，从另一个公社调来一个姓黄的校长，多少与我们侯家寨有一点远亲关系，于是在他的极力主张下，我才最终免于从中学再次辍学。

母亲对我们三弟兄的养育之恩都是一样的，但在我上学这件事情上，母亲所付出的努力和所表现出来的坚毅，我相信即使是我的父亲也无法比肩。而且我相信，在那样一种经济困境与政治困境交织的情况下，母亲所表现出来的远见和意志，并不是所有母亲都能够做得到的，尤其是她本身又没有文化，完全基于母爱的天性和对知识的朴素认识，不惧困难和打击去完成她所要做的事。

在 1975 年考高中的时候，尽管我的考试成绩排名在全区前十，但终因家庭出身问题被挡在继续上学的门槛之外。但是母亲的努力，为我对知识的热爱奠定了基础，尽管辍学于高中大门外，但我在 1975 年到 1978 年的三年时间中，一边在外打工，一边自学高中数学、物理、化学，历史、地理本来就在自己的读书范围内，所以，当高考来临的时候，对于我来说，并不需要担心。

在我们全家落实政策回到厂矿后的第二年，即 1979 年，我以本地区文科第九的名次考上了大学，并且可以出省上大学。也因为这样一个在同一代人中脱颖而出的考试，才使自己走出了人生困境，尽管因为历史的原因造就了自己不能适应这样一个"唯上是从、唯权是尊"的社会，最终从所谓的"主流社会""逃逸"而出，但是，以今天的知识修为和文化性格，完全能够持贫守志地立于社会，之所以能做到这一点，很关键性的因素就是因为在我读书的问题上，我的母亲付出了比一个普通母亲更多的心血，比一般人表现出了其特有的坚毅和远见。如果不是因为母亲，我的命运可能就不会是今天这样，至少一个持贫守志的文化人性格是不可能有的，而与当前因社会和历史原因造就的千千万万国民一样，无法以足够的知识和文化修养去深入理解自己的自由和权利，解读社会的公正与正义本质，无法知道我们这个社会的本质，自然也就无法知道自己立于人世的基本品格应该是什么。

1983 年大学毕业，我回到了铜仁，父亲为了给予一直帮着他负担我们这个拮据不堪的家庭的大哥一份补偿，让大哥顶替他的工作。母亲这时候身体明显不如以前了，腰已经因为疼痛无法伸直，腿也更加弯曲了。在我刚回到铜仁工作的时候，家里还背负着大笔的债务，于是自己决定先帮着家里还清历史沉淀下来的所有债务，同时，也把父亲母亲接到身边来生活。

1986 年，是大学本科毕业后的第三年，家庭历史债务已还清，自己也结了婚，但是，带着对婚姻的不适，以及对工作和学习环境的不满足，自己再次考研究生离开了铜仁，把不到半岁的儿子和因工作辛苦而无法独力支撑家的妻子，丢给了年迈的父亲和母亲，无奈之下，母亲和父亲一起，再次承担起帮我支持家庭、抚育孙子的责任。

这一次离开，我知道是违了父亲和母亲之愿的。有关这一点，也是到了自己更知悉人情世故的时候才体会出来的。父母的要求其实很简单，就是希望儿子在身边，过一点平静的生活，可是，我却把沉重而且本来不属于母亲和父亲的责任扔给了他们。这一时期，父亲开始出现酒精依赖，母亲成了这个家的核心，要平衡儿媳、孙子、父亲的个性需要，这些全都成了要由母亲来操心的事情。

第一个假期回到铜仁，母亲告诉我，家里开始在小区门口的零售店里赊生活用品了，包括油盐柴米，因为幼子几乎每周要进一到两次医院，妻子的工资和父亲的退休工资加起来，总是要寅吃卯粮，于是，父亲和母亲就去我们大院门口的小卖部赊账。父亲也是在这个时候开始买和抽小卖部因发霉而减价到一毛钱一包的"鸽子牌"香烟。

1989 年年底，父亲开始流鼻血，而且无法止住，不久开始出现眼睛复视，可是那时，我没有精力、也没有经济能力来关注父亲的病情，母亲反复问我怎么办，我都没有在意，总以为就是一般的流鼻血。一直到了我在重庆安顿下来，1990 年初，我才下决心将父亲送到遵义医学院去检查，结果诊断为鼻咽癌晚期，癌细胞已侵蚀到了颅底骨，在遵义经历了一个治疗期后扩散到肺部，院方通知不治，在八月份回铜仁后，不到一个月的时间，便离开人世。父亲的离去一直都让我想起母亲在我上研究生后的第一个假期告诉我的一个悲苦的现实：

"儿子，你爸爸没有钱买烟，只得到门口小卖部赊生霉后减价的香烟。”

因为食用生霉的食品，是典型的致癌原因……

今年，也就是公元 2013 年，我的母亲已经整整九十七岁了，前些日子清明节到来时，回到了母亲身边，与母亲在一起的日子里问起了一些事情，方觉得多少事是我这个生为人子的男人的耻辱，但同时也是当时的历史社会在人文进步上的一个可悲的写照。

在父亲去世后十七年，终于为父亲写了篇《父祭》发表在《新浪读书》上，之所以写，一方面想控诉当时虐待了正直与良知的历史和社会，另一方面也为自己失敬于生命赐予的伟大、失敬于养育恩情而让灵魂哭泣。

九、衰竭·执着

本想这一生，在离开人世之前，除了已经写了的《父祭》外，还要分别写一份“内心之语”给母亲、妻子、儿子，讲述与他们共为血缘的人世生活的点点滴滴，其中给母亲的应该是她离开人世后写的，可是前些天清明节去了母亲那里，感受到母亲身边的种种事，以及一个九十七岁的老人内心还在想着的那些她想不明白的事，就觉得忍不住要在母亲生前把这些写下来，让我们所有面对生命而有所思考和有所期望的人们，想想生命到了自己已经失去创造能力，需要第三人承担起责任的时候，生命所包含的社会、经济、血缘，乃至人文政治内涵究竟是什么。

这次在母亲身边时，母亲告诉我，父亲原所在单位发给她的生活费已经涨到了每月 410 元。

“领这点钱，可不容易了，单位隔三岔五要打电话来，要这边复印资料寄回到单位去，说是担心冒领。”

母亲是不太理解这样繁琐的事情的，所以责有烦言，但是，作为听者的我来说，对单位的这种做法还是可以理解的，一则，现今社会，无论是官场还是平民社会，越过道德底线做事的情况已经比比皆是，对于生者，贪污者已经到了可贪污学生的伙食费，对于死者，火葬场也已经开始对人之去索要好处费。一些人失去了信仰，把所谓唯物主义思想贯穿于道德意识：既然不会有因今生之恶行而会在另一个世界接受惩罚的来世，自然也就不需要因为另一个世界的炼狱而做任何收敛，这样的话，还有什么不可为呢？所以，现在诈取一些收入已经算不得什么了。于是那些发给像我母亲这样的老人养老钱的单位，唯一的办法就是把所有的人都设想成为天生有诈取意识的人来加以防范。二则，我母亲的户口和身份证上毕竟明确写道："1916 年生"，1916 年！还是民国初期的时代，距离今天是一个多么遥远的数字，像这样的生命数字，在我们这世界已经不多了，所以，发放生活费的单位和人需要重点关注，这也是情理中的事了。

我记得父亲刚刚去世时，父亲单位发给母亲的生活费是 40 元，以后从 60 元，涨到 100 元，120 元，150 元，200 元，250 元，280元，350 元，一直到今天的 410 元。

当听到母亲说她的生活费涨到了 410 元时，不免想到这个 410元所包含的社会政治、经济和生命内涵。

1990 年的 50 元钱，要维持一个丧失劳动力的老人一个月的生活，几乎是完全不可能的，可是 23 年后，赡养费上涨至 410 元，涨幅高达 8.2 倍，但是，要维持一个九十七岁老人的基本生存，却更加是不可想象的事，所以，从社会政治人文的角度看，这算得上是进步吗？

记得 1997 年初冬，一个偶然的机会，自己得到了去加拿大麦吉尔大学作短暂访问的机会，为了保证加拿大援助方提供的生活费能够自我平衡，我选择了住在一个中国台湾第二代移民所开的 "A room，a breakfast"，在我住的房间的二楼住着加拿大蒙特利尔当地的一位老太婆。

这位老太婆对人很和善，且头脑很清楚、很健谈，有一天，我在大厅沙发上看由房东提供的公用电视，电视里正在播新闻，我的英语听力较差，但结合电视画面，还是能听懂个大概，知道新闻正在播放将于11月25日在温哥华举行亚太经合组织第五次领导人非正式会谈，内容不是太清楚，是第二天才从蒙特利尔的地方报纸上看到，说是要发表一个什么《联系大家庭》宣言。

"It is Politician's games，Ok？"

不知什么时候老太婆无声地坐在我身后的沙发上，自言自语地说。

"Yeah！"

其实，以我较差的听力，老太婆的意思，是我说完"是的"以后才反应过来的。我转过身去，老太婆微笑地看着我，我也会心地对她一笑，然后友好地向她挥手告别。

那个来自中国台湾的老太太房东曾经告诉我，这里住的人主要有两类，一类是一些在政府领救济，然后，转专业学习以求得更好职位的大学毕业生或研究生，另一类也是相对较多的人，是政府提供经费养老的老年人。所以，在厨房、电视乃至洗衣，大家都自然而然地以这些老人优先。所以，我估计这个时间是老人群体看电视的时间了，于是主动让位给她们。我刚走开，就听电视节目转到了蒙特利尔地方特有的节目"Elderly fashion show"，这个节目我浏览过，由一个很胖的女性黑人主持，节目主要内容是讲各种设计和如何方便，如何能够启发老年人的奇想，如何别具一格，让人发笑。

这个老太婆每个周末都会有年轻人来看她，要么是一个中年妇女，要么是中年男人。我专门问过房东，房东告诉我，加拿大政府给老人提供了养老金，足够她生活得很好，她可以选择跟儿女在一起，可以自己选择去政府提供的养老公寓，当然还可以自己住进像她提供的这种"a room, a breakfast"。这个老太婆就选择了她这里，因为这样一种居住方式相对便宜也相对自由，而且同类老人居多。

1997年，我正在五道口攻读博士研究生，那时，大哥已罹患癌症七年，单位经常因没有钱而报不了医疗费，母亲仅有的一点生活费，全部用于补贴大哥治病。我呢，在北京读研究生，一个月研究生部发生活费大约是230元，但身上担着重重的赡养责任。自己在重庆工作五年，交下了一些朋友，不时能为我提供一些帮助，当然，自己也稍有积淀，如果不是，不要说承担赡养责任，可能连自己读书也无法继续下去。所以，听房东老太太这么一说，自己真是五味杂陈。

现在知道了，在"养老抚幼"这样一个反映国家人文水平的社会问题上，一些国家早就已经立法化和制度化了。可我们还在继续依靠中国传统的孝道文化来支撑生命繁衍的起点和终结。为什么？因为中国国民永远都相信主流社会对每一个现实生活中已为人子的公民说的：赡养敬孝只是一个道德问题，不是一个社会问题。

这很容易让像我这样的人从经济学乃至政治学角度去看社会的这样一种分配现实，两个有着同样收入分配水平，但有着不一样并且个人无法选择的刚性负担的家庭，他们的生活水平会一样幸福吗？不能够对此加以识别和区分的社会分配体系，所造成的后果必然是不公平的社会。当一个生命在青壮年时期为社会贡献而竭尽精力，在他（或她）进入晚年的时候，我们的社会告诉他（或她）：自我生存能力失去后的责任不是社会的，而只能建立在血缘关系基础上，我们还能说这是一个人文水平很高的社会吗？

听母亲说，她的养老收入从350元涨到了410元，心里那种酸楚感受真是无以言表。如果只做血缘思考，当然为自己在一生中很多太自我而忽略亲情的选择而惭愧，到了母亲这个年龄，仍然还要让她关注于那可怜的 410 元养老收入。如果不是因自己的职业不安分，在反复上学中丧失机会，如果不是个性狷介而忿然离开国有银行总行，去做一个相对于我的负担来说收入贫瘠的大学老师，何至于现在还让年近百岁的老母亲在乎这个社会给她的那点"可怜"和"卑微"的生活费？

估算了一下，像母亲这个年龄，其基本用度主要有以下几个方面：一是因行动已不便了，必须要有保姆在身边，所以，必须发生的保姆费；二是身体状态下降后，相对频繁和用度较大的医药费；三是基本的生活开支。以 2013 年为例，在我母亲所在的遵义市，保姆费 2500 元，社会性医疗保险只在住院时才分担 50%，所以，一个月医药费不低于 1000 元，如此物价水平下的基本生活费 1500 元，加起来，母亲每月的费用在 5000 元左右，也就是说，我们这个社会所给予的基本支付能力只够一个老人十分之一的生活维持费用。

我现在是一个大学教授，一个月算下来，财政和学校自身所发的工资加起来基本的也就五六千元，如果多讲课，多做所谓科研，收入有可能会更高一点，但是无论如何，用社会分配视角去看，我的全部工资收入只能承担我母亲的养老，在这个责任之下，我已无更多余钱养活我自己。

十、失望·离世

母亲，是我的生命赐予者，从中国传统文化的孝道内涵而言，对母亲的赡养我责无旁贷，并且常常为自己捉襟见肘的收入，以及无法满足起码孝道所需的困境而自责。

但是同时，从社会政治学角度看，每个劳动者同时也是这个社会的贡献者，当我们在追求一个进步人文的社会发展过程中，作为制度的制定者和社会管理者，是没有权力否认每一个生命在正常的生命历程中对社会所作的贡献，更没有权力否认给每一个生命准备一份当他（或她）失去贡献能力和走向生命终结后，必要经济后备和服务后备的责任。执政者既然要执政权力，就不应该忽视这种责任。

这一次在母亲身边最让我吃惊的一件事是，母亲有一天突然问我：

"从新中国成立以来，不就说要消灭剥削吗，怎么现在也剥削人了？"

"怎么啦，老母亲，突然说这个话是什么意思啊？"

哪里知道，母亲就这个问题引申说了我弟弟工作上的一些事。

我知道，母亲一直很想要她在 46 岁上生的这个么儿能多有点时间照顾她，或多在她身边待会儿，可是我弟弟又做不到。多少次，我弟弟私下对我说："要是能提前退下来，真想退下来照顾老母亲。"

我知道这是弟弟看着母亲整天没有亲人在身边，而只能由保姆照顾起居，感慨而言。

弟弟在某国有银行的基层机构工作，他是个老实得不能再老实的人，对单位任何事都只会屈从，甚至就是听领导怎么安排怎么做。但弟弟有一个在我看来是"不好"、而母亲又认为是"好"的习惯，那就是他会把单位上的一些不顺心事讲给母亲听。所以，母亲几乎知道她的小儿子在单位的任何事。

"你弟弟整天被他们领导欺负、剥削，一会儿要替这个顶班，一会儿替那个顶班，一会儿上半天休息半天，一会儿要他去给别人顶整天班。晚上经常被拉去开会、学习，从来不能准点回家。"

"老娘，这就是剥削啊？"我笑了笑对母亲说。

"这不是，是什么？一个月基本工资才一千元多一点，季度绩效从来都拿不全。我还听说小王去年工资拿了几十万元，人家几十万元，你弟弟一个月就那点钱，还累死累活，这不是'剥削'，是什么？"

母亲说的那个小王，是我原来在贵州铜仁银行工作时的同事，现在省行的一个部门做总经理，家在铜仁时，这个小王常到我们家来，所以母亲认识他。

"老娘，人家是总经理，你小儿子只是个一般职员，何况现在，银行工作都是一样的辛苦。"

我这样给母亲解释，虽然符合事实，但对于从1949年以来就按照"穷人翻身做主人"和"不再有剥削"信念生活的母亲来说，她始终不相信这不是剥削，我能想象母亲的心里始终有这样一个疑问：同样是人，同样是银行员工，同样起早贪黑的小儿子，为什么收入只有别人的几分之一，甚至几十分之一？

母亲这话，的确让我好一阵思索，母亲曾经是坚定的主流社会信仰者，居然就以她的小儿子的现实环境，在她已经逼近百岁的时候，开始怀疑起自己坚持了几十年的信念……

目前，像我弟弟工作的国有银行，那是国内顶尖的国有商业银行之一，2012年实现利润高达2387亿元人民币！这种利润其实也并非创造性利润，不过是政府赋予其垄断地位而形成的垄断超额利润。银行的所谓高管，依赖着半官僚的任命体制，每人可拿到高达数十万元乃至数百万元的年薪，可是对于一家国有控股的全民所有制企业的基层员工来说，却得不到应有的人文关怀。

母亲唠叨和最不满的就是我弟弟他们不能准点下班，对于这一点，我也是有所体会的，很多次下午六点后，打电话问候母亲是否吃过饭了，但很多时候母亲都不无怨气地说在等弟弟，或者告知我，弟弟今晚学习、弟弟今晚开会。

我的一个学生在一家大保险公司的县一级机构工作，我听他说，他们几乎从来不能准点下班，而且周末经常加班，从来也没有加班费。

按照政府正式颁布的具有最高法律效力的《劳动合同法》所规定的日八小时、周五天工作制，在没有征得劳动者同意的前提下，在没有加班补贴的前提下，直接或变相强迫劳动者超出法律规定的工作时间劳动，其行为就是违法的。

我的一个同学在做企业，据他说，他的企业里是绝对不能做越过法律界限的事，要加班必须按规定给加班费，逢节假日，员工不同意加班时，按规定给付双倍工资的前提下，还得做员工的工作，否则只要员工投诉，劳动监察大队的通知就送到单位了，总经理就得去说明情况。

为此，我曾经对那个在基层保险公司的学生说："你告诉你们总经理，他们这样做，是违反《劳动合同法》的。"

然后我的学生说："老师，你 OUT 了吧，我要真这样说了，一是不会有什么劳动监察部门来监察银行、保险这种高度垄断企业；二是那样我还能在单位待下去吗？"

根据我弟弟说的工作时间情况，作为国有控股银行的基层员工。至少有三种劳动不计酬，而且也是违反劳动者意愿和《劳动合同法》的：一是所谓的学习时间，因为我知道，即使是我夫人在北京这样法律意识极强的地方银行工作，其学习时间也是在下班之后的非法定劳动时间。二是开会时间，单位领导可以随时提出要下面的员工开会，而开会的时间也大多在非法定工作时间。三是领导指派的临时加班。我听母亲说，过去执行全天工作、五天工作制时，弟弟他们领导经常在周六、周日突然通知他去加班，后来改为上半天、休半天，三十天工作制后，又常常突然要求弟弟上整天班，说是人手不够，有人请假。

我国的国家级大型垄断企业，至少有两点在企业的人文标准和遵守国家法律意识方面是值得存疑的。

一是继承着"准官僚体制"所特有的唯上文化，而对基层职工的人文体恤是极差的。在中国，作为这样的企业负责人，本质上除了可以依靠任命制拿到超出于他的员工几十倍、乃至百倍的高收入外，他们还可以持有更为可观的政府官员职位期望（企业高管无需通过选举程序可直接做高官，高官者无需通过职业专业竞争，可直接去国有企业出任高管，领高工资），而在我们国家现有的非民选即可出仕的政治制度下，出于这种期望，企业高管必须坚持具有封建仕途文化的"唯上是尊"求官线路，在这样一种职业伦理下，他们对于作为劳动者员工的人文理解，肯定是很淡漠的，因为他们需要更关注的是能使其仕途通畅的上层。

二是由于政府对垄断企业存在着潜在的"父爱主义"（"Paternalism"，是匈牙利经济学家亚诺什·科尔内从拉丁语"pater"引申到经济学领域的一个用语），所以，在"法律"与"父爱经济制度"的力量对比上，政府赋予与政府有着所有权关系的企业以"法外"特殊地位，尤其是像我们这样一个国家，法律与"父爱特权"源自于同一个主体，政府作为这两种力量的发源主体，自然会依政府权力运行规则来权衡。

这也就是我从来没有听说过哪个《劳动合同法》的执法者，作为劳动者利益维护主体主动监察或检查，或从法律角度去审视像国有银行、电信、电力这样一些企业执行劳动合同法的状况。

同时让我思索的是，母亲所说的剥削真的存在于像我弟弟所在的银行这样的政府控制企业吗？

这使我想起我夫人的一件事，前些年银行内大量代理发行基金、代售保险产品、代售黄金。因为是硬任务，一旦卖不出去就会影响员工的绩效工资，于是大量员工都自己出钱购买，以此来完成相应的任务。以我在银行多年工作的经验，这些产品代理所得收入均体现在银行中间业务收入中，构成利润的一个部分，自然也就构成银

105

行业绩的一个部分，而在目前我国银行业所谓"倾斜化"激励约束机制下（风险责任与利益激励非均衡），绩效的一个部分会体现成为银行内部收入分配，而按照现在银行内部高达十倍以上的内部收入分配差距来进行分配，这部分收入在绩效上的体现，必然是很大比重体现在有职务者的收入中，真正的基层员工只不过是完成了工作量，能拿到绩效工资而已，事实上，完成任务而用工资购买的这些产品均包含了风险，很显然，这些风险却留给了基层低收入员工，尤其是像基金、黄金等这样一些投资品。

试想一下，这是不是具有"内部剥削"实质呢？即使是银行有职务者等额购买这些代理产品，但是，由于其内部分配制度的优越分配地位，其所享受的分配利益，必然高出其承担的平均化风险，这是不是就是对另外一些平均化风险高于其收益的基层员工的一种间接"剥削"呢？

我弟弟在银行基层工作，在外界看来一定是很不错的了，能在被社会一直认同的高收入垄断企业里工作。前段时间还在新闻报道中看到说银行员工收入年薪 20 万元，但可悲的是，即使这就是事实，那么也反映的是一种全民所有制下的"内部剥削"。因为其中有百分之八十以上的一般员工只能拿到这个标准的三分之一或二分之一，却有百分之二十左右的有职务者拿到这个标准的四倍或五倍以上！

这就是为什么我弟弟居然没有能力供他的儿子上大学的原因。

母亲说弟弟收入太低，我无论如何都不相信，有一天我问了一下弟弟，他说他每个月发到手里的基本收入只有 1300 元，然后季度末才能发绩效奖金，他说如果效益好一点，可能会有 8000 元或 10000 元季度绩效工资，如果不好时只有 5000 ~ 6000 元。

这个收入对于我弟弟一家来说，一是要交房子按揭贷款，二是要负担两个孩子上大学，这是一个无论如何都不可能平衡得了的经济收入水平。宏观来说，这就是我们这样一个社会制度环境的必然，微观来说，在我们这样一种政府所有的企业制度下，在北京的总部的高管们，他们是不需要过多考虑他旗下辛苦劳作的员工的，他只需要两眼盯着决定他的收入水平，决定他"商业乌纱"与"政治乌纱"的那些个部门和领导，在这样一种企业领导者意识下，"隐形剥削"如何能幸免？

一边是掌握在企业主要高管手里的巨额垄断利润，这些将作为他们个人仕途和财富献媚的载体，而另一边却是百分之八十以上背负着政府垄断企业"就业好"的名声，辛苦劳作，但仍然不一定可以全额负担整个生活的基层员工。

这种鲜明对比，也许只是体现在我弟弟那样过分老实和因过去受教育水平太低的少数群体里，但是，这种现象的存在如果具有某种代表性，那它一定反映的是某种不公平存在下的经济低人文水平。

"上有九旬老母，无以膝下奉养，下有待哺儿女，育不及成长"，这就是在国有控股银行基层工作的弟弟所处的生活现实。

我几次想打电话找我过去的同学，他们在弟弟所在分行的部门有一定职务，想他们能帮着我做做弟弟所在单位领导的工作，请他多考虑弟弟身边有一个年过九旬的老母亲需要照顾的现实，给他安排一个时间上稍稍固定一点的岗位，或至少不要强迫我弟弟在法定工作时间以外超额劳动，让他有更多一点的时间陪在母亲身边。但想了一下，仍然没有开口，总觉得，在我弟弟身上反映出来的这些带有着浓浓人情味的现实，应该同时也是一个社会问题的反映，由个人关系来解决，总觉得不符合智者之道。

四月八日，在母亲身边待了六天后，我得启程回学校了，可是母亲的话题似乎还没有完，她说她要换掉现在给她请的保姆，原因很简单，说这个保姆不尽责，太年轻，成天惦记着往家跑。

"我们那时候帮人，要是像现在这样，早就被赶出大门了。"母亲每每说到这里，就会忿忿不平地拿自己过去的经历来说。

"老娘，你都九十七岁了，现在什么年代了啊，不要拿你过去的经历来要求现在的人。"

我和我弟弟乃至家里所有人，都用同样的理由来劝说母亲。但母亲是不能理解的，1949年以前，母亲在纱厂给纱厂的工头家里做佣人，"文化大革命"期间，父亲工资减少到只有三十元，难以养活全家，母亲又被迫去帮厂里的一些年轻夫妇带孩子，当保姆以补贴家用，在这个伺候人的行业里，她的职业体会是最深的，以她的理解，既然拿了别人一份钱，听别人安排做事就是天经地义的，所以，她想不通现在这些保姆，为何会这样没有职业精神。

我们从家政请来的保姆还是签了正规合同的，规定每周休息一天，但由于保姆家就在本市，而且又还年轻，所以，只要我弟弟休息在家，哪怕半天，保姆也就逮着机会就跑了。

"老娘，她走就走吧，只要家里有人照顾你就行了，不要计较，好吗？"

"那你弟弟都没有自己的一点事要做了啊，好不容易休息要做点自己的事，她就跑了！"

显然我这样说，仍然说服不了母亲。

十一、哭泣·无泪

母亲一生都体现了中国传统女性那种勤劳的本质，所以，对一切不尽职和不努力的行为，她总是会明确表现出看不惯，这也是在短短不到五年时间，我们无奈之下，给她换了五任保姆，保姆费用也从最初的1000元，涨到了现在的2500元。

母亲的勤劳还表现在她一生所学到的几项生存技能，这不仅是使她能在艰难生活过程中闯过各种关口的关键性因素，而且也是帮着我父亲维持这个家，顺利地蹚过艰难岁月的重要原因。

第一项技能是母亲的针织技能。

母亲从小在她所说的"六舅"家学过织布、裁缝。据母亲说，在1953年父亲被打成"老虎"，一直到1955年父亲结束牢狱之灾，母亲一直在家乡一带帮人家做针线活，以补贴家里用度。记得小的时候，因家里穷，很少能买成品服装穿，当然那时候也很少有成品服装卖，大多数人都是凭政府发的"一丈五尺七布票"和"一斤棉花票"去国营商店里买布或棉花，然后去裁缝铺里做衣服，可在我们一家，包括我父亲在内，从来都是母亲自己裁、自己缝，实在赶急需要穿的，那也是母亲裁剪好，然后拿到跟母亲关系比较好的缝缝铺里，请人用缝纫机做成成衣，然后交一点加工费。

记得自己小的时候还穿过现在土家族穿的那种用布盘的纽扣和圆直领的土布衣服，那时母亲叫那种白色土布为"白棒布"，是所有棉布里最便宜的，母亲总是把布买来，然后去临近湖南地界上的一个叫"麻子坳"的小集市上的染布店，把棉布染成我们需要的也是耐脏的颜色（那时最多只有一到两套衣服，所以必须要耐脏一点的颜色，比如黑色、藏青色、蓝色）。

母亲还能编织毛衣，可以纺织成各种花色，所以，母亲也常常帮别人织毛衣，那时候在工厂里，别人也没有现钱来支付母亲工钱，依稀记得织一件毛衣，别人会给母亲三到五斤工厂食堂发行的饭票，这样也就是我们一家人一天的口粮了。虽然一件毛衣母亲几乎要夜以继日地编织五到七天，但在那个年代，像我们这样的家庭，有三个处于成长期，饭量奇大的男孩要养，负担还不仅仅是钱的问题，因为那时候，政府规定，给有城镇户口的成年居民一个月的口粮也才25斤！

前些年，也就是母亲九十五岁后，母亲还给我织了两件毛衣，现在当然还因为俗事繁忙，穿不上母亲给我编织的毛衣，但我想这可就是母亲百年后，留给我百年之前最能缅怀养育之恩的寄托之物了。

1971年家乡大旱，农业歉收，我们全家已无法在家乡待下去，母亲、大哥和弟弟被迫回到父亲所在工厂，把全家的粮食留给我一个人在家乡读书食用，从那时候起，全家人除了我父亲外，在工厂里有了另外一个称号"黑人"。1975年，我中学毕业辍学后，也去了父亲所在的工厂，然后利用父亲在基建科做预算，跟着民工队做小工，这时候，发觉自己除了已经拥有的"弯工崽崽"称谓外，同时又拥有了第二个包含着人格歧视的称谓："黑人"（在城里没有户口的别称）。政府对于"黑人"是不供给粮食的，而以高价在市场上买粮食吃，又会被安上"投机倒把"的罪名，轻者没收所买粮食，重者是要坐牢的，所以，那时候母亲如果能在帮别人做事的同时，拿回来既有现金含量，而同时还有粮票内涵的"饭票"，自然是全家最为高兴的事。

母亲所拥有的第二项生存技能是"镶毛皮大衣"。

这个技术，现在当然已经不需要手工来做了，但那时候可不一样，那种里衬带毛的大衣不是随处可以买到的，因为毛皮是很紧张的商品，于是，工厂里的一些上了年纪的人，为了冬天保暖，就通过一些熟人渠道去毛皮生产厂弄来大量的毛皮边角料，然后镶成毛皮大衣。

我记得，那些来请我母亲为他们镶毛皮大衣的人，来的时候是用麻布口袋装着毛皮边料，小块的可能只有一毛钱的纸币大小，而母亲就要用这些边角料镶制成一件完整的毛皮大衣。做毛皮大衣工序非常复杂，一是要按照裁制的固定式样把毛皮镶制成一整块，而镶制毛皮的走针还与缝制衣服不同；二是要在皮毛的上面铺垫一层棉花，但这层棉花又是固定在面子布上的；三是要用布料裁剪成毛皮大衣的外衣面。

　　依稀记得，镶制一件毛皮大衣几乎要耗去母亲一个月左右的时间，而以此可换到 15～20 斤的饭票。

　　母亲的第三项生存技能就是各种竹器编制了。

　　母亲能编制很多竹器，比如，各种密度的竹筛子、大小扬谷簸箕、竹烘笼、竹刷把、竹蒸笼、箩筐，等等，记得小的时候家里灶头上的用品，几乎都是母亲自己编制的。

　　也正是因为母亲具备这一生存本能，才使得全家能够顺利度过那段艰难的岁月。那些年，如果没有全家人在母亲带领下学习编制工业用簸箕，以一对 0.4 元的价格卖到工厂和临近的水库工地去。我们全家真的可能会熬不过"黑人"岁月。

　　从 1972 年到 1978 年的六年时间中，我们全家平均每月都要从市场上以 0.6 元一斤的价格，购买"黑市"高价米来养活一家四个"黑人"。这样算来，我们在母亲带领下，编制一对工业用簸箕可以买到 0.8 斤黑市大米。那时候，基本所有的周日，父亲都带着我和大哥去山上砍竹子和簸箕木架原料，周一至周六，白天母亲和大哥就全力用篾刀划编制簸箕用的"篾条"，晚上吃完饭后，全家人开始编制，母亲负责起工业用簸箕的底部，然后我们编制簸箕的"箕身"。父亲呢，下班吃完饭后去接受"学习"，大约在晚上九点回到家，然后全家人开始编制工作，一直要把预定的编制任务完成。记得一般都要编制 20 对，全家人才能睡觉。

　　然后到了赶集天，临近的水库工地会专门有人来集市上收，于是我们就把一周的产品挑过去卖。工厂里需要的部分，我们会亲自送到供销科的仓库交货，然后拿着入库条去财务科领钱，这样的机会对于我们来说很省事，但是收入比较少。

　　以母亲如此勤劳的个性，所以她很难容忍任何不敬业的行为，包括我们这些作为她的儿子的人，更何况保姆了。可是社会变了，人们会很少想到自己的职责，想到自己作为一个正直的人，应该遵守不可逾越的道德底线。母亲是不能理解这一切的，所以，她会对一切在她看来不地道和不公平的行为提出自己的质疑，无论人们是否愿意接受。可是这样一来，现实与母亲的原则之间就会有明显的差距，这也就成了不断地有保姆离开我们家的原因之一。

怎么办呢？我说不清楚这样的事，究竟是个社会责任问题，还是完全基于血缘范围内的亲情伦理问题。站在有着数千年封建文化内涵的中国传统基石上，我们非要认为这就是社会责任，可能会有很多崇尚儒家孝道文化的国民咒骂我企图抛弃自己作为人子应承担的亲情责任。中国《孝经》中的二十四孝我都看了很多遍了，一旦国人知道我这样说，会不会把《孝经》撕烂了要我活生生地把每一片纸屑嚼来吃了呢？

可是从社会理性的角度去讨论，非要说这就完全是血缘亲情范围的孝道问题，不管国家的分配制度是否包含着每一个具体的家庭会面对完全不同的血缘亲情负重，似乎于社会主流要追求的和谐社会目标都有完全的不协调性。当我面对无论我尽多大的努力，也始终无法让我已年近百岁的老母亲能够有一个满意晚年的时候，我总觉得这样的解释，并不完全符合现代社会对生命两端应承担什么样责任的这样一种政治学原则。民族的繁衍与国家的创造就是由这些个体生命的诞生、生成、成熟后的贡献来形成的，社会有义务留下一部分财富以保证他们失去创造和自我支撑生命能力的时候的生存条件。从这个方面来说，能说生命的过程全部是个人血缘亲情的责任吗？

母亲的一生和所有走过这样长的生命历程的人们一样，她贡献过，为贡献所付出的应该是属于社会内涵的，那么，从社会获得他们生命归属来临之前应该有的支撑和尊严，同样是一个社会属性的问题。更何况，在这个世界上的另外一些人文水平很高的国家，这已经早就是不用加以争论的问题，因为在这些国家，生命的出生与抚养，生命失去创造力后终结前的赡养，都早已纳入社会管理范畴。

在离开母亲前的这几天里一直揪心的就是这件事了，保姆一走，本来就整天上班忙碌的弟弟还得去家政给母亲寻保姆，但问题是找来的保姆与被母亲辞掉的不会有本质上的区别，至少在职业观念上，已不可能持有母亲认为必须所持有的态度。

"百善孝为先"的后面一句便是"孝以顺为先"，母亲既然这样反复说了，即使知道后果也得要顺从母亲的意思，于是不得不在临走前交代弟弟："顺了老娘的意思吧。"

到了机场，想来想去，还是觉得要跟母亲再说说，于是又从机场打电话给母亲，说凡事现在不完全像过去了，也不像她那个年代了，能过得去就平静地过下去，别挑剔了。母亲看在我这个做儿子苦心的份上，在电话里答应了，甚至说一定按照我的意见办，不会马上辞掉保姆，听母亲这样说，心中不免为这样的结局高兴，一颗一直放不下的心，也算多少找到一些安慰了。

可是，当我回到学校没几天，打电话回去问候时，母亲又对保姆老是不在身边而责有烦言，甚至大有忍无可忍的味道。

于是赶紧打电话给弟弟，问弟弟怎么办。

想了想，这就是命运安排，如果母亲不在她46岁上生这样一个小弟弟，今天的我，在面对年近百岁的母亲而需要更多的责任承担的时候，真的不知自己该会是什么样一种窘迫的情境。

不安分的命运与迁徙的生活，即使是家财丰盈，又如何能与膝下敬孝相比呢，就像我弟弟那样，默默地静候在母亲身边，承接母亲晚年的喜怒哀乐，这是财富与荣誉可以比拟的吗？

也许正是因为这一点体会，常会在大脑里想起《论语·里仁》篇里的那句名言："子曰：'父母在，不远游'。"

　　我常为这样的话语之质朴而感动，但也常为自己没有遵行而自耻……

　　　　　　　　　　　　2013 年 10 月 20 日完稿于北京

　　　　　（2014 年 6 月 12 日，老母亲病故于遵义市第五人民医院，

　　　　　　　　　　　　　此稿修改于 2014 年 8 月 20 日）

唐旭，天堂很安静

今天，是公元 2011 年 5 月 26 日，算了一下，如果从今天我动笔写这篇想要告诉我的大学同学唐旭些什么为截止点，一个曾经活生生的生命离世而去已经整整 115 天了。

此刻，是公元 2011 年 5 月 26 日下午 5 时 10 分，也就是 115 天前的这个时候，唐旭俯视尘世，飘然仙去⋯⋯

在没有动笔的这段日子里，想得最多的是，如何才能写好这篇反映我和唐旭之间真实与真诚的友谊，以及对唐旭英年早逝深深惋惜的文章，总觉得作为具有高洁无污、谦和有加的文化人的唐旭，如果不以世俗标准而仅以文化人品格来评价一个有价值的生命，那么，唐旭是最应该继续活在这个世界上的人。

经过细细思索后，断定自己可能没有智慧和笔力来独立地描述一个完整的唐旭，如果真的能够表达一缕对老同学的哀切之情的话，所能写的也只能是我和唐旭之间的交往，以及在交往过程中所发生的、而且到如今也只属于我一个人的点点滴滴的真实记忆。

我和唐旭，是从同学到师兄，然后从师兄到朋友，最后再从一切复杂的外在关系结构中，回归和升华到朴素同学关系上来的。我们之间因为学习、工作以及朋友往来中所构成的一切，与这个世界上所有普通友情一样，其外在表现并没有太多区别，但是，"同学友谊"四个字所装载的内容和内涵，却又是一般情谊无法简单涵盖的。

　　动笔之前和动笔之后，我的内心始终都很纠结，自唐旭不幸离开人世之后，每每想到必须写好这样一篇属于我和他而不带任何俗世虚荣的文章，就会在瞬间滋生出一种莫可名状的心乱如麻。为了解决这样的一种情感和心理过程，我不断地检索我们之间那些俗务相托、同学眷顾的种种情景，而这些，无一处不关乎到我和唐旭对社会、亲情和男人责任的相同或有差异理解。难以规避的是，文章既要写唐旭，也不得不写我自己，不这样，似乎就无法把一个真实而有血有肉的唐旭写出来。正是因为这个，我只能对我和唐旭共同拥有的全体同学们说：如果这篇文章有幸能在任何一种载体上发表，或最终能随同我的其他文字一同出版，当你们看到它的时候，除了友善地痛责我文笔拙劣之外，也同时要能够理解我的一份难以言表的苦衷。

　　在此之前，唐旭夫人和唐旭生前的一些朋友均一再向我提到，相关报纸或刊物登载了关于唐旭的纪念性文章，并且写得很感人，但我一直回避去看这些文章。因为，我之心乱如麻，除了会在某一个思绪过程的瞬间，不相信"唐旭已去"这样的一个残酷现实外，还会担心自己的笔触不当，会在无意中损害了那个我们大家都真诚敬仰和爱戴的唐旭。四月份我还在昆明的时候，我将我的这种担心向大学时同与唐旭相处较近的丽莎同学说起，丽莎同学及时回了我的信，回信尽管很简短，但我相信她说的可能就是西南财大金融79级所有真正懂得唐旭，同时也懂得从生活审美、人格去看待一个生命之来与去的同学们所期待的唐旭。

　　酝酿动笔之前，4月28日，也就是我从昆明回京的第四天，我和我夫人开车去八宝山公墓看望了唐旭，在一排排已故者中，唐旭在自下而上的第二排的中间，我依稀记得位置号是2285，这个位置是2月10日我送唐旭夫人去八宝山的时候由她定下的。花束遮住了墓位号，我本可以轻轻移开花束，证明自己那份依稀的记忆，但我最终还是没有去拨弄那一缕花束，我想：唐旭应该享有属于他的宁静。

看过唐旭墓碑上的祭奠文字，配着烧制在瓷砖上的是一张学者气很浓的照片，任何站立在这块祭奠唐旭土地上的人，当面对唐旭如此栩栩如生的音容笑貌时，如果还能回忆起唐旭的学业和事业辉煌历程，都会从这张照片和烧制在墓碑上的文字中体会到：那就是唐旭一生事业过程的再现。

当我默默站在唐旭墓前的时候，不经意间便会想：枕息在那块并不宽大的墓碑后面的唐旭，他如今怎样了？甚至也联想到 3 月 10 日，我和唐旭的夫人、侄儿去殡仪馆迎接唐旭骨灰时的情景：在三个人之中，我是唯一与唐旭没有亲情关联的人，但是，的确又是我和唐旭的两个亲人一道，共同完成了迎接唐旭骨灰的全部仪式。

殡仪馆的两位衣着制服的司礼，按照规定的程序从骨灰盒存放处的里间，毕恭毕敬地将骨灰盒捧出来，并解开了装殓唐旭骨灰的红色专用布袋。

"那就是我的大学同学唐旭！"

当看到唐旭洁白的骨灰那一瞬间，我的思想和我的情感不自觉地发出这样的惊呼。

几个月前，唐旭，还是我可以与之交谈的鲜活生命，几个月后的今天，完整的身体、情感和智慧都只能寄托给了不再可知的大荒世界。

……

"再也没有那么好的朋友了吧？"夫人的一句话，将我从痛苦的冥想中拉了回来。

"不，应该说像唐旭那样的好朋友不会再有了。"听了夫人的话，我想了想，然后以这样一种多少有些哲学答辩味道的话回答了夫人感叹似的问题。毕竟，夫人对唐旭的认识是奠基在对唐旭有限认识的基础上。

　　我夫人可能是没有办法更深地理解属于我和唐旭之间的同学、朋友内涵的，因为，她所看到的，仅仅是我和唐旭、还有我们两家人在一起的时候，唐旭所表现出来的那种谦和有加、温文尔雅的对事与待人的态度。

　　"花也不买一束。"夫人又嘀咕了一句。的确，看唐旭的墓和墓墙周边的逝者，几乎每一个墓碑前都放置着花束。

　　这就是我和唐旭。记得 1998 年，我家刚从重庆搬来北京的时候，第一年在北京过春节，对要不要按照中国传统习俗相互给对方的孩子发压岁钱的问题，我和唐旭曾经进行过一次简单的讨论。最后，唐旭说了定论性的话：我们两家之间应该舍弃繁文缛节，以后，我们两人都一直遵守了这样一个约定。

　　越是追忆自 1991 年以来我与唐旭逐渐走近的那些点点滴滴，就越是觉得有更多在当时看来可能很简单的事情，需要或者值得我去思索和回味，而越是思索和回味，也就越是希望等到自己对所有事情理解得更全面或更深刻一些的时候才来动笔。但是，当 5 月 3 日夜，我在梦中见到了唐旭以后，情感上有了一种不可抑制的力量，让我的内心无法再耽于自己的规避心理，我不能再担心自己文字描述能力的局限而将这篇文章再这样延宕下去。

　　于是，不再纠结于不必要或者说无法完美的细节……

一、同学·相识

　　在大学的时候，我和唐旭同属于社会青年考进大学的那个群体，与应届考上大学的同学比，我们的生活、学习乃至禀性，都表现出经历了那个特殊中国历史的人们所共同拥有的特性：成熟，但内心有着深深的历史痕迹；憧憬，但不再有青春的好奇。

　　我和唐旭虽说同属金融七九级，但是不在一个班，虽然不在一个班，但并不乏彼此熟悉。当时的四川财经学院是1978年才刚刚恢复招生，学校一切硬件设施均还处于恢复之中，所以，入学后最初那一学年，我们金融系一个年级大约90个男生，几乎全部安排住在被我们命名为"老黄楼"校舍的第一层。整个年级男生的寝室，分布在一个平面"7"字型的底楼楼层里，我和唐旭算是同住在"7"字的长把一边，寝室也只是斜对着相隔两个房间。

　　我们这个年级，是介于七八级和八〇级之间多少有些特殊的年级。在七八级，一个班里几乎全是社会青年考入的，所以，大家除了年龄会有一点纯数字上的差距外，认识和思想的成熟度应该是相对均衡的。而八〇级呢，虽然仍然有一部分社会青年考生考入，但由于应届高中毕业生占比已达到很高的比例，整个年级的同学关系特性更多表现为高中时代学生情感的延续。只有七九级，社会青年考生与应届考生之间的人数对比相对平均，社会青年考生略高一些，学校也可能就是出于应对这样一种特殊年龄结构的考虑，对每一个寝室里的学生安排，在年龄上进行了相对平衡的配比。也正是因为这个原因，每晚下完自习后，在也正是因为这个原因，每晚下自习后，在我们相邻几个寝室的走廊上都会有一个属于我和唐旭这样的社会考生的互动时间。而且，大多数人都会不约而同地赶在宿舍关灯前回到寝室，一部分人洗漱，一部分人则借助于走廊上的灯光彼此交谈成为那一时期的惯例。

　　整个一年级期间，唐旭所住寝室在过道的对面，彼此的距离很近，我们能常在两个时间里相互见上一面：一是中午吃饭的时间。那时的学校食堂不像今天的大学食堂，有宽阔的用餐大厅，因为没有用餐的大堂，同学们都是去食堂打饭回寝室里吃，所以，在吃饭的时候，同学们会彼此串串门，或在走廊上端着碗边吃边聊。二是晚自习以后的时间。八十年代初，由于四川省委党校与当时的四川财经学院之间，曾经就四川财经学院校址被占问题发生过争执，记

119

得是 1980 年，学校还组成了学生请愿团到过北京，后经调停，学校校址之争算是平息了。但是，在四川省没有正式为四川财经学院划拨扩大校区的土地之前，两家学校在地界上一直存在着交叉，也正是因为这个，我们上课和晚自习的教室大多数在省委党校那边。按照学校规定，晚上十点过一点，教室管理员就会来关教室。大家回到寝室，稍稍休息一会，也就到了十一点寝室熄灯时间，同学们也总是在统一熄灯后，才去楼层拐角处的洗漱间洗漱，如果有不愿睡或不能入睡的，便利用过道上的灯光聊天。这时候大家都能在过道里相见，唐旭自然也不例外。

1981 年的上半年，也就是八〇级新生的第二学期，全新的学生宿舍建好了，我们和住在临时校舍里的八〇级同学全都搬进了新学生宿舍。自我们搬进新的宿舍楼后，尽管还在一个楼里，但不一个班的同学相互之间见面的机会也就很少了，加上我和唐旭也不在一个大班里，除了像数学、党史等公共课在一起上可能见上一面外，其他的见面机会也就相对少了。

我和唐旭是同一代人，都是在那个快要将我们的生命或人生意志废弃的历史临界点上，靠着自己的一份努力，从不幸运的一代人中脱颖出来的。而且后来还知道，在上大学之前，我和唐旭有些经历甚至是相近和相同的。

尽管有着某种相同的经历，但是，我和唐旭却不是同一类学生。

大学四年，金融系同年级同学甚至金融系的老师都一定不会认为我是一个听话的学生，甚至还可以算得上是一个调皮的学生，从表面看，我是多少有些喜欢"恶作剧"的学生，这跟我在工厂生活，以及一个人在农村独立生活和四处打工的经历有关。大学四年有一个最典型的例子完全能够说明问题。大概是在大学一年级的第二学期，一次四个同学在一起开玩笑，不知什么原因大家打赌，赌谁有胆量将自己的长发剪掉，剃成"和尚头"。"和尚头"也就是今天的光头，要知道，20 世纪 80 年代初期，是年轻人以蓄长发为流行打扮的年代，这一点从 80 年代中期兴起的春晚电视节目里就可以看到，因为当时参加春晚的男人们几乎全是长发掩耳的，所以，这种剃光头的行为多少是有些逆时代而行的意思。一起参加打赌的有四个同学，结果第二天上课时，真的在教室里出现了三个光头男同学，而我就是其中的一个。关键的问题是，我的头型并不适合剃光头，而且头发剪开后，脑袋上有多处儿时受伤的伤疤，而这些地方是没有头发的。所以，走在校园里，凡从身边经过的同学，都会用异样的眼光看着我。也就是剃光了头的第二天，我去金融系办公室取信件，负责管理学生生活、年纪也较大的陈老师（学生们都尊称她为"陈婆婆"）忍不住半嗔半笑地对我说：

"要么，头发长得耳朵都找不着，要么，就弄成个和尚头，真不知道怎么那么调皮。"

我相信，今天跟所有大学同学说，我在当时被慈祥如母亲一般的陈老师骂过（四川地方语言中的"骂"，在长辈使用时是完全善意如对待自己儿子一样的责怪），一百二十个同学都不会觉得这有什么不正常的。但是，如果有人说：唐旭在大学的时候被陈老师批评过，我相信，包括我在内的一百二十个同学一定会指着说话人的鼻子说："你一定搞错了，那是不可能的！"

唐旭，总是那样沉静、听话、好学。唐旭是那种对自己要做什么、要怎样做有着比较成熟的想法和安排的那一类思想成熟的男人。可我不是，尽管我只比唐旭小一岁，并且在进入大学之前也有过与唐旭同样的生活经历，但我在四年大学生活中所表现出来的个性，几乎可以用"桀骜不驯"这四个字来概括。也是后来自己思想开始走向成熟，知道自我个性识别的时候，才慢慢知道自己是属于那种"本质善良，但个性乖戾"，行为表现与内心世界存在着显著悖论，最易被直观世界所误读的男人。

今天认真分析起来，我和唐旭以及所有和我们同一个时代的人们，曾经被迫用还不成熟的灵魂，共同面对一个特殊的历史时期。我们共同承受了不属于我们那一代人的贫困和排斥，进而滋生了一种世界观上的内在失衡，而这种失衡最终又具体表现在我们的大学生活乃至后来整个生活历程，隐约保持着一种特殊的心理状态：刚毅而坚强的外表下，总有掩饰不住些许脆弱的成分。为了改变这种脆弱，抹平思想和情感上深深的创痕，我们这一代人中间坚持知识进取者大致在以下两种人生状态中进行了抉择：一种是以加倍的努力，为某种荣誉而生存；另一种则是以玩世和抗逆，把自己个性上脆弱的成分掩盖起来。我想，唐旭，应该是选择了前者的典型。

以现在的社会观来观察，大学时期的大多数同学均抱着属于各自的想法，并都有意识地按照自己的个性，不加修饰地在生活中表达自己，尤其是像我和唐旭这样在社会中曾经有过相对复杂生活体验的同学。不过，全年级一百二十一个同学，真正有着成熟和长远设计，并打算在毕业那一年考研究生的人并不多，唐旭就是不多的同学中的一个。

三年级第二学期的时候，有一次我在位于省委党校校区的九教室自习，中间出来休息的时候，在党校校区内一个干涸了的水池旁边，碰到了正好也出来休息的唐旭，于是，我们在水池边聊了起来，唐旭的脸上总是挂着男同学少有的笑容，和蔼的表情总是会给人一种信任。聊的什么，现在已经想不起来了，但可以肯定的是，只有那一次，是在大学里跟唐旭面对面地交流时间最长的一次。记得最后是他提醒说："得回去收拾书包了，一会老婆婆要来关教室了。"

当时管理党校这边教室的教工是一对上了年纪的老教工，也是老两口，我们都习惯按照四川方言叫那个女管理员"老婆婆"，其实人家也许并不老，大家这样称呼也可能是表达了一种复杂的心理。一方面，在四川，"老婆婆"本来是对年长妇女的一种尊称，而另一方面呢，也可能是表达着某种情绪，因为这个"老婆婆"来关教室门的时候，总是很大的嗓门，对于教室里还沉浸在学习静默中的同学们来说，突然间的大嗓门，的确是一种可怕的刺激。

1986 年，也就是我回到父母所在的那个小县城后的第三年，自己也在反复思考后，决定放弃有着较好上升前景的工作单位，甚至放弃原来想得很好的要承担起来的那些亲情责任，将刚刚组建起来并且在各方面都还很稚嫩的家，丢在那个偏远的县城，一个人独自回到成都读硕士研究生。

就在上硕士研究生的第二年，由于曾康霖老师的努力争取，得到当时直管人民银行总行研究生部的人民银行总行刘鸿儒副行长同意，西南财大（那时，四川财经学院已更名为西南财大）以金融系为主，派研究生到五道口听课。

1988 年新年刚过，季节还处在隆冬的时候，我和金融系研究生班的另外八个同学一块到了五道口。这是大学毕业五年后，第一次见到唐旭，唐旭于五道口三年硕士研究生毕业后，留在了人民银行总行研究生部，我去听课的时候，唐旭已升任教务处处长了，唐旭的夫人也刚刚从成都调到北京，一家人（也就是两口子，记得那时唐旭夫人已有了身孕）还住在研究生大院里小配楼上的一间狭小、简陋的宿舍里。

那次听课历时一个月时间，但这期间发生了两件事至今一直记忆犹新。

第一件事是我借了唐旭的自行车去圆明园和颐和园，这是一段今天想来也很好笑的经历。1988 年之前我是没有到过北京的，所以，这一次听课算是我第一次到北京，周日没有课的时候，便想出去看看北京的名胜古迹。那时家境贫困，为了节省乘车费，于是利用一个周末的时间，向唐旭借了自行车，骑着去了圆明园、颐和园。无独有偶的是，借唐旭自行车骑行的那天，北京风很大，于是出现了与在成都骑车完全不同的可笑现象：当逆着风骑的时候，即使是下坡路，也得使劲用脚踏，否则就根本走不动。更出乎我意料的是，在去玩了回来后的差不多一周时间里，脸就像有无数条小刀口被撒了盐似的不舒服，于是我问唐旭是怎么回事。

"你没有看北京的妇女们脸上都蒙着纱巾吗？"唐旭说。

"为什么？"

"风沙啊？"

"女的可以蒙纱巾，男人怎么办，比如说我，总不能也弄块纱巾来蒙在脸上吧？"

"北京的男人们都是习惯了的。"

我感觉到了唐旭话里善意的调侃成分，可能在他看来，我作为男人，提这样的问题是不应该的。

第二件事是听课期间由于有同学逃课，刘鸿儒老师知道这件事后对我们来听课的同学逃课的情况提出了严肃批评。当年，西南财经大学一行到北京听课的同学共十一个人，金融系九个，农经系两个。而在课堂上听课的还包含陕西财经学院的四个同学，一个听课班共有十五人。研究生部除让我们跟随研究生部本部课程安排听课外，还专门为我们这十五个同学开了几次课，但后来反映说，来听课的同学不认真听课，有的同学除了周末外出玩耍外，还在平时专为我们十五个同学开出的专题课上课时间逃课，甚至说，逃课的主要是西南财大的学生。

刘鸿儒老师当时还是人民银行总行副行长，听了这个汇报后自然是很生气的，觉得我们不珍惜听课机会。在我离开北京回成都的前一天我和唐旭见了一面，见面时唐旭多少有些无可奈何地告诉我：

"这次听课反映很不好，据说曾康霖老师得知刘行长发脾气后，也很生气。"

"我可是一次课都没有逃过。"我赶紧这样告诉唐旭，毕竟在这些听课的同学中，只有我是唐旭的同学。

不管怎样，听了唐旭的话，我也觉得心里很不好受，我相信，唐旭在这件事情上也一样多少有些感到抑郁。毕竟，他也是从西南财经大学来的，甚至我还相信，促成这次西南财经大学派研究生来五道口总行研究生部听课，多少也跟他这个教务处处长有点关系。

二、师兄·师生

1991 年，作为首批全国金融改革试点城市的重庆，为了要在金融改革方面有所作为，在市政府的支持下，人民银行重庆市分行在没有得到人民银行总行同意的情况下，批准了重庆西南第三制药厂发行可转换浮动利率债券。债券发行后不久，人民银行总行打了电话来，电话中对重庆市分行的擅自作为进行了严厉批评，并要求重庆分行由行长带队到总行当面汇报并作检查，重庆市分行领导班子立即召开会议，决定由我跟着一位在重庆和总行都颇有声望的吴姓老行长一同到总行汇报并作检讨。

这一次到北京，我去了唐旭的家，那时候，唐旭家已经分到了人民大学那边双榆树的房子，唐旭的四叔正好也在北京。1991 年这一次发行浮动利率债券，以及我和老行长到北京检讨，实际成为后来（1993 年后）跟唐旭之间的同学关系进一步密切的外在诱因。

那次债券发行尽管违反了人民银行总行的规定，但操作却是规范的。后来人民银行总行金融行政管理司一方面批评了重庆分行，另一方面也默认了重庆的做法，毕竟，发行已成事实。加上操作也是相当规范的，除了有所谓金融改革的轰动效应外，也没有引起什么乱子。

债券发行之前，我当时所管的金融行政管理处起草了《可转换浮动利率债券发行章程》，根据这个章程规定，所发行的债券除了利率依据企业利润变动实行浮动外，还将在适当的时候由重庆市发展改革委员会和人民银行共同批准对企业实行股份制改造，届时，债券持有人可自愿选择优先转换成为企业普通股票。到了1993年，全国股票市场已经发展到了一定规模，购买了1991年发行的"西南药业可转换浮动利率债券"的投资者，都急切地希望能够实现债券转股票，而这种希望，旋即也就成为重庆市人民政府及市人民银行的一种潜在压力。

国家证券监督委员会成立之初，几个关键部门是由原人民银行总行金融行政管理司工作人员组成的，我因工作需要曾经跟这些工作人员打过较多交道。市政府和人民银行基于这一点考虑，加上所在职位的因素，1993年5月，我以重庆市证券委成员和人民银行金融行政管理处负责人的身份，受委派到北京来联系重庆市企业推荐上市的相关工作，而其中最重要的内容就是尽快将已发行可转换浮动利率债券的西南药业推荐上市。到了北京后，向证监会熟人一打听，得知初审重庆市西南药业股份有限公司的工作人员是刚从五道口毕业的研究生，显然，我是不认识的，于是找到了唐旭，唐旭爽快地帮我约见了该人。

事实上，1988年我从五道口听课回去后，我与唐旭之间的联系仍然不多，所以，这也算是时隔五年之后，因为工作契机，我和唐旭的联系又开始紧密起来，而这一切，表面上是因为重庆市企业推荐上市工作需要，但真正的内在原因却是缘于从那时候起，我就萌生了要到五道口考刘鸿儒老师的博士研究生的念头。1993年，为了重庆首批企业如西南药业、渝钛白、渝开发等上市，我频繁地到北京出差，也就是在这个过程中，我把要考刘鸿儒老师的博士研究生的想法告知唐旭，同时向唐旭大致传述了一下我为什么想考博士研究生离开重庆的心理原因。

今天想起来，如果要去深究潜藏在思想深层的心理原因，考博士研究生的动机也许并不像我最初所表达出来的那样纯正。那时的我，还只有三十岁出头，强烈的俗世功利期望和对人生虚荣的追逐，不断甚至是不自觉地挤压着自己的内心世界，依照世俗标准进行宏大和规模化的人生规划，也许这才是真正的心理原因。但是，那时那刻，我只告诉了唐旭我内心世界的另一个真实，但也许并不是最为重要的原因。

重庆是个码头文化气息比较典型的城市，这种城市特性反映在社会生活人际关系上具有相当的特殊性，我相信，这种特殊性是受历史上四川"袍哥"那样的民间组织体系内部伦理规则的影响。人际社会或多或少把那样一些不能简单用"好"与"不好"来评说的东西传承了下来。从本质上说，我也不能说我就绝对不适应那样的城市文化，因为在重庆的金融圈子里，因为自己的工作能力和行事风格，在年轻的一代人眼里，我似乎就是毕业后在重庆金融领域工作的那一代学生中"教父"一样的人物。

当世俗荣誉和不羁个性与善良和正义本质之间形成某种显著冲突的时候，唯一能解脱自己的就是对一切过程进行反思，在不断的人生自我检视过程中，真正让我深深疼痛的是一些被自己悟到的人生悖论：在文化知识、智力、才能与个性之间，在行为方式与理性追求之间，在亲情与个人情感之间，在善良的本质与多少有些恶作剧的行为方式之间，在对传统伦理道德的遵从与对自由界限的痛恨之间，无一不在以血淋淋的结论揭示着我内心世界的冲突。

以哲学的观点看，在我们这个社会，无论是历史还是当代，无论是平民化的生活领域，还是等级明确的主流社会，总是"明规则"与"潜规则"在共同发生着作用，甚至在一些特殊的社会生活领域，潜规则的作用较明规则更为有效，至于这个潜规则是由"码头文化"，还是由我们儒家"唯上唯尊、畏权自抑"的文化来规定，这

本身并不表明作为个体的人可以在"明规则"和"潜规则"中进行
选择。

从这个意义上来回顾，我告诉唐旭的可能只是其中一个非重要
原因，尽管这样，我自恃我并没有刻意在唐旭面前保留什么。

"不是干得好好的吗？听说你在重庆金融界还小有名气。"唐旭
听了我关于考博士研究生的打算后对我说。

"那只是表面现象，当然，以今天我的事业状态，要交点事给我
办，只要不是'揽月捉鳖'那样的难事，我还是有能力去做的，但
显然，这不应该是我的志向所在。"

"你可以报名，但必须考过北京市规定的分数线，至于要考刘鸿
儒老师的研究生，我只能努力帮你跟刘老师联系。"

唐旭如此说，显然是有意识地回避关于要离开重庆的原因讨论。
其实，这时候，我也许是不了解唐旭的，总觉得他这样回答一个老
同学，多少有些冷冰冰不近情理。

因为在当时考博士研究生，尤其是考刘鸿儒老师的博士研究生，
除了基本成绩外，可能最重要的就是在单位的工作经验和具有一定
科研成果。而以我当时的情况，不仅在重庆金融界小有名气，而且
在《金融研究》和其他一些杂志上也发表过文章，应该大体上是符
合刘鸿儒老师对考生的条件要求的。关于唐旭为什么要那样冷冰冰
地对待我这样一个老同学，在后来与唐旭的交往不断加深过程中才
渐渐体会到个中原因。唐旭就是那样一种人，以他的做人风格，对
于像我说到要他给帮忙的事，他可以努力提供帮助，但绝不轻易做
任何承诺。

为了背水一战，置自己于死地而后生，1994年初，也就是报名
后不久，在得到人民银行重庆分行时任行长关于暂时不用退还单位
住房的承诺后，我辞去了重庆人民银行金融行政管理处负责人的职
务，只身去了已经步入萧条的海口。在那里，一边准备复习考试，

一边开始反省自己在重庆市近五年的工作和生活。

1994年5月，我在焦虑中接到了五道口的《博士研究生考试通知书》，然后根据时间要求赴北京参加当年的考试。三天考试时间我住在研究生部旁边的宾馆里面，唐旭没有来见我，我也知趣地没有去见唐旭，我相信，以唐旭的个性，在这种时候他是要努力避嫌的。考完试后我就飞回了海口，开始了那里的焦急等待。7月初，终于在焦急之中拿到五道口发来的《博士研究生录取通知书》，就在这样的情况下，唐旭也没有给我打过一次电话，我相信唐旭在努力地帮我，但他又不想让这种帮助成为一种依赖，或者成为瓜田李下的原因。

拿到录取通知书后，带着疲惫的身心回到重庆家里，休息了一个月后，怀着一种脱胎换骨的心情启程前往北京。从首都机场到五道口的出租车，大约要走五十分钟。一路上，除了贪婪地领略机场路两边高耸的杨树和北方秋天才有的独特阳光外，多少感受到了内心难以抑制的激动。但我自己知道，如愿以偿地到五道口考上了刘鸿儒老师的博士研究生只是激动的原因之一，还有更适合于表达内心的激动的原因应该是：自己似乎可以洗去身上的尘土，再次获得人生重新选择的机会。众所周知，在当时的社会生存环境下，因为住房、人事档案等外在限制，一个人想要以一种体面而且低成本的方式获得重新选择的机会，那是非常困难的。

我深知此次负笈北上机会之获得，自然是有唐旭的关照和帮助的成分，但没有想到的是，唐旭的这种关照和帮助，在以后我在五道口的三年学习过程中，升华为他对我这个老同学的宽厚和眷顾。而这里所说的宽厚与眷顾，基本可以用以下几个事例得到印证。

第一件事是发生在1996年的一次车祸。

记得那是1996年的夏天，外地来了金融七九级的同学，于是大家相约一起去吃饭，我和唐旭都去了，席间，不知不觉喝多了。去的时候，我和唐旭共同开的是我朋友刚买的一辆新的本田雅阁，当吃完晚饭回家的时候，先是由唐旭开车，到了他家楼下，他看我有些醉了，于是坚持要送我回学校宿舍。当时他家住海淀塔院，从塔院往西一个路口再向北，从北四环路口再往西，到我住的展春园博士宿舍，也就两公里路程。

可是我坚决不要他送，趁着酒劲把他从驾驶室里拽了下来，可是唐旭呢，仍然秉承了他的宽厚禀性，也不坚持，下车后只是不停地说："老侯，你行还是不行？"

在我坐上驾驶室后，几乎就没有听唐旭说什么，关上车门，一踩油门一溜烟就把车开走了。可是，开出去还不到一百米，酒劲就上来了。当车开到知春路口时，车还没通过有过红绿灯的十字路口，已处于神志迷糊状态的我一个左转把车开进了逆行车道。电视剧《编辑部的故事》里有一段情节，即葛优出演的李冬宝去一个十字路口给具有行为艺术效果的交警拍摄指挥车辆的镜头，那个路口向南中间隔着元代古城墙，古城墙的西边是向南的单行道，古城墙的东边经过电影学院是向北的单行道，而在路口左转后径直将车开到了本应是向北的单行道，车子在黑夜中由北向南一直逆行到了北京电影学院，沿途一共撞了两辆130货车，朋友新车的两边气囊也都给撞了出来。

那时候的北京，对酒后驾车控制还不像今天这么严，但交警还是将我送到北医三院做了血液化验，按照当时的交规规定，测出来的酒精浓度完全达到了可拘留的水平。好在，那晚执勤的交警见我人还清醒，同时也看了我的学生证，交警也就没有再坚持要拘留我。无独有偶的是，手机没有电了，处理完交通事故回家已是深夜一点。第二天早晨去学校，在学校大门见着了唐旭。

"老侯，昨晚怎么啦，打电话提示关机，是不是出事了？"唐旭一见我就问。

我只好如实将头天晚上那惊险的一幕告诉了他。

"我真后悔没有坚持把你送回宿舍！"唐旭的话语带着几分少有的严肃和生硬。

"你做不到的，我们俩换个位置，我是你，你是我，昨晚就没事了，呵呵。"我调侃地说道。

我虽然是以玩笑方式说出那一番话，目的也是想缓和一下唐旭少有的严肃和生硬，但从内心讲，那就是事实。以唐旭的谦和，他是绝不愿意主观上去勉强任何人的，更何况是我这样一个有时候几乎有点不那么讲道理的老同学。

第二件事是关于我的学位论文写作和定稿的事。

1996 年上半年，五道口的学习进入了二年级第二学期，课程学分早已修满了，接着就到了该撰写学位论文的时候了。三月份从重庆回到学校后，我试着初拟了一个写作提纲，交给了刘鸿儒老师。那时候，刘老师还在证监会主席任上，工作也很忙，刘老师拿到提纲后，没有时间细看，要我先将写作大纲交给副导师虞关涛老师看一下，于是我将写作大纲送到京广大厦北面的呼家楼附近的虞关涛老师家里，按照常规，虞关涛老师直接就问我：

"刘行长对这个论文写作大纲是什么意见？"我如实说：是刘老师让我交给他看的，听完我说的话，虞关涛老师就对我说他没有意见。

我以电话方式将虞关涛老师的话如实转呈给了刘鸿儒老师，刘鸿儒老师说："那你就这样先写吧。"当我花了将近三个月时间，将论文写成八万字左右的初稿交给刘老师的时候，刘老师的话让我整个人凉了半截。

"侯合心，书读得太少了吧。"刘老师粗略地看了看我的毕业论文稿件后，很严肃地对我说。

我无法对刘鸿儒老师的带有批评语气的话作出任何反应，我相信刘鸿儒老师的话是指我经济学方面的书看得太少了，但无论如何，刘鸿儒老师的这句话，对我这个学生、一个正在攻读经济学博士学位的成年人来说，应该算是极重的了。

回到宿舍后，我第一次反复自问：我什么时候系统地读过几本经济学原著了？自我检视和回顾让我开始反省自己的研究生学习，开始有一种被刘鸿儒老师一语点破梦中人的恐惧。是啊，大学四年、硕士研究生三年，乃至博士一年半的上课，即使读了一些经济学的书，也不过是应付专业课考试而已。

回想起来，在大学的时候，自己的确没有认真看什么经济学书籍，反倒是利用学校的图书馆藏书，把欧洲文学，什么现实主义和浪漫主义看了个遍。看完了巴尔扎克、雨果、托尔斯泰等大家的，又看大仲马、小仲马、莫泊桑、左拉、司汤达等人的。受当时的政治气候局限，那时的大学图书馆也不是什么书都有，比如布鲁斯特的《追忆似水年华》，爱尔兰作家詹姆士·乔伊斯的名著《尤利西斯》等，我就没有找着，为了单一追求所谓"饱览群书"的目的，一些在20世纪80年代看不到的书在90年代后才补上的。

后来上硕士研究生，也没有认真地读太多的经济学书籍，而是大量阅读历史、宗教、音乐欣赏、文艺批评等书籍。看得最多的是欧洲历史，什么希罗多德、修昔底德、色诺芬、蒙森、詹姆士·吉本等著名历史学家的书都找来看一个遍。在今天看来，读了这些书，对我自己的文化修养是不是就一定有益，当时是无法作出评价的，但是，到后来自己转而研究政治哲学的时候，当年读的这些历史书，才显示出了重要的意义，因为历史学知识，尤其是现代文明发祥地的欧洲历史学知识，是一个人提高自身政治哲学素养不可或缺的基础。

即使是读博士研究生期间，虽然也看了一些经济学原著，这期间之所以仍然没有花多一点的时间看经济学原著，原因是这一时期开始大量研究政治学著作，如孟德斯鸠、约翰·洛克、卢梭、托克维尔、大卫·休谟、拿破仑、马基雅维利、汉密尔顿等人的著作，到后来，甚至连现代以研究社会正义而著名的美国政治学家罗尔斯的著作也都找来研究。虽然当时听到刘鸿儒老师的话，内心多少有些不舒服，但是回到寝室细想之后，不得不承认刘鸿儒老师直陈我的弱点应该是合情合理的，毕竟阅读量与一个经济学博士研究生的专业著作阅读量要求相比，或许真是不够的。

刘鸿儒老师这句话，对于当时的我来说，多少还是有些觉得自尊心受伤的，但的确也正是因为受到刘老师这一次严厉批评的鞭策，我确定了一个专业读书计划，开始发疯似地阅读古典经济学著作，从托马斯·孟的重商主义开始，沿着古典经济学理论发展的轨迹，把亚当·斯密、李嘉图、约翰·穆勒、巴斯蒂特·萨伊、马尔萨斯等人的著作全读了个遍。凯恩斯不算是古典经济学家吧，也不管了，把他的著作也拿来读了个遍，甚至连写凯恩斯的几本著名传记学著作，如斯德尔斯基、琼·罗宾逊等人写的《凯恩斯传》也都通看了一遍。

最让我觉得自己有点疯的是，由于阅读李嘉图《著作和通信集》第二卷必须要看马尔萨斯的《政治经济学原理》原著，否则很难弄清楚那场著名经济学争论的主要内容和过程。而这本书只在1962年时作为批判性研究资料在国内出版过一次，以后，自然也就不会再出版了，因为我们是坚决反对马尔萨斯的（当然，后果就是今天乃至今后的一个历史时期内，中国的社会发展都将背负着沉重的人口负担）。

为了找到这本书，我上"孔夫子旧书网"去淘，还真的找到了，但是价格高达一百五十元！而且只有六成新。书寄来后，翻开底页一看，标价竟然只有一块六毛钱！好在我是学经济学的，知道通货膨胀是历史价格倒算的一个不可或缺的因素。但这本书反映着将近一百倍的通胀率！卖书的商家尽管奇货可居，多少还是有点太狠了。

　　看完这些书，深深体会到刘鸿儒老师基于师道严厉，批评得一点都没有错。至于为什么要从古典经济学原著看起，我相信，即使是后来集经济学大成的阿尔弗雷德·马歇尔，也没有超出于古典经济学提出的基本经济学概念和逻辑范围。就是开创货币经济学的凯恩斯，即使是革了古典经济学的"命"，但在我看来，其与古典经济学之间的冲突，也并不是在微观市场经济的自由竞争伦理上，而是在经济学的政治伦理原则问题上。

　　我不知道刘鸿儒老师除了对我以外，是不是也对其他不努力学习的学生说很重的话，但现在回想起来，这符合他这样一个学者大家的个性（虽然他当时还是政府官员）。其实更能体现刘鸿儒老师治学严厉的事还有一件，那后果比给一个我这样的学生严厉批评要严重得多。我们九四级博士研究生一共有七个同学，除了我和少数几个同学守在学校读完三年外，大多数同学都是在学分修满后，就纷纷先去了工作单位，边工作边写论文。1997年，就在我论文答辩通过后不久，我们中的一位同学从工作单位回研究生部答辩。这位同学论文答辩的那天我参加了，答辩完后，答辩委员会也同意通过其论文答辩，但是，后来的事就没有那么轻松了。刘鸿儒老师当时是研究生部的学位委员会主席，论文答辩结束后，必须由学位委员会主席审查相关答辩记录，认同答辩记录之后，金融研究所所长才可以和刘鸿儒老师共同在学生的学位证书上签字。那位同学的答辩记录是刘鸿儒老师出差回来后补阅的，当刘鸿儒老师看了那位同学的答辩记录，并找来当时做答辩记录的学生询问了答辩的相关情况后，刘鸿儒老师甚至都不照顾那位同学导师与他同为一校导师的面子，就把那位同学的学位论文给否了。

　　在一个文凭快要被铜臭淹没的年代，刘鸿儒老师应该算是还在坚持着要维护文化知识质量和尊严的不多的几个大家之一了。后来，我从唐旭在对待一些官员要来五道口上研究生的态度上，也体会到了刘鸿儒老师的这种宁缺毋滥的治学品格完全被唐旭继承了下来。

关于唐旭继承刘鸿儒老师治学品格这一点，也有一件事较为典型。记得还是我在校期间，南方一家银行的地市级分行副行长，是从政府官员转来银行工作的，到五道口跟着研究生听过很多次课，因为年纪都比较大，所以，我们彼此之间都混得比较熟了，也许他也知道我和唐旭之间的关系，有一天我们在一起吃饭的时候，他突然对我说，可否以在五道口听课为由，能够让唐主任给发个什么文凭。我知道，对于从政府转到银行来工作的人，如果有一个金融方面的文凭，对今后的发展是很有好处的，更何况是总行研究生部的文凭。

碍于面子，加之彼此也还相处甚好，我答应帮着问问。当然，我也忠实于我对别人的承诺，于是找到了唐旭，可唐旭很简单地就回绝了。

"老侯，我这里只有国家正式文凭，要么硕士，要么博士，没有其他文凭可发，可以发的这两个文凭，可是必须要按程序来的，这个你知道。"

唐旭如是说，自然我也就没有理由再说什么。

排除那位相托之人与我之间的个人良好关系不说，仅仅单就文凭一事来说，其实，我也对那些简历中没有国民脱产教育经历，但却是"既赚了官位，又捞了文凭"的知识投机者乃至此类人群，持有非常反感的态度。

刘鸿儒老师严厉地说了我的那天晚上，其实还是很难过的，但不管心里怎样不舒服，既然老师说了，事情的严重性自然也就是可以想象的，不能不认真对待。整整一个晚上，脑子乱得一锅粥似的，甚至都不知该怎么办了，那么短的时间就要毕业答辩，重新大量阅读经济学著作，时间上几乎是不允许的，唯一的办法只能是换题目，可怎么换？脑子一片空白，临睡前，终于想到了一招：去找唐旭。

唐旭也是刘鸿儒老师的博士研究生，只是比我高两届，所以，也算是师兄，他头一年刚刚通过论文答辩，他的学位论文题目是《货币资金流动与区域经济发展》，答辩通过后，唐旭还把他的学位论文给了我一本。

第二天一早我去唐旭办公室，对他说了关于我的论文遭遇困境的事。

"唐旭，我现在脑子就是一锅粥，换什么题目，我昨晚想了一晚上都没有想出来。"

"老侯，先想想这些年你都干了什么工作吧。"唐旭说。

"银行、证券、金融监管啊。"我说。

"那不就对了吗，写与你干过的工作相关联的题目，这样写起来会有实感一些，也容易见成效。"

经唐旭这样一通点拨，自己似乎豁然透亮了，真有点大梦初醒的味道。禁不住在心里想：自己过去明明就心不在经济学，反而去写理论性很强的题目，写不好，被刘鸿儒老师重责，活该。

"我给你定个题目：'我国资金问题与融资结构研究'，具体题目怎么定，你再想一下，但围绕这个中心来写。"唐旭接着又说。

对我来说，唐旭代为拟定的题目的确具有很强的针对性。融资结构本身就是讨论既定经济体制下直接融资与间接融资之间所具有的金融效率，一个银行、一个市场，正好是过去自己工作的领域。

后来，根据唐旭的提示，把学位论文题目定为《直接融资发展与我国经济现实问题研究》，大约用了两个月时间，夜以继日地看了托宾、莫利迪安尼、马柯·维兹、雷蒙德·戈德史密斯等一些经济、金融学家的理论著作，终于在规定答辩时间到来之前将论文写成。

1997 年，论文正式答辩前的一个月，我再一次将论文交到刘鸿儒老师手里，几天后，刘老师来学校讲课，让我去他的课间休息室。这次见到刘鸿儒老师，表情已不再像第一次那么严肃得吓人。

"给虞关涛老师看一下，让他给你看看英文摘要，虞老师可是英语专家哟，如果他看了论文后认为没有问题，就这样定稿。"

听到刘鸿儒老师如此轻松的语气，一颗一直悬着的心，才算落到了底。

第三件事应该属于唐旭对我这个老同学的纯粹眷顾了。

1996年冬天，加拿大蒙特利尔McGill University给了研究生部一个四十五天时间的全资助学习访问名额，唐旭把这个名额给了我。

至今还记得那天接到通知让我去唐旭办公室的情景。

"老侯，给你一次练习英语的机会。"我一进门唐旭就对我说。

我自己知道，以我这样的靠着在大学从ABC开始的英文学习经历，阅读、笔写还勉强可以，听力和口语是无论如何都难以救药了。我一看他给我的日程表，除了一次到多伦多Royal Bank作银行业务拜访和一次到渥太华加拿大中央银行参观外，大多在蒙特利尔的McGiLL University做功课。

足以证明四十五天时间对练好口语、听力实在是太短了的一件事，发生在访学期间的一次消防演习。

那天，学校突然响起了警报，隔壁的一位女老师来敲我的门。

"Sir，There are fire drills，go out door."

"Don't forget bring your jacket."

当我都已经走出门了的时候，那个女老师又补了后面一句。于是，我又匆匆忙忙地回到那间小办公室，把桌上的书和资料全部收到公文包里带了出去。到了教学大楼外面，广场上已站满了老师和学生。让我极不自然的是，刚才那位女老师用怪怪的眼神看着我。

那时正值十一月份，蒙特利尔因为纬度较高而早已进入寒冬，学校大楼早已供暖。因为暖气较大，每天早晨我一进办公室，总是习惯性地把外套脱下来挂在衣架上。

站在大楼外的全部师生都穿着外套，只有我一个人还只穿着衬衣，直到冷气透过衬衣一阵一阵袭向敏感的肌肤的时候，我才想起，那个女老师说的不是："Don't forget bring your book"，而是说不要忘了带上外套，英语发音里，jacket后面的"et"几乎是不发音的。想起那个女老师用怪怪的眼神看着我，我不禁觉得自己多少有些滑稽。

英语口语、听力是没有多大提高的，不过，在McGiLL University期间，正好利用了他们丰富和开放的图书资料，查阅了加拿大和OECD国家的企业融资结构资料。回国后在论文答辩前，对论文的实证部分相应补充了国际比较内容，论文也就显得更加丰富了。

也是过了很久，才品味到了唐旭所谓"给你一个练习英语的机会"这一说法的良苦用心。他不会不知道学习一门语言的规律，对于我这个年纪已越过语言学习适应期的人来说，四十五天时间显然太短，无论如何也是不可能真的对口语和听力有显著改善。他之所以说那样的话，完全是唐旭的个性决定：不明恩怨、不露忧喜。他这样说，无非是想淡化他对我这个同学的特殊眷顾之情，想以一种"拒绝感恩"的方式告诉我这件事。

1997年的4月，我的学位论文顺利通过答辩，接着就是找工作了。先报了人民银行总行，准备公务员考试后到金融研究所去工作。有一天我跟唐旭说到这事，唐旭表达了他的想法，他觉得我去人民银行的话，可能在家属调动来京的问题上，效果会慢得多。

"要不，直接去专业银行？那样会快一些把家属调过来。"

"可以啊？去哪家行好啊。"我说。

"去建行总行吧，人力资源部那里我比较熟悉，我给你打个电话，你去报名考试就是了，以你的资历，考试通过应该不成问题。"

"其实，最好是有一个单位能一举把夫人调动和房子问题全解决了。"唐旭接着又补充了一句。

后来中国投资银行来学校挑选学生，唐旭竭力推荐了我，并向对方说，因为我年纪较大，而且是有职务来上的学，可能在家属调动和住房问题上需要解决的迫切性会高一些。谁知当时的中国投资银行行长对唐旭提到的问题，毫不迟疑地就答应了。

在去中国投资银行正式报到之前的这段时间，由于新生要入学，我得搬出博士研究生宿舍，投资银行临时安排我住在离上班很远的一个宿舍楼的地下室集体宿舍。唐旭知道，像我这样在重庆生活优越惯了的人，加上年纪一大把，会住不惯。

"住我那里吧，我楼下正好有一个一室一厅，是单位补面积时给的，没有人住。"唐旭对我说。

"好吧，你不会管住还管我吃吧？我可是个怕被管的人哟。"我还是用调侃的说话习惯回答唐旭的关心。

"呵呵，谁敢管你老侯。"

以后，唐旭如我们双方之约，从来不来管我，也不叫我，一直到我搬走。这可能是因为唐旭太了解我了，知道我是个散漫自由惯了的人，不喜欢被任何东西所约束。

三、朋友·同学

与唐旭之间，朋友关系向着升华后的同学友谊回归，应该是始于 1998 年，这一年我全家妻儿老小搬来北京，如果说同学这种关系是 1979 年那个秋天在冥冥之中造就的，那么，来北京读书后，从同学升华到朋友，这种情感就不再是冥冥中发生的事了。朋友之情，多为一种性情的自然选择，需要品格相近，性情相容，尤其面对像我这种常常会锋芒毕露的人，作为朋友的另一方，是需要有相当的宽厚性情的。

夫人和孩子都来了北京后，我们两家人在周末的时候，常会开车一起出去玩。北京周边的名胜我是不太熟的，但唐旭一家子都比较熟悉。因为几乎每个周末，只要不出差，唐旭都会开车带上夫人和小女儿游览北京周边的风景和名胜。

每次和唐旭及家人外出玩耍，总觉得唐旭抱有另一层亲情目的，那就是：以一种现代或符合于他儒雅个性的方式去尽一个父亲的"课子"责任。只要到一处名胜古迹，只要有一点历史渊源典故，唐旭总是能对女儿耐心讲解。

其实不难揣度，唐旭有如此耐心目的在于拓展小女儿的知识，每每看到这一幕，我就会想起自己小的时候，家父也会按照他旧文人的伦理原则尽"课子之责"，不过，家父的"课子"，总是会发生在他醉意朦胧的时候，因为在平时，我的父母也和那个年代天下所有父母一样，整天忙于生计，没有心情也没有时间做这样的功课。

家父的"课子"方式很简单，把我们三弟兄叫来，端正地坐在木凳上，然后开讲亲情如何对待、品格如何要正、如何勤奋生存，父亲讲的时候是不准提问的，更不要说反驳了。那时候年纪小，其实是听不进去父亲说的那些的，也没有那样的理解能力，一切都是长大了后才体会出来的。

不知是不是已为人父的唐旭，在亲情面前真的表现出了常人可能没有的耐性，但至少从他在对待女儿成长这件事情上，以及所持有的现代"课子"方式，的确是符合了一个儒雅学者风范的。

知识分子很多，大儒大家，文化弄潮者，比比皆是，可是，在儿女亲情上的表现，能像唐旭那样做得好，或者以唐旭那样的教育方式来表现自己厚重父爱的，我相信在知识分子当中也并不多见。

"唐旭，对小女儿，完全是精养嘛，怎么啦，要培养出一代女才子吗？"我以开玩笑的口吻对唐旭说。

"女儿嘛，跟养儿子是不一样的。"

"其实，从生活角度想的话，女儿今后的幸福并不在于要不要做大儒，而是在有相当的文化水平基础上，养成优雅、宽和的个性。"

我这样说，当然也不是信口而说的，其实也是经过了生活观察和思考的。唐旭未表示赞同，但也没有表示反对，也许是每个男人的父爱亲情表达方式不一样吧。比起其他大多数人而言，唐旭也许会更看重他作为一代学者，在教育子女的风范上应该符合他自身的修养。

记得在唐旭病后，也是正值他女儿申请去国外学校学习但还没有出国的期间，有一天，我和唐旭相约在金融街吃饭，我问他女儿出国的事怎么样了。

"别提了，昨晚为一个关于申请学校的英文文本，女儿要我帮他认真看一下，我还发了脾气，批评了她。"

唐旭说这话时，我看了看他说话的表情，在那个强装平静的表情里，很容易就能看到那份不经意流露的后悔和自责。

"后悔了吧？"我说。

因为我知道，唐旭从来都是以温和的父爱方式教育自己的女儿，我从来没看到过他对女儿说过一句重话。

"从来都没有那么简单地对待过自己女儿吧？是不是发完脾气就后悔得心痛了？"我进一步揭他的内心真实感受。

"这些天的确我的精力有些差。"唐旭没有直接回答我的话。

其实，一切都是可以原谅的，这个世界上的事，唯一无法讲清楚是非曲直的就是亲情了。以唐旭论，久病久治之后，身体不济，精力下降，何况病中的人，情绪本来就易于被烦躁所占据。所以，唐旭对女儿这次发脾气，不管是一生中唯一的一次，还是不多的几次中的一次，但从原因上考虑，都应该是最可原谅和可理解的。

可是，从女儿而言，为了要使出国留学申请顺利过关，依赖一下英文水平很好的父亲，让父亲帮着看后精心修改一下，在亲情上也同样是再合理不过的事情。

唐旭的一生另一个重要特点就是做事中规中矩，记得有一次我们两家人开车去怀柔，那时京承高速还没有通车，一路上全是限速六十公里的标志。

"你跟在后面，今天不要在我前面走，要得不？"

"要得！"我想了一下，用四川方言回答了他。我知道，好不容易唐旭才会说出这种要求我怎么做的话，我还是尊重他一次。

唐旭的车在前面走，一路上他是绝对不会越过六十公里限速线的，甚至不管有没有监控摄像头，结果那一路憋得我那个难受。

以后，我和家人单独开车去过一次怀柔，可是到了下半年，我该去检车场验车的时候，检车场的工作人员告诉我说车不能检，因为还有两个违章没有处理。等我匆匆忙忙赶到交通执法站，交警给我看了违章记录，结果全是在进京方向的京顺路上超速造成的。

另一件让我体会唐旭亲情的事，是一次几个熟人一起吃饭。吃饭中间，不知什么原因，说到增大肺活量有益于身体健康的问题上，唐旭就这个话题侃侃而谈起来。

"增大肺活量，最简便易行的方式，就是不停说话，甚至大声说话。"

"唐旭，这个虽然简便易行，但对你唐旭可能就不是一件易事了吧？"我知道，唐旭绝不是我这种具有"气来大吵，喜来大笑"张狂个性的男人。

"唠叨，就是一种不停讲话的方式，讲话是要费力气的，所谓'连说话的力气都没有了'不就讲的是说话也要用力气吗？我现在就开始习惯听家里人唠叨。"

"呵呵，唐旭，这只能说明你爱老婆，为老婆得到锻炼作贡献，对你自己的肺活量增大没有什么作用。"另外的朋友笑着说。

"她唠叨，你不能只听吧，这不就是锻炼了老婆，也锻炼了自己吗？"

"呵呵，这么个问题被你讲成了哲学了。"我们都笑了。

想不到，唐旭能用这种方式来解释自己对亲情的一份热忱和为这份亲情而改变。我想唐旭也未必真的就能做到，尤其是对唐旭这样的性格而言，但起码他的这种亲情思维，还是很让人感动的。

唐旭从研究生部调到研究局任局长差不多半年后的一天，他请我在百盛商城七楼的"渝乡人家"吃饭，那是他调到研究局后，我们第二次见面，我发现他一下子变得苍老多了，脸色也显得灰暗无光。

"唐旭，不对哟，脸色很难看，怎么啦？"我问他。

"没有办法，现在的研究局实际就是行长的第二办公室，而且承担的全是要殚精竭虑才能完成的工作。国务院很多关于金融改革的东西都要从这里出，而由于职责需要，很多东西还必须我亲自来做。"

"你别所有的事都自己一个人担着。"我接着说。

"不是你想不想担的问题啊！"

"唐旭，我太了解你啦，不过你可要知道，张飞在，可以把鸟打得好一点，张飞不在，大不了就是鸟打得差一点，还是身体要紧，五十左右，是男人身体最易出事的年龄。"

我这话其实是再真实不过的了，但我也深知，对于一个还在职位上忙碌的人来说，或者说对于一个像唐旭这样职责感极强的男人来说，我所说的那些话，是不会有效果的。

2008 年初，我们再次聚在一起，他告诉我，他已经调反洗钱局了。

"是不是有点失落啊？"我笑着调侃他道。

"有什么好失落的？"看得出来，唐旭的神情还是多少有些不自然。

我相信每一个人都是血肉之躯，情感的第一反应不会出于理智，一定是出于本能，非智者会一直把这个本能发挥下去，而只有智者，才会通过自身的修养来调适本能，使之归于理性。

毕竟研究局在人民银行属于核心司局。众所周知，在国外，机构的优劣评价标准，不是按照权力含量来定，而是按照智力含量来定的，研究部门在任何机构中，都是一等一的部门。在调入反洗钱局之前，唐旭无论是在研究生部，还是在研究局，因其学术上的成就，加之所处部门在国外的机构重要性评级习惯中属于重要部门，所以常常会被邀请出国讲学。从道理上讲，研究局局长这个位置，无论从哪个方面都是很适合他的。

人可以超越欲望和虚荣，但那是要经历一个思想过程的，即使是智者，这个过程也是不可避免的。

"唐旭，其实以我们的年龄和我们经历过的生活，有些潜置在我们灵魂深处甚至是不易被别人或被我们自己发现的东西，一定会构成对我们的局限性。你已经很成功了，还是开始多关注一下自己的身体吧，现今的生活现实告诉你我：身体的好坏，不仅仅是你一个人的事，更是充塞着亲情痛喜的事。"

"这个我知道……"

"作为单个人，我们可以不怕死，但不可以不怕亲情因你而痛。为了这个，你也得要关心一下自己的身体。"

我因为始终敏感于他调动到金融研究局半年后那次见面的情景，所以，也不顾他的感受，不断地对他强调身体重要性这个主题。

其实，我和唐旭之间，在一起吃饭聊天也并不总是愉快的，我们之间也常发生观点的激烈争论。

还是在唐旭没有生病的时候，我们常在中午的时候去百盛商城七楼的"渝乡人家"吃饭，几乎每次吃饭，唐旭都坚持要去结账，有一次点完菜，我就先说：这一次由我去埋单，可是唐旭还是坚持他去结账，在争执中，我开玩笑说：

"唐旭，是不是收了很多商务卡啊，这可是一种只有我们国家政府才视而不见，当然也是披着合法商业外衣，其实对提高经济效率没有任何正面效应的腐败哟？"

"我这种局，别人不会来送我卡的。"唐旭说。

"这个百盛商城，价格奇高，为什么？不就是人家知道来这里消费的人，都是亚当·斯密经济理论提到过的那种：'拿别人的钱，办自己的事'的消费者吗？"

"权力机关和部门可能会有人送。"唐旭再次回答我。

"人民银行就是权力机关，呵呵，在我们国家，只要是权力机关，是绝没有免疫一说的，这已经不完全是一种建立在特殊政治生态基础上的经济生态。"我听他上面的话说得比较勉强，于是接着就又补充了一句。

"那你说是什么生态？"他反问道。

"与西方国家的政府行政形态比较起来，你总不会相信真的是中国官员们的道德水平天生就比西方国家的官员低，才滋生那么大面积腐败的吧？"我没有直接再说商务卡的问题。

"当然不是。"

"我最近在研究《联邦党人文集》，还有托克维尔的《论美国民主》，这才知道，第一代美国政治家们，竟然可以以平民政治方式，为要建一个什么样的国家政治制度，公开与全国人民来讨论和争论。尤其是看了托克维尔的 *On the American Democracy*，更是体会到美国第一代政治家们为了防止人民的权利被侵占，防止政府过度作为和形成公权滥用而进行了非常务实的政府制度设计和理论讨论。"

"上大学那阵，我看《林肯传》的时候，其实就体会到了你说的这一点了。"

"托克维尔当年去美国考察政治制度，正好是林肯在位，回来写成了他的著名政治学著作。据说，他回法国之前就预言美国会有一场内战，因为，美国的政治制度设计太理性化，面对种族和经济问题，美国政治制度要以完全符合理性的方式得到各阶层人民认同，那是需要时间的，所以，托克维尔说：美国内战是不可避免的。"

我没有问唐旭二十多年前看的《林肯传》是什么版本的，或者说作者是谁，但我是最近才认真把德国传记学家艾密尔·鲁特维克的《林肯传》看完的，这个传记学家与其他传记学家不一样，写的东西要有读书耐性的人才看得下去，"读快书"的人没有办法看他的书，我也是看完了他写的《俾斯麦》《拿破仑》后才体会到这一点的。

我相信唐旭二十年前看的《林肯传》一定不是艾密尔·鲁特维克写的，因为我相信，在那个年代，艾密尔·鲁特维克所有传记，都一定是可以列在"被焚"的禁书之列的。不过转念一想，唐旭还在大学的时候，便开始接触与政治学有关的著作，心里还真的有一种自愧不如的感觉。

"美国的制度一开始就是按照一种'小人伦理原则'设计的，其人文核心理念是：即使做了官员，人的自私心理和欲望仍然是影响行为的基本因素，于是制度设计上，坚决不给予官员任何过多的权力。可是，我们的制度是按照'君子伦理原则'设计的，我们的人文核心理念恰好相反，以最美好的愿望主观断定所有从政者都是非礼勿视的谦谦君子，没有私欲，当然也就不会贪钱贪色，所以，就放心地把大无边界的经济和行政权力，赋予了这些官员。"

"这可能已经不是一个制度问题，而是文化传统问题，因为这种传统，所以只能形成这样的政治生态。"唐旭对我上面的话没有做任何评说，反而说起中国文化特性。

"唐旭，你这话听起来有点像是制度的既得利益者的口吻。像你这样的大智者，是不应该让知识分子的道德良知轻易被既得利益绑架的哟。因为再先进的制度也是相对历史阶段而言的，总是需要不断完善和改进的，否则国家、民族不是就没法进步了吗?"

"老侯，没有你这么尖锐的，一个国家和一个民族的问题，解决起来是需要时间的，历史之所以成为历史，是因为时间才是使一切合理因素得以最终成立的基础。我们有十三亿人口，整个民族和国家还处在以温饱和生存为首要问题的时期。"

"呵呵，这就是我们国家只能在 A 条约国里，而无法进入 B 条约国的社会理论基础。"

"问题没有你想象得那么简单。"

"人口问题及人口问题后果，可不是老百姓的责任，也不应该由老百姓来承担的，是反科学权力者的责任。"我接着说，多少有些激动。

"为什么?"

"当年，我们非要说马尔萨斯的人口理论的核心就是:人口增长了，反动的资本家和资产阶级政府会通过人为瘟疫、人为战争、活埋等手段来解决人口问题。我前段时间可是认真看了马尔萨斯的《人口理论》原著，看完后的第一感觉就是:我们被自己愚弄了，至少被我们上一代文化人愚弄了。为了要反马尔萨斯，才生那么多人，以证明我们不通过战争、活埋，也同样能解决人口增长过快问题。"

"走极端，中国有中国的现实问题。"

"哈哈，你也是属于那种所谓绝对论者，强调:'中国只适合走A 道路或 B 道路'，而不是按照约翰·穆勒在他的《自由主义》中所讨论的制度选择理论那样理智地说:'中国应该和世界所有发达国家一样，确定这样一个发展思维:什么样的发展道路真正反映人文进步，中国就走什么道路。'其实，如果政治平民化一点，或者起码像《联邦党人文集》所展示的政治开明，让公民们可以参与讨论，也许就会好了。"

"那就乱套了，老侯，这是需要国民基础的。"

"我好像在约翰·穆勒的《代议制政府》里看到过与你上面这个观点近似的理论讨论，不过，我还是比较认同穆勒的理论，在我看来，穆勒政治理论的根本点并不在于讨论究竟要实行什么样的政治制度，而是要给政治制度的先进性下一个核心定义，那就是：只有对于提高国民道德水平和人文水平具有促进作用的国家政治制度才是好制度。"

我说完上面这段话后，顿感我们之间的气氛就要凝结成固体了，好在我们不约而同地止住了我们之间的话题。

那顿饭没有吃出什么味来，两个人争论了一阵，在颇有些不自然的气氛中，各自走了。当然，最后唐旭也没有再争着结账了。

离开饭馆后，我仔细想了一下，也可能只有唐旭的涵养才足以接受我这份尖锐。

2002年，我参加了中央博士服务团，去了云南，走之前，唐旭约我，我们还是在百盛七楼的"渝乡人家"见面。

"老侯，又不安分了吧。"唐旭一见面就笑着说。

"所以，你是唐旭，我是侯合心。我没有办法像你那样安分，当然也注定我这一辈子一事无成。"

"怎么啦？不是都升到助理总经理了吗？人家还是待你不错嘛。"

"唐旭，我这种行为决定跟环境没有关系，一切都是自己个性造成的。"我这样说，也算是一半违心、一半真实。

"唐旭，你说说……"我接着又说，"如果把我们这个社会所有领域做一个价值换算，或者说换算成一个综合的生活单位，你说我们这个社会生活的主流在哪里？"

"那还用说吗，当然是政府。"唐旭未加思索就回答了我的问题。

"真是'英雄所见略同'，我也是这么看的，银行，这种垄断下生存得非常好的企业组织，从某种程度上说是一种'技术官僚'机构。银行这种机构一切价值都集中在高收入上，而高收入的原因又于高度垄断。这种东西实在非我志向所在。"

"中国社会生活平民化的历史才刚刚开始，不能要求太高。"

"所以，它变得慢，我得变快。我去的单位是云南省政府政策研究室，去做什么主任助理。"

"政府研究室？"唐旭可能是觉得我前面的话，与这个政府位置之间的证明关系有点滑稽。

"怎么啦？那也是政府，属于我们这个社会生活权重最大的领域。说不定有个什么机会，看看自己是不是也能像于成龙那样，布衣恤民，做点什么比'高收入'更有价值的事情。"

"老侯，真没有想到你骨子里还有浪漫主义的东西。"

"研究生毕业后看了很多政治学著作，甚至美国学术界研究马基雅维利思想和政治的著名学者利奥·施特劳斯的著作都看了，我对政府机构的人际生态是了解的，所以，唐旭，不要说我是浪漫主义，政治上的浪漫主义是可以与幼稚画等号的，这个我知道。"

"不过，你要想好了，去了如果还要回来，你损失的机会就很难再像前几次那样可以再找回来的哟。毕竟，你也是快五十岁的年龄了。"

我知道唐旭是不会对我说：应该怎样，不应该怎样的，尽管他完全有理由对我这样说。

2002年10月，随中央博士服务团去了云南。在云南工作一年，到2003年8月，省委组织部征求意见，问我愿不愿意留下来工作。并告诉我，省政府研究室领导已出具了推荐函，组织部考虑我的专业，可在思茅、西双版纳或玉溪选择一下，去那里任副市长或副州长，分管经济金融工作。

灵光一现，突然想起离开北京的时候和唐旭见面时说到的"说不定有一个像于成龙那样'布衣恤民'的机会"。于是当即表态同意，甚至都没有想自己的这个表态究竟是自己内心的一种纯洁的政治期望，还是多少有几分与现在主流社会里那些买官者相同或相近的政治投机成分。

2003 年 11 月 20 日，西南财经大学金融系七九级同学毕业二十周年纪念在成都举行，我从昆明飞过去，唐旭也去了，但因公事繁忙，他只去了一天就提前走了，在与唐旭见面的时候，我告诉了他这个情况。

"老侯，得偿所愿了。"他开玩笑似地说。

可是就在第三天，也就是 23 日，云南省委组织部二处的一位副处长给我打电话，说我工作的国有银行总行人力资源部打电话来，表示不同意我在云南留用。省委组织部二处的这位副处长还颇有不满地说：

"不知你们的总行是怎么回事，事前我们征求了他们意见的，你们人力资源部一位姓高的处长明确表态同意的，现在可好，我们明天就要上省委常委会讨论通过了，又打电话来说不同意了。"

我也觉得很突然，于是于 23 日晚飞回昆明，第二天见了研究室的领导，出于真诚和关心，他要我马上飞回北京，到单位看看是什么情况。

24 日飞回北京去，立即到了行里，几次要见分管人力资源的副行长，秘书都说没有时间。两天后，在这位副行长办公室，终于聆听了这位副行长要我回来的理由了。

"你是我们银行的人，工资在我这里拿，去一年，那是中央的号召，是规定。规定期满了，总不能还拿着银行的钱，干别人的事吧，我们是企业。"

终于体会到什么是"企业的形，官僚的神"了。升职位的时候，完全是"主流社会"那一套程序，当需要以经济语言来说明一件事的时候，企业组织特性就会成为说理的依据。

"孙行长，我们不是常说'与中央保持高度一致'吗？西部大开发可是中央的号召，何况我们银行虽然是企业，那也是国家的企业。"我有些抑制不住自己的愤慨。

这个孙副行长脸色很难看了一阵。

"云南省委组织部说我们的人力资源部事前是同意的。"我补充了一句。

"没有谁给我汇报这件事，你是银行的中层干部，人力资源部没有权力表这个态。"

"这是我们内部的问题。"我再次提高嗓门说。

"就这样吧，行领导已经开会讨论过了，你抓紧办理交接回行。"

"我辞职，可以吧。"我觉得自己不应该接受如此粗暴简单的待遇，一下子觉得心情很糟，说了这么一句。

"这个是你的事"，这位姓孙的副行长冷冷地说了一句。我估计刚才关于"与中央保持高度一致"的话，让他很不舒服。

我将这个消息告诉了云南省委组织部和研究室领导，并同时提出了另一个选择途径：正式调动，省委组织部二处副处长没有当场表态。

后来我才从熟悉组织工作的朋友那里得知，如果不是走"博士服务团"留任这条路，调动的程序可就复杂去了，甚至是不可能的，最后还告诉了我一句：云南省内部还有很多人在等着提拔呢！

2003年11月底，办理完交接后，回到了北京。回行后，唐旭所预计的情况真的就发生了，位置还在，但是，岗位内的工作在别人手里。回到北京的第一件事是带队到西藏分行进行业绩考核，但当我的名字报上去的时候，被那位姓孙的副行长给拦下来了，理由很冠冕堂皇：离开银行工作时间太长，对银行业务生疏了，不便带队。

他一辈子看过的金融书籍，可能没有我半年看得多，就像我看的机械方面的书一辈子不会比他半个月看得多一样，他的金融工作经历不足我十分之一，居然以"业务生疏"为由把我的正常工作挡下来。当然，也不应该想不通，毕竟，这是一个真理的可靠性要依据权力的位势结构来决定的体制。回到北京后，曾经有朋友指着我鼻子骂我，说我做事情太差劲，并且说："该送礼得送礼、该拜访得拜访，都像你这样，还有谁愿意做官？"

想了一下，也许朋友说得对，我应该在事前至少主动回北京，向我的部门总经理，或向分管人事或分管我所在部的副行长汇报一下我要留用当地的想法。

这个管人事的副行长是当年朱镕基总理领导下改革部委时，从机械部精简下来的一位副部长。按照我们国家不成文的"官员终身制"，只要官员没有犯事，自然是要给个位置的，于是，以副部级的身份到银行来任副行长。

虽然专业相去较远，但这位领导却是以廉洁、率真著称。据说，有一年香港那边按照规范的股份制企业的薪酬体制，为国内出任香港机构董事的领导们都准备了一份不菲的年终分红报酬，但是，我们这位以廉洁著称的副行长率先拒绝接受这份报酬。

说真的，有关我的这件事，我还真愿意他是因为我没有尊重他而反对我留在云南的，甚至在工作中给我小鞋穿，而绝不愿意是因为"该送不送"的原因。心胸狭窄的为官者，一定比贪念民脂民膏的为官者要好上一千倍。试想一想，在我们国家，官员几乎都是终身制的，他们自己是无需为后顾而忧的，仅仅是为荫蔽儿孙后代，就要贪污纳税人成千上亿的钱财，实在是可耻之极的事，而心胸狭窄，不过是个人禀性上的事，即使发生在官员里，也应该在可容许之列。

没有工作可干，尸位其中也不是办法，于是在我的独立办公室"蜗居"起来，开展大规模读书的活动。

2004 年初，银行请来美国波士顿人力资源咨询公司，进行股份制改革前的职位重新应聘。认真研读了一下波士顿公司写出来的人力资源改革方案，表达的是一套美国企业文化的理念，也采用了标准的现代商业组织相关考核方法，等等，但是，不用说，在实际操作时，一切都一定只是追求时髦的标签而已。我们是中国的国有垄断企业，有我们自己半官僚、半职业经理人的人力资源运行规则，任何新东西都不可能在本质上去触动这种运行规则，如果真的改变了，那就只能说：它不再是中国的国有垄断企业了。波士顿派来的也都是非常熟悉中国环境的中国人。除了外语可能很棒外，不要说皮肤、血统，就是他们的眼神、态度，甚至他们无意中流露出来的精神状态和文化语言习惯都是纯"中国"的，他们比我们还能够精准把握中国的特性，毕竟这些人曾经站在另一个环境里去观察过国内，而我们却相反属于无法避免所谓"当局者迷"的群体。由此，当然也就可以知道，他们熟悉中国国情比熟悉美国企业文化更胜一筹，所以，我所工作的银行要向波士顿咨询公司支付几百万美元的咨询费，对于商业社会来说，这才属于是颠扑不破的道理。

我抱着试一下的心理，去参加了一场职位应聘考试。很滑稽的是，自己坐在一群年龄不及自己一半的人前，接受着他们的考试，事后，一想起这事，就觉得是自己将自己狠狠地恶心了一把。

回京后的很长一段时间，由于心情不好，也就没有和唐旭见面。当然也还有另一层"无颜见江东父老"的惭愧心理，自己毕竟不是鲁迅说的那种敢于"直面惨淡人生"的"真的猛士"。

大约过了半年时间，情绪稍稍缓过来后才跟唐旭联系。2004年10月，到了必须对"去"还是"留"进行认真思考的时候了。于是通过熟人跟云南财经大学联系上，校方人事部门把《人才引进协议》范本传到了我手里。在协议签署之前，我跟唐旭说了我要离开我所工作的银行一事，唐旭立即说："我们见面聊聊吧。"于是我们还是在百盛商城的"渝乡人家"一起吃中午饭。

"真的要离开银行了？"

"是啊。"我很无奈地回答道。

"是不是有点怀才不遇的感觉？"

"我可不会按照旧文人怀才不遇的思维，把不能成就自己的原因都归结给世道。"

"那怎么归结的，说来听听。"唐旭说。

"反思从贵州到重庆，从重庆到北京多家银行的总行，无一处不是因为自己恃才傲物，禀性过于真实，而行为又不拘小节引起的。既然我们所处的环境没有义务来区别所谓本质、才气与行为之间孰者为重，那当然只能归结成为自己的原因了。其实，原因也很简单，一切都说明我自身的个性存在着天然悖论，即使经历了后两次利用读书期间反省后，这些悖论的影响也没能够有本质改善，可能这就是所谓'江山易改，本性难移'吧。"

我相信哲学家赫拉克利特的名言："性格决定命运。"而我这样的人，其性格是那个让我受尽屈辱的年代在潜移默化中赋予的。这也是为什么我会常想起《钢铁是怎样炼成的》中的那个小时候的保尔·柯察金的原因。

"'一个人与环境格格不入的时候，他的一切理智就失去了应有的正常，显出各种病态。只有让他回归本性，才会有良好的结果，使一切显出正常。'记得这是英国哲学家维特根斯坦说的。"我接着说。

"你还把维特根斯坦地道经院式的语言哲学给看懂了，真不错。"唐旭插话说。

"没有全看懂，买了他的《哲学研究》，看了一部分就丢下了，实在太枯燥了，几乎就是在玩思维魔方。怪不得梅纳德·凯恩斯的夫人卢柯波娃曾经很害怕维特根斯坦到凯恩斯的家庭来访问，觉得他有点神经质。想想，能够玩思维魔方的人，行为上没有点神经质，那才怪呢？"

"不过为了看懂他的《哲学研究》，我先看了一些国内学者的关于维特根斯坦的研究性著作。"我补充说道。

"老侯，你把这个作为你人生决定的思想基础，有点'英格尔斯逆效应'的味道哟。"

"你讽刺我了吧，我的思想意识并不显著优于我所面对的制度和环境，要是真到了那种水平，那我首先就可以利用这种优越的思想意识完善自己了，那我也就不会境况如此不济了。"

我知道他说的是美国现代思想家英格尔斯现代化理论中的一个哲学思考。

"何不就在北京找个大学，去云南，离家太远了，你也年纪不小了，离家近点可以彼此照顾。"唐旭很自然地结束了上述话题，我知道，他不会对我的任何决定直接说对还是错。

"在北京的大学工作，会压力太大，以我现在这种年纪，虚名就不要了，轻松为上。"

唐旭没有再说什么。

于是就在 2005 年夏天，我把人事档案从总行提出来放到了一个人才交流中心，只身一人去了云南。

回想起来，只有这一次，唐旭破了我们之间约定俗成的相处规则，对我说了"应该怎样"。

2007 年，我在北京大学做访问学者，学校的组织部打电话给我，说学校党委书记让他们征询我的意见，愿不愿意在学校的金融学院任职。

我也没有问对方是任什么职，是院长还是副院长？而是未加思索地就把自己不愿意任职的答复直接告诉了对方。

"为什么不任职呢？在一个大学学院里任个院长什么的，虽然经济上不会有太多好处，但毕竟是大学啊？"当说到我直截了当地回复学校组织部的时候，唐旭一改过去的委婉，表情很急促地说了上面这段话。

"唐旭，我既然已经选择了去大学当老师，也就志不在此，而只在乎轻松了。"

四、病痛·离去

2009 年 1 月 28 日，我和唐旭相约吃那年旧历年的最后一次饭，因为我跟他说，我在春节之前要离开北京回贵州去看望九十三岁的老娘。

那天我们相约的是金融街的加油站旁边的一个饭馆，当我见到他的时候，让我大吃一惊的是，他的脸上长满了红色疙瘩，而且，整个脸显现出很沉着的紫色。当然，后来才知道，是吃抗癌药的反应。

"怎么啦，唐旭?"我吃惊不小地问。

"没什么，可能是吃药的自然反应。"唐旭轻描淡写地回答。

我怎么也没有往癌症这种病上面去想，因为像唐旭那样近乎于纯净的生活习惯，与任何对身体有害的东西都是绝缘的，在我的先入为主的意识中，肺癌是不可能找到唐旭的。

"要回家看父母吗?"

我知道他父母也八十以上高龄了，既然相信了他说的话，也就保持语言界限，不再深问是什么病要吃反应如此之大的药了。

"今年有事不回去了，如果可能的话，也是年后再去了。"他这样回答。

在贵州遵义陪着我老娘过完了 2009 年的元宵节后，于 2 月 10 日回到北京，回来后只给唐旭打了一次电话，他说他比较忙，于是约定等他忙过一阵后我们再聚。

大约是到了 2 月底，有一天上海的付一书同学打电话来，问我是否知道唐旭生病，我说："知道啊"，可是付一书又问："知道得的什么病吗？"我说："这我就没有问了。"

"老侯，你也太有点大大咧咧了。"付一书同学用很带有责怪但的确沉重的口吻说了一句。

付一书说完话的一瞬间，我感到了问题的严重性：

"天啦，癌症！"

我对癌症这种病，在情感上是极其敏感的，尤其是对患上癌症以后病人的一切，包括全家人的生活、经济、亲情都将陷入一种沉重的境遇感受太深。对这些，我是再熟悉不过了，毕竟，在我的直系亲人中间，曾经有过三个癌症病人，两个已经去世，还有一个仍然处在生死边缘。

年前那一次相约吃饭，其实我就应该觉察到这个问题的，也许是我太过于相信：像唐旭那样有着纯正无瑕生活习惯的人是绝对不会罹患癌症的。

我赶紧给唐旭打了电话。我们相约又去了"渝乡人家"。

"唐旭，你不至于如此脆弱吧，没有勇气告诉别人，你总应该有勇气告诉我啊？"一见面，我多少有些责怨地对他说。

"哪里嘛，那个时候，你不是一家人要回贵州过节吗？我是想让你好好回家过个春节，所以打算等你过节回来才告诉你。"

"上一年你参加你们行里的秋季常规体检了吗？"我问。

"没有，那个时间正好在国外有一个讲学，回来后一忙，也就没有去。"

"唐旭，可能你是要为这个大意而付出代价了。"我不无黯然地对唐旭说了上面这句话。

说到底，命运并不是一种随波逐流的东西，而可能就是一种我们自身无法改变的安排。唐旭说，在此前他一直都很注意，而且总是能按行里的规定，准时参加集体体检，而 2007 年是唯一没有按常规体检的一次。而 2008 年秋天，癌症已经开始影响到了他的腰椎。

那天吃饭的时候，我们讨论到了两个问题。

第一件事是关于治疗方法的问题。我们两人几乎同时说到关于保守治疗的话题，即不做放疗、化疗，而是通过中药、食物方式来完成癌病变与身体和平共处。回家后，我把我父亲去世后，朋友曾经发给我的一个关于食物保守疗法的资料发给他。

为了做到这一点，在后来我和唐旭一起中午相聚的时候，都约定好，他只吃素的，我呢，点一个肉菜，但为了不至于对他形成引诱，或对这种引诱给予一定的综合，每次都点一个相对清淡，但多少有些荤菜味的"排骨炖萝卜汤"，还约定好，唐旭只许吃萝卜，不许吃排骨。

当时的唐旭，因为并没有进行放疗、化疗，味觉仍然是很好的，所以，每次在大众场合吃饭，对他的食欲来说可能都是一种考验。凡是我们单独在一起吃饭，看他那个多少有点馋的样子，有时候，我也会忍不住对他说："偶尔吃一两块，没有什么吧？"

"算了，老侯，那个癌症食疗清单可是你发给我的。"每次他都忍了忍，还是没有向想吃而不能吃的食物伸筷子。

第二件事是关于是否继续上班的问题。他说他现在还在上半天班，行领导同意的，但是我说：癌症这种病，说到底就是免疫系统被破坏造成的，应该忌劳累。

"我想，工作就是一种精神，精神对于我的病，可能也是一种重要因素。"唐旭听了我的话后这样为自己继续上班的决定做了辩解和说明。

我还是比较担心这种上班会导致劳累，因为我始终坚持认为，唐旭的病与他在研究局工作的那两年过于劳累有关。

在 2010 年 1 月唐旭去上海做生物治疗之前的这段时间里，唐旭除了进行"靶向治疗"外，同时还在山西一个姓梁的中医大夫那里看病。

"唐旭，我和你一起去山西那个中医大夫那里，好吗？"有一天我跟唐旭商量说我想要跟他一块去，因为唐旭定期要去老中医那里看病。

"你去干什么？"

"呵呵，万一哪天我也得了类似的病呢，正好借此机会把关系接上啊。"我半开玩笑地说，不想让他觉得我就是专门陪他去。

"瞎说，你以为这是什么好事吗？"

"说不定哟，这可不是我们自己能选择的，像我这种人，一身的不良生活习惯，得起病来比你更容易。"

唐旭告诉我，刚开始的时候，因他身体状况还行，都是开车去太原看病，但后来从北京到太原的动车开通了，坐动车更经济、方便，而且身体也免去了劳累。

比起开车到太原，也有不方便的一面，就是到了太原后，去那个大夫那里还有一个小时左右的车程。我和他商量好了，我们头天住在太原，第二天早上坐出租车去那个梁大夫的诊所。

我和唐旭的这个约定，因为时间总是不合适，一直未能如愿。有一次他去之前告诉我，可我又正好有事，后来，有两次他又是跟别人一块去的，我就没有去了。

2009 年的国庆节，我们两家人相约出去玩，在唐旭提议下，我们决定去马致远故居。

唐旭带路，车开进了门头沟的大山里，第一站在离马致远故居有约两公里的一个叫"韭园"的村落停下，这里已经被现代人按照马致远那首著名的《天净沙·秋思》，做成了小桥、流水、瘦马等雕塑。

　　唐旭带我们沿着韭园村村头的小路一直往上爬，到了一个路边小庙，唐旭告诉我，这就是历史上著名的京西古道遗址。我算是比较爱好历史的了，但与唐旭对历史细节的了解相比，可能还真的要自愧不如了。

　　"这就是历史上晋商驼队进京的主要干道。"女眷们去采植物了，我们在路边的石头上坐下来后唐旭说道。

　　"唐旭，是不是对山西特别有感情？"我随口问了一个关联问题。

　　因为还在 2001 年的时候，我们两家人一起开车经太原去平遥，在太原市住了一晚上，第二天，我们一块去了晋祠，在晋祠，唐旭告诉我，太原是唐姓封地。

　　"你上次说了唐姓渊源后，我也追溯了一下我这个姓的渊源。"

　　"情况怎么样？"唐旭随口问。

　　"我们两人的姓，均源自唐叔虞，只不过唐姓是以国为姓，侯姓是以爵为姓。唐姓直接缘于唐叔虞封国，而侯姓缘于唐叔虞分封的一个被称呼为'缯'的晋侯。"

　　历史上，周武王之子周成王在位，周公摄政时期，将东征所得的唐国之地，封给了弟弟叔虞。即所谓"桐叶封弟"典故的来由。此后，叔虞即以封国为姓，改称呼为唐叔虞。

　　"呵呵，你的姓要大些哟，依次排下来，你是皇族姓，我却只是一个贵族姓哟。"我调侃地说道。

　　"我刚才看到一个关于'落难坡大寨'的指示牌介绍，上面介绍说，宋朝时期落难的徽、钦二帝曾囚禁于此地，可靠吗？"我接着问。

　　"完全有可能，按照宋代历史地图看，这一带原就属于金的地界，不过，现在为了抢旅游资源，杜撰的东西太多了，所以也很难说。"唐旭回答道。

　　整个韭园农庄由东落坡、西落坡、韭园、桥耳涧四个小山村组成。据传说，过去这里的人们主要以种植蔬菜为生，尤其以种植韭菜而闻名，因此而得名韭园，马致远的故居就在半山上的西落坡村。

我们在韭园村稍作停留后，继续开车上山，道路很窄，但路面很好。到了西落坡村，我们每人花了十元钱，参观了马致远的故居。因为有一条小河沟穿村庄而过，而马致远的故居正好在小河沟边上，倒也真的有点"小桥流水人家"的味道。进了故居的院落里面，枯藤老树，院里一匹泥塑的瘦马，我估计是后来的人们依据马致远那首著名曲牌人为做了这些景致。在我看来，当年马致远写作这首曲牌，以飘零流落意境构思，未必就是以他的故居为据的。不过，如果这里真如唐旭所说，属于晋商古道，以所处地理特点看，的确多少有些与诗意吻合，只是未必意境就集中在这样一个小院落里。

看完马致远故居，我们去村东头的一个农家大院吃午饭。顺便也问了问这个村里是不是还有马致远的后人，也许是年代太久了吧，村里已经没有人能说清楚我们提的问题。

农家院主人端上来的是北京最地道的农家饭，味道也完全是北京最土著的，唐旭这时候的饮食已非常注意，肉菜是基本不沾的，不过看得出来，唐旭还是有克制自己的成分。

饭后，我们沿着村后的山村公路溜达，路边有柿子树，这个季节，树枝上已挂满了红红的柿子，而看着这些挂在树枝上像小灯笼一样的东西，真的会产生一种诱惑。

我和唐旭沿着公路漫步，这条路似乎很少有人走，问了问过路的村民，村民告诉我们，这条路几乎就是为后山上的一户人家单独修的。

这条山村小公路景致不错。最重要的是因为公路在半山腰上，位置高，可以远眺，山下的村庄和盘山公路可尽收眼底。

我们下山时，已是下午四点了，到达门头沟镇路边专门卖农家果蔬的市场的时候，已是下午五点半。唐旭告诉我，他必须要停在路边打个盹。唐旭一直都有绝不疲劳驾驶的习惯，记得 2001 年我们两家人去平遥古城的时候，到了石家庄，刚出收费站，在要进入石太高速的时候，唐旭就对我说，他要在车上休息十分钟再走。

不过，这一次门头沟之行，从唐旭神色可知，他提出来要休息一下，已经不完全是出于"绝不疲劳驾驶"的"行为原则"了，而是真的不堪劳累了。

2010 年元旦后不久，我和唐旭再次相约一起吃午饭、聊天，他告诉我，他要去上海做生物治疗，唐旭详细给我说了这种治疗的基本原理。其中细节虽然我也不是太懂，但至少知道是一种通过血液培养的办法，实现患者自身对癌症病变产生抗体。

对于治疗，我和唐旭进行过多次讨论，但唯一忽略了的问题是：个体差异可能会导致治疗效果差异。就如当初我也鼓励他进行保守治疗，一半原因是生活中的确有与癌症长期共处的事例，甚至还有在保守疗法和食物疗法的治疗中，癌病变莫名其妙地消失了的情况。另一半原因是，做放疗、化疗对身体的折磨是惨烈的，真的担心唐旭的身体会吃不消。在后一点上，我从我兄长的身上得到的感受太深了，因为兄长在 1990 年查出癌症后，先是每半年要放疗一次，后是每一年要做化疗一次，在化疗期间，除了头发全掉了之外，更重要的是会出现连走路的力气都没有的极度衰弱情况。

2010 年的 2 月底，大约经历了一个月的生物治疗后，唐旭返京。2010 年的 3 月初，在他再次出发去上海之前，我们相约在金融街小城知味吃饭。吃饭过程中，我问了他关于生物治疗的效果，从我这里而言，当然急切希望能看到这种治疗方法在唐旭身上产生显著效果，那样，不仅唐旭可以从生命危机中解脱出来，而且还可以规避放疗和化疗带来的莫大痛苦。

唐旭没有正面回答我，只是说：各项检验指标显示是正常的，肺部肿瘤阴影部分没有扩大。有关这个结论，是唐旭从 2009 年开始治疗以来，告诉我最多的好消息，因为一般的理解是：只要肺部阴影不扩大，似乎就是病灶有所好转的象征。

大约是2010年的3月15日前后，也就是我们在北京一起吃饭后他返回上海不久的一天中午，我打电话过去问情况，唐旭告诉我说：他下肢不能动了，经检查是因为癌细胞转移到了胸椎上，压迫了神经，导致下半身不能动弹。

这个消息一下子让我懵了，情感触角瞬间感到了一种颤抖。我立即想到了两个问题：一个是这可能将是癌症之外，甚至是比癌症本身还具有某种严酷性的病痛灾难；另一个就是最初确定的保守治疗方案，也许因为唐旭的个体差异而显示出了并不适应的问题，并且这个不适应所导致的后果，比一般的治疗不适应症要严重得多。

我得知唐旭将于3月16日进行手术，于是买好了3月17日飞上海的往返机票，决定在他手术后去看他一次。

下飞机后，直接坐出租到了上海第六人民医院，除了唐旭夫人外，正好唐旭的姐姐、嫂子还有女儿都在。唐旭的姐姐，我以前并不认识，是2009年4月份，唐旭回四川乐山，其间我正好短暂住成都，于是约好晓蓉、韩晋、丽莎、晓虹几位同学开车去看唐旭，并相约在峨眉山下与唐旭一块喝茶，然后我转道与唐旭一块去乐山看望唐旭父母，他的姐姐也是那一次在他父母家中认识的。这次在医院，算是第二次见面。唐旭的嫂子，我早就认识，相对熟悉。

唐旭手术后一直躺床上，我摸了摸他的腿，已然失去知觉，腿上已没有了肌肉。

我真的不理解，数天前我们还在北京相聚吃饭，一切不都是好好的吗？才短短几天时间，神经压迫就会有如此严重的后果。

我去这一天，正好是手术后通大便之前最难熬的时间，我们到病房外回避了好几次，但唐旭仍然处在大便不能通畅的煎熬之中，看到他努力地控制住自己不让身体的难受感染大家，一下子又把我投进到我曾经有过的在罹患癌症的亲人床边守候时，对亲人痛楚无能为力的无奈心境。

上海的专家建议对唐旭进行化疗，我也觉得，到这种时候了，化疗可能是可以采取的最好办法了，这样，至少可以避免无法预计的情况下，癌症窜到更为致命的地方去。

这可能就是个体差异对一种治疗方案的适应水平的问题，而唐旭的问题在于保守治疗，也就是所谓"靶向治疗"期间，病变移动到了一个导致严重后果的部位，让唐旭在经历癌症病痛之外，叠加地承受了下肢不能动弹的痛楚。

下午四点，与唐旭及同来探视的其他同学作别后，我离开医院去了机场。回到北京后，再打电话过去问情况，得知唐旭终于顺利通便，焦急的家人，甚至包括护士和大夫才松了一口气，当然，唐旭也才从术后身体无法通畅的痛楚中解脱出来。

从做完胸椎手术，一直到 2010 年 9 月从上海返京，在将近半年的时间里，唐旭一边在上海康复中心做下肢康复治疗，一边在上海第六人民医院进行常规化疗。

此间的 6 月 7 日，我约好万福燕同学，再次去上海看望唐旭，碰巧的是，陈润洲和吴婕两位同学也来看唐旭。唐旭仍然更多的时间要躺在病床上，但经过康复治疗后，已经可以勉强下地走动一下。

2010 年 9 月初，唐旭回到了北京。一方面离家太久，想回家小住，另一方面也可能是因为女儿要去英国上学，想要回来送女儿，帮着指导一下女儿出国前的一些事务。

国庆节前，我从深圳回京，一回到北京，我就约了张晋生（同为刘鸿儒老师的学生）去家里看他，发现唐旭几乎可以拄着拐杖走一点路了，这说明上海的康复治疗还是有效果的。

很快，国庆节到了，于是打电话问唐旭，国庆节有何安排，唐旭说在家里闷得太久，想出去走走。于是我问他想去什么地方，他也似乎有些说不清楚去哪里，后来是我提议：还是再去马致远故居，那里空气好，正好我也对道路熟悉。起初，唐旭说让我开他的车去，但由于要带上唐旭的轮椅，他那辆车后备厢的空间可能比我的车要小些，所以，最后还是决定开我的车去。

去的那天天气并不是太好，虽然没有下雨，但是天空灰蒙蒙的，多少有些压抑。出了五环上六环的时候，我竟然不记得如何盘六环的立交桥了。这一次跟一年前那次去马致远故居截然不同的是，那一次是我的车子跟在唐旭的车子后面，我只管跟着就是了，而唐旭呢，因为去过多次，也很熟悉那段路，根本没有需要寻路的问题。可这一次不同了，包括我在内，车上的所有人都认为：盘桥方向是在六环上向南，唐旭甚至就没有否定我们的意见，只是说这样肯定不对，但又指不出要怎样走。

于是，我把手机上的定位地图打开，可是卫星信号差，老是不能定位。经历了这样一个反复后，唐旭终于说应该如何盘六环那个桥。于是我又掉过头来按照唐旭说的，重新盘旋那个立交桥。一路上，我还是有些犯嘀咕，总觉得方向反了，始终觉得我们要去的那个韭园村，应该在我们刚刚盘过来的那个六环立交的南面，而我们现在走的是向北的方向。

"看来还是唐旭的方向感是对的。"车一直行到了出六环到云峰山路口的时候，我终于发现，还是唐旭是对的。

我说这话的同时，其实已经渐悟唐旭的反应不像一年前那样敏捷了。因为这条路对他来说，已不止一次走过了，他应该可以作出非常明确指示的，可这一次他没有，也就是因为这种不确定性，我几次在六环的应急便道上把车停下来，等待手机上的卫星定位。

这一次，我们没有在韭园村停留，也没有再去看马致远的故居，而是直接把车开到上一次我们吃饭的那户农家。那天，农户家里很冷清，也许是因为农户家的大院正在扩建的缘故。我们把车停在了离农户家门口约十米的路边上。从后备厢里取出唐旭的轮椅，然后推着进了农家院。一条大狗在笼子里转来转去，看到我们进来，便大声吠叫。这可能就是冷清没有生意的一种表现，生意好，人多时，一条大狗不停的吠叫，谁还愿意来吃一顿不清静的农家饭呢。

跟主人家说了我们要点的菜有哪些，考虑到唐旭的饮食，我们点了大量的蔬菜。不过，也按照我和唐旭吃饭的老规矩，点了一份肉菜。由于农家院的女主人不在，要等她回来才能开厨，于是点好菜以后，我们推着唐旭沿着那条熟悉的山村公路去溜达，顺便呼吸呼吸新鲜空气。

山村公路的两边长满了野菊，并且正值花儿开朵的时候，村民告诉我们说，野菊采回家，晾干了泡水喝，是一种很好的保健饮品，于是，我夫人和唐旭的夫人便沿着山村公路两边，忙着采摘去了。

当我推着唐旭走到一个相对空旷、可以远眺山下景致的地方，唐旭对我说：

"老侯，我们在这里待一会。"

于是，我推他到路边上，出于安全，我手握着车把站在他身后，当然这样做，还可以尽量把车推得靠路边一些，视野也就可以更开阔一些。

我们在一起共同沉默了长达十分钟之久，彼此都没有说话。我和唐旭单独在一起的次数多了去了，但彼此都没有说话，沉默如此之久，这是绝无仅有的一次。

此间，唐旭清了一次嗓子，我也多少有点为这种从来没有过的凝固氛围感到不自然，很希望此时唐旭能说点什么。所以，在他清嗓子那一瞬间，我感觉到空气会流动起来。可是，最终他还是什么也没有说，也许那只是他的内心一闪而过的愿望，唐旭，毕竟是个理性十足的男人。

此时此刻，本应由我来打破沉寂，我其实也想到了是不是应该问问他，有些什么事需要在意外发生的时候由我来帮着处理。我这样想也不是没有道理的，由于在重庆，我和唐旭之间的一些相互知悉的事情，使得我跟他的父母、四叔、哥哥、嫂子等家人之间，有了一种比其他人更多的熟悉和联系。当然，在北京，我相信唐旭因工作会结交更多的朋友，但以本科同学为基础，并在家人之间也走得较近的，可能应该算是我了，所以，从理论上讲，如果唐旭有着某种思想准备，而且又觉得有需要拜托给第三人的事，我自认为我应该是唐旭可以信赖的人选。

唐旭没有向我说任何一丁点身后事。事后一想，其实这符合唐旭"不党不争"的处事原则。所谓"不党"，那就是：他总是能努力做到与身边的人都保持一种相对均衡、相互尊重的平行关系。在我觉得似乎唐旭会对我说点什么身后事的瞬间，我可能错误地认为，我和唐旭之间的同学、朋友情感，与他身边的其他同学和朋友有某种疏与密的区别，其实，现在冷静一想，这不符合唐旭的个性，也不符合一个优秀男人的行事原则。

说到"不争"，记得是 2009 年元旦前，在北京工作的金融七九级同学一起到青少年宫的"巴国布衣"聚会，那天同学中经商比较成功的老温也来了。那两天可能是因为常用药临时断货，老温说他有两天未能服药，所以，手抖得比平常厉害。在讨论药的问题时，唐旭说了他服中药的经过，但关于中药有效性的证实问题方面，老温与唐旭之间意见和看法出现了差距，并发生了点小小争论。老温的观点与中医药一直不能在西方国家准入的理由是一致的。因为，如果对中医药进行物理、化学和分子检验，可能很难寻找到与身体被治愈之间的必然逻辑关系。

争论一直延伸到了东西方哲学差异，说到了公元前三世纪，欧洲以亚里士多德为代表的西方哲学，开始走向用物理、化学、分子的方法来实证世界规律，而以中国为首的东方哲学，则开始向着唯神的黄老学说发展，于是才有了今天东西方科学发展上的巨大差距。我们中国的中医药，自然是中国祖先们留下来的宝贵财富，但对中医的物理、化学或分子的逻辑证明仍然是不充分的，所以对于病症的有效性，几乎可以说接近于一种玄学理论。

关于中医药的科学逻辑问题，我相信老温的哲学解释是有一定道理的。因为比较一下古希腊文明和古罗马文明，无论是自然科学还是人文科学，都在抛弃早期宗教神秘化后，走上了实证意义上的科学发展道路。至于人文科学，那更不用说了，马丁·路德的宗教改革和欧洲文艺复兴，几乎一举解决了人类发展思维问题上关于人与纯信仰之间谁为第一概念的问题，正是因为这个，才得以在欧洲逐步结束了"为自己之信仰而无端杀戮不同信仰之生命"的低人文时代，有关这一点，美国社会学家亨德里克·房龙的《人的解放》叙述得非常精辟。

不过，老温所说也有不完全尽然的地方。在说到医药科学问题上，由于是与千差万别的生命体以及生命意志相关联的理学问题，不能排除精神在某种特殊情况下，真的就无需证明地解决了某种与病相克的问题。所以，生命科学，以及与生命科学相关的科学，均不会简单等同于物理学和化学，就像经济学不能简单等同于数学一样。

我们姑且不去判断唐旭和老温两位同学之间，各自的知识量与知识深度如何，仅就辩才而言，以老温的雄辩能力，没有几个人能望其项背。在一场有众多同学聚会的餐桌上，这种太理论化或者说无法让所有同学在情绪上参与进来的讨论需要尽快结束才好，否则必然会冷了同学聚会的情趣。

在这个时候，唐旭主动地放缓了讨论的语气，并慢慢地从稍显激烈的讨论中退了出来，使一切又回到符合同学聚会的这样一种情感氛围中来。

以我和唐旭之间说话随便程度而言，其实我也想到过主动问问他有什么事要交给我办的。因为我始终相信，以唐旭的智慧和人格应该对俗世虚荣是淡泊的，对生与死应该是有充分思想准备的。但是，我最终还是忍住了，一者觉得如果唐旭在此时此刻还不愿意说，那一定有他的道理。二者也觉得那么宁静的远眺，也许是唐旭自下肢不能动弹以来就没有过的了，我没有理由在此时此刻，去破坏他可以放开情感冥想的精神环境。

"唐旭，这可是风口上，还是不要待久了，我们慢慢跟在她们后面，翻过山坳的那一边去，风可能会小一些。"

最终，我还是忍不住为了一个非常现实的原因，打破了这漫长的沉寂。因山上太凉，轻微的山风对我这样的健康人也许算不得什么，但是对于唐旭，可能就不那么简单了。

唐旭接受了我的建议，我推着他离开了那个远眺之地向山后走去。出乎我意料的是，过了山口后，山这边的风，比山的那一面还大。

唐旭说，他想下来走走。我想也好，唐旭走一走，可以使身体发热，这样可以降低受凉感冒的概率。我推着轮椅走在唐旭的身后，看着他颤颤巍巍的步履，突然间想起了我那个经历过私塾学习，后来又做了私塾里的教书先生的老父亲，他在遵义医学院放疗期间有感而作的一首七绝中的两句话：

"沿院缓行人作杖，扶梯慢爬他为撑。"

这可能是我弟弟在医院守护期间，扶着家父在遵义医学院附属医院的大院里散步之后，家父有感而写的。

10月下旬从深圳回京，打电话问唐旭的情况，被告知在昌平与市区交界的一个诊所做"光氧动力"治疗。回北京的第三天，开车去看他，找了好一阵，终于在八达岭高速进京路段，找到了那个不起眼的诊所。好在唐旭的姐姐早早地在门口来等我，否则，我还真的不知道大门开于何处。

进了病房，发现房间的暖气还可以，设施也还行，并不像医院大楼外观那样简陋。唐旭的姐姐告诉我，唐旭暂时不能说话，因为口里含着一种绿色的含服液体药物，既不能马上吞下去，也不能马上吐出来，需要在嘴里含服一段时间。过了大约二十分钟，药物时间过了，唐旭吞服了嘴里的药物后，才开口讲话，说话的时候还能看到整个口腔全是发绿的液体。

我相信，那是一种很不好的感受。大约过了半小时，护士又来了，又把那种莫名其妙的嫩绿色液体打进唐旭的口腔里。

12月上旬，我从深圳再次打电话询问情况时，唐旭告诉我，那个做"光氧动力"治疗的医院从昌平搬到了贵阳，他们随即去了贵阳。

12月下旬，我回北京过元旦，唐旭住在北京佑安医院，我去看了他，这一次去看，让我的心情更沉重了，因为我感受到了唐旭的病情已经发生了质的变化。

我去的时候，只有唐旭的女儿在病房里，当护理人员从外面推唐旭进来时，唐旭异样地对着我一笑。我的心不禁一阵痉挛：唐旭是用一种似曾相识的眼神看着我笑的！

"侯叔叔来看你了。"女儿强调了我的到来。

"从深圳回来了？"唐旭问我，这句话似乎又表明唐旭是正常的。

"是啊，回来过元旦。"

在我和他女儿说话期间，唐旭两次找他的手机。女儿回答她爸爸说：

"手机在的。"

"我的电话为什么在你那里呢？"

显然，唐旭又一次言不达意了，大脑所想的问题与行为之间会出现间歇性的不关联现象。因为，自从唐旭下肢不能动弹后，手机一直都是由家人帮他拿着。

我知道这不是个好兆头，因为在人的整个身体器官中，治疗器械、药物等最难达到的部位就是人的脑部了，一旦大脑被癌细胞侵蚀，就意味着治疗的难度会成倍地增加。

2011 年 1 月 5 日，唐旭从北京佑安医院出院，在离家近一点的宣武医院做核磁检查。那几天，几乎每天跟唐旭的夫人通话，12 日这一天，唐旭夫人告诉我，打算将唐旭送 301 医院（陆军总院），准备去做脑部整体放疗。

15 日，我和我夫人去 301 医院急诊科的抢救室看望唐旭，此时的唐旭，已完全处于昏迷状态。我摸摸他的头部，他只能勉强地把眼睛睁开，茫然地看我一眼，接着又进入昏迷状态。

抢救室只是一个临时安排，条件很差，主要是太拥挤。没有想到的是，作为我们国家的顶级医院也会出现这样的情况，在过道上挤满了看病的人，从门口经过挂号大厅进入抢救室时，需要蛇行而过，而在抢救病房里，几乎挤满了病人和病人家属。

看到那种情况，真的很让人焦虑。唐旭夫人忙着治疗方面的事，我和我夫人守在唐旭的病床前，唐旭的呼吸已经很沉浊，插在唐旭身上的那些连着监视器的管子，会因为唐旭无意识地动弹而脱落，一旦脱落，监测仪器就会响起，那种环境下的那种响声，在感觉上几乎就是生命危险信号的直接说明，所以，我和我的夫人不停地要帮唐旭连上那些夹子样的器械。说真的，看到这种情形，我的担心逐渐开始在心里沉积。

住进去的前两天，暴露出来的问题很有些让唐旭夫人手足无措，一方面肿瘤科认为，唐旭现在的情况是脑部出血，压迫脑部神经而形成昏迷状态，如果不解决脑部神经恢复正常的问题，就达不到放疗条件，进了肿瘤科也没有任何意义。而另一方面呢，神经科又认为，是因为肿瘤的原因造成的神经压迫，如果不解决肿瘤形成的颅内高压问题，神经科也将是束手无策。

唐旭怎么能在如此尴尬的环境下长时间待下去呢？而且在这个尴尬的环境里，护理起来也非常有难度。跟唐旭夫人讨论了一下，一种选择是，一定要找到熟人，按照中国式的社会运行规则通过找"关系"尽快进入正式病房。另一种选择是，如果301医院的正式病房实在进不去，那就退而求其次，转到比301医院低一个等次的其他医院，但前提是：直接进入病房，进入治疗状态。

事实上，从我进入急诊科的抢救室第一眼看到病床上昏迷中的唐旭时，我就有了一种不祥的预感，这种不祥的预感促成了我有一种直观的想法，那就是：在唐旭去之前，一定要住进正式的病房里去，不能让他在如此尴尬的环境下离开人世。

17日，也就是在急诊室住了近五天后，唐旭住进了肿瘤科病房。那几天，如果没有特殊的事情，我坚持每天去看唐旭，有时候是约上几个博士同学一块去，有时候是我一个人去。唐旭的嫂子和姐姐已经分别从四川和重庆赶来了，好在已经进入正式病房，护理条件可以告慰唐旭身边的亲人。

2011年1月22日，因我工作的学校有事，我必须要回云南，然后再转道去遵义与我九十五岁高龄的老娘一块过春节。走的前一天，我最后一次去看唐旭，唐旭的情况仍然不好，虽然从昏迷中醒了过来，但是当看到他的眼神和一种没有任何情感内涵的微笑后，我深知，他对发生在他身边的一切已经失去了思维能力。他眼睛所能看到的一切，已经无法再储存进他曾经很丰富的感情世界里了。

姐姐还在不停地用棉签从唐旭的嘴里清洗他已经无力自主向外喷吐的浓痰，脸上时而会闪现出一种微笑。唐旭一直用那种亲人们期望是唐旭内心真实的眼神看着距离很近的亲姐姐，但是，我知道，那种不包含情感的机械式的微笑和仿佛是专注的眼神，显示的却是一种从未有过的病态。

我告别了唐旭的嫂子和姐姐，同时也跟唐旭夫人说：如果不出意外，我可能要到春节后初十左右才能回到北京，那时我再来看唐旭。说这话的时候，其实我已在内心里感知：这可能已经只是一种美好的愿望了，之所以言不由衷，只是不想将这种残酷的人生事实直接表达出来，让唐旭夫人难过伤心而已。

2011 年 1 月 31 日，我在遵义老家，同时接到了唐旭夫人和风雷师弟的短信：唐旭已然仙逝而去。

唐旭的英年早逝，对于他所工作过的那个环境里的所有人，应该是一种莫大的惋惜，因为，像他那样纯正的为官者，像他那样谦逊的学者，在当今社会中已经少之又少了。

唐旭的英年早逝，对于他身边的所有亲人，对于像我这样与之交往很深的同学和朋友，是一种感触极深的痛失，因为，像他那样具有厚待亲情，礼遇朋友，真实无欺品格的人，无论如何也不应该遭此不公的生命际遇。

既然唐旭已去，我也就没有必要急着赶回北京了，我相信，无论是以唐旭所拥有的社会地位，还是身边被他优秀做人品质所感动的朋友，都是会尽心帮着他夫人处理他去后的种种事务的。更何况我已早就远离那种人喧人哗的俗世忙碌环境，也不太愿意再去参与其中了。问了一下唐旭夫人有关唐旭的后事安排，表达了我不能参加唐旭追悼会的意思后，我直接从贵州去了深圳。

在深圳，了结一些俗务后，于 2 月 18 日回到北京。

与唐旭夫人约定了时间，2 月 20 日，我开车和她一块去八宝山公墓，办理上墓墙殡葬唐旭的相关事宜。咨询完了相关问题后，再次约定于十天后，正式去殡仪馆迎接唐旭的骨灰到八宝山作暂时存放。这期间，需要完成两件事情：一是如何在唐旭的那块面积不大的墓碑上，写一段既能客观概括唐旭本人，同时又能表达亲人追思之情的文字；二是由于八宝山公墓的暂存时间最长是四十五天，所以，必须在暂存最后期限前，将唐旭从临时骨灰堂里接出来，正式安放在确定的公墓位置上。

唐旭夫人给我看了那段墓志铭一样的文字，唐旭夫人自己的文化底蕴并不浅，加上唐旭有一个四川大学历史系七八级毕业的兄长，所以，这段文字的语法自然不是问题。在我看来，关键的问题是，能否从生命的角度，真实地反映唐旭的情感和人生意志。不过转念一想，毕竟，这应该是唐旭家人的事，所以，我看了后也不便提任何自己的想法，文字就这么确定了，需要尽快交给公墓方送到天津烧制。

数天后，还是我开车拉着唐旭夫人和唐旭的侄儿，我们三个人一块去殡仪馆迎接唐旭的骨灰。在八宝山殡仪馆，我经历了一场本来只属于唐旭家人才有的迎接骨灰仪式，就如我写在 4 月 28 日我和我夫人一起去八宝山看唐旭时，站在唐旭墓碑前所回忆的那一幕。

送唐旭夫人去 301 医院处理唐旭住院期间的一些遗留事务后，我告诉了唐旭夫人，3 月 20 日左右，我要回昆明去上课，所以，唐旭的骨灰安放仪式我就不能参加了。

这样下来，涉及唐旭乘鹤西去后的所有正式场合，如追悼会、骨灰安放仪式等，我都没有参加，一方面，似乎都是由客观原因造成的。而另一方面，也正合了我事前已抱定的想法，那就是：不参加所有由官方或其他正式方式为唐旭举行的公众祭典活动。

五、哀思·缅怀

在我这篇写给唐旭的文字初稿快完成的时候，唐旭夫人把唐旭在生病中用电脑记下的日志发给了我，我看唐旭夫人在主题一栏写下的标题是"唐旭病中日记"，于是我也就沿用了这个题目，把整个压缩后的文件定名在我电脑中的一个《病中日记》文件夹之下。

收到唐旭夫人发给我的电子邮件后，我停下了手里的写作，花了与这些日记的记载量相匹配的时间，认真地读了唐旭为自己所写的《病中日记》。这些文字表述没有做任何文本修饰，是以最直接简要的语言记载下来的，以治病过程为主，中间穿插了极少量属于唐旭个人的主观思维和医治病情之外、但与治病相关的事情。唐旭的《病中日记》是从 2008 年 10 月 30 日参加单位体检那天医生告诉他肺部有一个 2×1.8 公分的阴影开始的，日记结束的时间是唐旭从北京返回上海以后的 2010 年 3 月 1 日，总共断断续续地写了十六个月，最后一次记录的时间，离他下肢出现不能动弹情况的时间只有不到十二天。

看了唐旭的《病中日记》，我有一种似曾相识的感觉。因为在二十一年前，我的老父亲在癌症折磨中去世后，也留下过一本名为《病中记事》的日记本，相同之处在于，家父的《病中记事》也是一天赶一天的简单记叙治病过程，以及治病过程中的相关亲情事务。前些年，我已将家父的《病中记事》连同病中给我弟兄三人的信件，用扫描的方式全部制作成了电子文档，并且还花了钱，请人将日记打成电子文稿。准备等我稍微闲暇一点后，整理成为可读和可缅怀的东西，并使之成为比我已经在"新浪读书"网上以《父祭》为名发表的文章更生动的一个悲惨生命的结束语。

不过，与家父的《病中记事》对照，唐旭的《病中日记》也有两个显著不同的地方。

第一，家父《病中记事》是一直写到了生命结束的前一天。而唐旭的《病中日记》没有能够做到，原因可能就是他在去世之前经历了一个身体不能动弹的时期，而这是会限制他的行动的。其实，可以料定的是，如果不是唐旭早早陷入下肢不能自由活动的困境，他是一定会把这个《病中日记》写到生命最后一刻的。而且还可以料定的是：当生命越是在困苦中往后延伸的时候，唐旭内心那些厚重而真切的东西，必然会以更丰富的日记内容留给他身边的亲人的，但这的确成了唐旭家人的遗憾。

第二，家父的《病中记事》是他亲手用笔写在他的一个小小的日记本上的。而唐旭的《病中日记》是用电脑记叙的。在我看来，这对于唐旭的妻子、女儿和家人，乃至对我这样的朋友，也将是一种遗憾，当然，这种遗憾，又不是病中的唐旭可以预知的。

以我所经历过家父病逝后绵长的缅怀来体会，唐旭未能亲笔将属于他在人世间最后日子所要想写的心声写到他生命的最后，唐旭的亲人、朋友们，会为此而感到遗憾。尤其是唐旭的女儿，今后可能无法从唐旭亲手写成的生命最后的珍贵文字，去体会一个如生、如在的父亲。这一点我的体会是很深的，因为在家父仙逝后的二十年里，任何时候，只要一翻开那本由家父亲笔写的《病中记事》，就能看到家父带有旧文化人以毛笔字为根基、间或繁体汉字的遒劲笔迹，而且，只要看到这些亲笔记叙，便有一种不是凭空遥想和回忆可以有的亲切感："那些字迹，本身就是我还活着的老父亲。"

唐旭本人是写得一手好字的，按照我们中国文化传统，有一个习惯说法："酒似人品，字如其人"，也就是从某种意义上说，一个人的书写笔迹，是可以反映一个人的气质和品格的，正所谓：见字如见人。我记得在五道口的时候，唐旭的办公桌上经常都放有毛笔和墨砚。有一次我代表博士研究生学生支部去总行开会，唐旭让我带一封信到总行去，信封上地址和人名就是唐旭用毛笔写的，字迹清秀，颇有书法功底。

可以预计的是，等唐旭的女儿知事更深的时候，如果有一天能从家中的某个地方翻到唐旭的亲笔书信或其他亲笔文字类的东西，我相信在字里行间，她一定会感受到：她可敬的父亲仍在人世，那种亲切感受与我今天翻看家父《病中记事》是一样的。

据说，很多人都能够从李叔同圆寂前所写的"悲欣交集"四个字里，同时感受到生命的辉煌与无奈：

辉煌，就是生命之诞生、成长和责任的承担；

无奈，就是所有的生命，无论是高贵还是低贱，最终都会在尘世眷念中走向衰竭。

开始，我并没有认真去想李叔同圆寂前的四个字是不是真的具有如此厚重的意义，但1997年我去天津的大悲院，正好那里在举办李叔同法器、遗物巡展，在这个巡展上，我看到了李叔同圆寂前亲手写的"悲欣交集"四个字的真迹。回到家里，我立即再次翻阅家父临去世头一天，也就是1990年8月23日那天的记事，我多少有些相信前面的说法了。

极有可能是因为受自身的思想境界和文化修养局限，我似乎难以从一个生命的最后字迹去感悟"生命的辉煌"。不过，从生命最后字迹所具有的某种难以言表的特殊构成去体会一个"生命之结束"，这似乎是相对容易的，因为，拿家父去世前一天亲笔写下的最后记事，与李叔同的"悲欣交集"四个字进行对照之后，二者给我的感受几乎是完全相同的：一笔一画都已经"脱形"和"脱神"。

还在五道口上学的时候，我是学校里唯一一个有车的学生，虽然那车并不是我的，而是朋友在北京有商业公关需要买在我名下的，甚至为此我还与经商朋友的公司之间名正言顺地写了《用车协议》。但是不管怎么说，那个年代学生有车无论如何都是会引来猜疑的。对于我来说，有车的好处并不多，毕竟没有太多的事需要我有方便的交通工具，有车最直接的好处就是只要一开车，我就一定会打开收音机或车载 CD 播放机听音乐。

大约是在要从五道口毕业的那一年（1997年），一个偶然的时间，在车载收音机里听到了柴可夫斯基的"降 b 大调第一钢琴协奏曲"，不知为什么，庄重宏伟的钢琴音符一开始响起，就让我体会到某种非常特殊的音乐感触。事后细细地想，这种感触似乎并不能以我的音乐修养为依据，虽然我爱音乐评论与欣赏类作品，也曾经认真读过，但毕竟没有经过专业的音乐学习，所以，只能认为这仅仅是处境、意境、心情、外在环境辐射等多种复杂感受在音乐响起的那一瞬间产生了某种共鸣，于是，便在意识里一直存续并无法抹去，就如人们听了某些音乐会不自然想起某个年代一样。

以自己并不专业的音乐欣赏知识为基础，本不应该有更深和更多的音乐感触的，可是，我就是能从音乐中听到两种叙述：一种是由钢琴主音符那种雄伟和庄重的叙述中，感受到史诗般的宏伟与壮阔；而另一种则是由交响化的协奏曲音符叙述中，感触到春风般的低语和抒情。

之后，我从网上下载了柴可夫斯基的"降 b 大调第一钢琴协奏曲"，并查找了这首著名钢琴曲的相关资料，知道这是柴可夫斯基第一次尝试以协奏曲方式创作的钢琴曲，是为献给他的老师，也就是十九世纪俄国著名兄弟音乐家之一的弟弟尼古拉·鲁宾斯坦的。这首曲，由于是钢琴曲的一种表达范式的首创，在它被音乐演奏家们不断演奏最终成为世界名曲之前，还经历过一个相当曲折的欣赏历史过程。

在同一首曲中，两种力度完全不同的音符，反映了两种完全不同的情感表现需要，它使欣赏者在感受到厚重和伟岸的同时，还能感受到柔美和温情叙述，这就是我始终爱这首钢琴曲的原因。后来我专门查阅了这首钢琴曲的音乐欣赏和评论，其中有以下一段话证明了我的音乐感受：

"它就是巨大力量、宏伟规模与真诚、率直抒情的结合。"

写给唐旭的这篇缅怀性的文字是无法在一天内完成的，在断断续续的写作中，要不断地回忆我与唐旭相处的点点滴滴，尤其是从1994 年我进入五道口学习以后的这十多年的相处。如何看待我们之

间的同学和朋友情谊其实并不是最重要的，因为写这篇缅怀性文字
中的具体经过描写并没有更多地写唐旭，而更多的是写在我与唐旭
之间友谊临界点上我的体会和感受。而面对内心的体会和感受，我
总是暗暗对自己说：如果不能从这种体会和感受中，客观地将一个
真实的、包含伟岸和浓浓人情味的唐旭写出来，那么，这篇文字就
会同样具有世俗所不能规避的俗气，也正是这个原因，所以，在每
一次续写这篇文字的时候，我都会在电脑里播放柴可夫斯基的这首
"降 b 大调第一钢琴协奏曲"。

坚定而宏大的意志与富有人情味的生活理解，两种个性的有机
结合，才是一个完美而有意义的生命。在一边写作，一边反复聆听
和理解柴可夫斯基的这首著名钢琴曲的同时，我竟然会在思想和情
感世界里萌生起这样一种感叹：

"只有唐旭，才配得上那样的生命定义！"

作为学者，唐旭有着对知识的执着，展示给世人的是：一丝不
苟的治学态度和丰硕的成果；

作为官者，他以如今官场已不可多见的洁身自好和谦逊的行为
风范告诉这个世界：什么才是正直和政治道德良知典范。

——从这个意义上讲，唐旭的生命，就是一首由一组展现豪迈
誓言和沉稳步履个性的音符所联结而成的英雄史诗般的钢琴曲。

作为男人，唐旭以他的真诚和善待所有人的处世态度，向世人
展示了他真情真性的君子品格；

作为亲人，在一切由亲情构成的现实生活面前，无论是因获得
而喜悦，还是因失去而疑虑，唐旭都以为人子、为人父的责任作为
其人格基础，真正勇敢地承担起属于他的责任，并用他柔情的手臂
搀扶起所有需要真情对待的亲人。

——从这个意义上讲，唐旭的生命，就是一首由一组讲述真情
流露和真实无欺个性的音符所联结而成的春风拂面般的协奏曲。

对于我来说，写在最后的缅怀，就是对唐旭恒久的怀念。而且，很久以来的情况就是：只要柴可夫斯基的"降 b 大调第一钢琴协奏曲"响起，无论是在车载音乐系统里，还是当我坐在电脑面前静听从中溢出的音乐，无论我身处何地、何时，乃至我处于何种情感状态，作为与唐旭共读四年的同学之一的我，都可以将这一刻，幻化成为我真情永恒的铭记。

因为，只有唐旭的生命，才可以用如此丰富的音符来叙述……

2011 年 6 月 23 日完成初稿于北京

2017 年 3 月 25 日修改终稿于昆明

儿子，我欲说还休

很早就想好了，在有生之年要给身边与自己生命有着最直接关系的四位亲人，即我的父亲、你的祖父；我的母亲、你的祖母；我的妻子、你的母亲；我的儿子也就是你：小锋锋，写一点什么，我就把这叫做"一份心语"吧，以此讲述这份亲情在我自己一生中究竟代表着什么，或者说，讲述在构成这种亲情关系的彼此之间的那些点点滴滴于我们这个社会、于群体生命构成究竟意味着什么，能不能揭示一点可以为后世认同的东西，毕竟，每一个时代或不同国势之下，亲情构成总会有着不同的辛酸与喜悦，不同的文化修养水平之下，亲情的心理反应，应该是能够用自私或宽厚来概括的。

如果把这种亲情放在家庭里，那么一个家庭由所有组成人员的生活行为所反映出来的意志与品格，乃至这些意志与品格的传承，却又是另外一回事了。虽然家庭里的一切最终都会因为社会变迁大趋势而在时间中逐渐被淡化，但是，人类共享和共同遵从的人文伦理标准却是不会变的。这个标准不仅可以用来衡量血缘之下构成亲情所有成员的品德与人格，而且还可以举一反三地衡量出整个民族的道德水准究竟是上升还是下沉，大约就是出于以上这样一些初衷，我才坚持着一定要在自己还能动笔之前，完成这份心愿。

给父亲（你祖父）的一份心语，已经在他去世后第八年即1998

年（在 1991 年零乱不堪的初稿上修改）写成。在那个岁月，其实要抽出时间来写一份完全属于亲情的东西，也不是一件容易的事，毕竟那是我陷于世俗功利最深的岁月，需要用一种对忙碌于世俗强有力的内心克制才能将其写成。

给母亲（你祖母）的一份心语，是在她陷入重病而恢复无望的时候就已经写成，也就在写成后刚刚一年零一个月的时间，你祖母便在病痛中离世。写给你奶奶的一份心语之所以很快就写好了，甚至是在奶奶生前，原因有两个方面，一是我已经于 2005 年脱离于世俗忙碌，相对来说有着较多的时间来思考和撰写属于这份生养之情，以及这份生养之情所包含着的社会、你祖母和我本人认识上的不同变迁；二是我在写我所理解的母亲一生的时候，她已经九十六岁高龄了，虽然她一生命运多舛，在极其艰难困苦的环境下为养育三个儿子而尝尽人间疾苦，但是，毕竟她在晚年的时候享有了一段相对平静的生活，何况她已高龄到了近一个世纪，从生命的生理过程来理解，我是不需要在内心里为母亲的离世而有太多内疚的，在这一点上，比起你祖父来说，你祖母是幸运的。

当然，还有一篇是要写给妻子（你母亲）的一份心语，原本想要在颈椎、眼睛都还可以的时候，完成给你母亲和你的这两篇因生活构成规律而相对平行情感的内心之语，但是，最近整理了我和你母亲之间的书信，从与你母亲认识、成为朋友、恋爱、结婚、生育你，直至整个家迁往重庆，就在这不到十一年的时间里，我给你母亲写了近 40 万字的信。早在四年前，我就花了 5000 元钱，请专门的打字店，将这些完全用钢笔写成的手稿打印成了 Word 文档。我在重新修订和浏览这些书信的过程中，基本能从那些情感和生活现实的讲述中，看到我和你母亲走过来的点点滴滴，也就是说，这些信件，足以反映我和你母亲的全部。在这 40 万字的书信里，有情感的表白、有生活琐碎的讲述、有痛苦和迷茫的倾诉，也有细微成功面前的喜悦，当然，也有这个家里包括你祖父、祖母、大伯、满满①和你在内的亲情细语。

有这么多给你母亲、给我和你母亲共同生活的这几十年，我想已经足够了，至于还剩下没有走完的人生路，对于我和你母亲的这个岁数，已经没有太多的可塑性了，相互搀扶的内容，是一切喜悦与痛苦都不可以诠释的生命内容，写与不写都不可能胜过十一年时间里写下的那近40万字的话语，所以，最终决定不再单独给你母亲写了，而是趁着我的身体，尤其是大脑、颈椎和眼睛还能胜任，赶紧把写给你的一份心语完成了，其实只要能如实讲述我作为人父的这段血缘亲情，真实表达我在有生之年对一份与我之生、与我之成、与我之养相关的血缘亲情，我对血缘亲情以及与之相关的思考和体会也就算基本完整了。尽管这些写出来的东西，未必能够真正反映出以我之文化修养而必须要达到的理解水平，但是，起码我以最真实的情感和内心讲述了生养并抚育我的父母，相互搀扶、相濡以沫和我一起成就生活的妻子，以及与你母亲共同生养抚育你的全部或完整生命过程。

一、你之生

一般来说，生，对于被生者来说都是没有准备的，对于你来说也是一样的。但是对于生育者的父亲来说，却应该是有准备的，可是，在那个岁月，在那种社会生育文化教育水平下，对于生育者的我来说，同样是没有准备的。

尽管我上了大学，1986年的时候，我已经大学毕业工作了整整

① 贵州铜仁当地方言，满满为小叔叔的意思。

183

三年，但是，生育文明，对于那个时代和那个时代的我这一辈人来说，仍然是一项奢侈和知之甚少的知识。对于我来说，仅仅这样说，似乎有为自己某些可能存在的不理智选择和推脱内心责任的嫌疑，毕竟我是那个时代并不多的大学毕业生，有着高等文化教育经历的男人。

（一）

1983 年我毕业回到铜仁时，你母亲还在远离铜仁市有 23 公里的铜仁汞矿厂里工作，那个地方的行政地名叫"云场坪"，当然，父亲辈还把那个地方叫做"大硐喇"，也是我和你母亲从小长大的地方。你母亲当时刚刚从技工学校毕业，分配到厂里和你外祖父在一个矿区，具体工作就是值守水泵房的抽水机，工作时间很不规律，工资也较低。

我那时刚刚到单位，年轻人那种雄心勃勃地要在事业上有一番作为的想法驱使自己不顾一切地忙工作。对于如何维系与在云场坪的家之间的紧密联系来说，困难的原因有两点，首先是工作比较忙，其次就是交通不方便。从铜仁城里到厂矿去的班车一天只有一班。除此以外就再没有其他公共交通工具可以达到厂矿了，当然，还有一个完全可以自主的办法就是徒步。到矿山的路弯弯曲曲，如果要徒步走，需要整整一个半天时间。记得有一个元旦，由于要等下班才能从城里出发赶回厂矿，但下班后是不再有班车去厂矿所在的云场坪镇了，于是从同事那里借了一辆自行车当作交通工具。

这段 23 公里的路程，包含着一个约 10 公里的上坡，上坡时由于坡陡，自行车是不能骑的，只能推着走，这也就意味着，骑自行车与全程徒步行走比较，能节约的时间就是采用徒步行走方式与骑自行车之间的"小时公里"乘上约 10 公里比较平缓公路的差距。所以，那天骑行到爷爷奶奶家时，已经是晚上9点，第二天要到你母亲家，可你外公外婆家在矿区，爷爷奶奶的家在矿部，二者之间还有4公里的距离，无独有偶的是云场坪突然下了凌冻，路上垫起一层厚厚的冰，在我骑车去你外祖父家看你母亲的路上还因路太滑摔了一跤，把借来的崭新自行车给摔出几道划痕来。那时候，人们工资都很低，买一辆自行车并不是一件容易的事，以我一个大学毕业生，行政24级，月收入不过54元钱，一辆永久牌的自行车，除了要100多元才能买到外，更重要的是要有供应票证。所以，摔伤了别人的车，内心很是纠结。

尽管从城里到厂矿只有那么短的距离，但因为交通不便，也很不容易去厂矿探望你的祖父祖母和还在与我恋爱中的你的母亲。那个时代本来就还很保守，加之你外祖父又是一个家教颇严的老人，所以，你母亲也很少到城里来看我，即使偶尔到城里来看我一次，但一定会从一开始就让你外祖父和外祖母担心和不高兴，回去以后，必然是要受到你外祖父和外祖母的一顿含有"道德教育"意义的询问。

为了改变自己的工作状态，1984年秋天，你母亲参加了司法系统组织的干警考试。在等待了三个月后，终于等到了录取通知书，也就是说从此以后，你母亲就可以从一名工人变身为一名干警，不仅可以彻底改变低工资状况，而且也不用忍耐极其不规则的作息时间。虽然这是一件好事，但其结果多多少少还是让还年轻的我有些失落，因为在你母亲考上干警后需要在全省劳改系统内统一分配和安排，结果，你母亲被分配到了离贵阳约60公里的羊艾劳改农场，做了一名带班管理女囚犯的干警。过了几个月，你母亲要去新的单位报到，可我工作忙，也没有时间去送你母亲，你母亲到了那里，首先是按照半军事化管理要求接受三个月培训，要在培训中学会简单的擒拿格斗和监狱管理相关制度及行为规范。

　　你母亲到了那么远的地方去工作，远距离带来一个很现实的问题就是我和你母亲的结婚问题，以你祖父的想法，我们是需要尽早结婚、成家、生子，完成作为人子尽孝道所应该做的所有事的。你祖父是旧式或者说传统文化人，1949 年前上过新学，但是在上新学前，曾经在家乡进过私塾读书，所以，在祖父的传统人文标准中，成家、生育、立业是一个男人一生必做的人生功课，加上那时你祖父已退休，你祖母的身体也不好，于是在 1984 年的十月份，就和你母亲在匆匆忙忙中办理了结婚证，约定好就在这一年的年底我分到银行的住房后于第二年元旦结婚，可是，怎么也没有想到，你母亲的干警录取通知来后，竟然分配到了相距数百公里的地方去工作。那个时代，整个社会的物质条件是相对贫乏的，最突出的贫乏就是交通了，根本想不到中国会有道路四通八达，交通工具多样的一天。另一个典型的物质"贫乏"就是通信，以我在银行工作为例，一个科室只有一部电话，而且用的是战争年代的直流电池电话，拿起话筒后，转动手摇的电话机摇柄接通邮电局的总机，告诉接线员你要接的单位名称，然后放下电话，等待接线员帮你接通。你母亲所在的新单位，更是没有办法打电话。说到这里，可以讲一个典型的事，1986 年在你即将出生前，银行决定接收你母亲到工商银行铜仁市支行工作。为了通知你母亲提前办理调动手续，我从银行打了一个长途电话，电话打到你母亲单位的大队部，接电话的人告诉我，要去中队你母亲住的地方通知你母亲，大队部又没有人，于是你母亲单位的教导员自告奋勇地承担起了去通知你母亲的义务，而这个教导员恰好是一个有腿疾的人，要从大队部走着去你母亲住的地方。在电话机旁足足等候了三十多分钟后才终于听到了电话机里传来你母亲的声音。没有方便的交通和通信，相对于我和你母亲来说，数百公里也就如天壤一般的距离。

　　1985 年的元旦，你母亲得到特批，从工作单位回到铜仁和我办了一个匆忙和冷清得不能再冷清的婚礼，按照当时的社会风气，单位的人每人凑一元钱，由单位工会出面买了一个洗脸盆、一个八磅的热水瓶和一条毛毯送给我们，我和你母亲也按照当时多少有点"革命"味道的婚礼风俗，买了水果糖、瓜子、花生，单位的领导和全体同仁都来家里表示了祝贺，这些也就相当于待宾之礼了，所谓的婚礼很快结束，你母亲呢，就在元旦后第三天返回了单位……

　　婚后不到三天，便开始各自忙自己的工作，这就是那时候简朴社会的最真实的写照。20 世纪 80 年代早期，金融专业毕业的大学生几乎就是凤毛麟角，更何况像贵州铜仁那种落后的地方，所以，单位上无论是行长还是同事，都以一种"期待"的眼光看着我这个改革开放后唯一的金融专业大学生，可是，我自己知道，在大学四年虽然学的是银行专业，但实际并不是完全系统的金融理论学习，甚至都没有系统的金融专业教材，除了英语、高等数学、大学语文这三门课以外，我们的每一门专业课，都是那些"文革"时期因知识而饱受身心摧残、刚刚从单位回到大学的老一辈大学生们自己编写的简易教材，甚至当教材拿到我们手里时，这些在蜡版纸刻板刻成并在手工油印机上印刷而成的教材还散发着很浓的油墨气味。这样的知识读本，在今天看来是没有太多金融理论含量的，作为那个时代的老一辈知识分子，他们在政治上还不被允许可以任意在理论上按照自己所学进行建树，而以他们一代人的质朴，可能更多的目标还在于解决当时银行发展所需要的基础工作的胜任者。所以，面对单位的领导和同事的"期待"眼光，内心还是多少有些惶惑的，而为了减轻这种惶惑，自己不得不亡命地继续学习和工作。

（二）

　　1985 年 4 月，也就是在我和你母亲婚后的第四个月，你母亲来信说，她被调往离安顺市清镇县约 10 公里的中八劳动教养所工作，于是，我以要帮你母亲搬家为由向单位领导请假，那时的单位领导虽然很严格，但还是比较人性化的，他们知道，我和你母亲新婚后就一直没有机会再见过面，领导们稍加商量后便批准了我的请假。

匆匆帮你母亲把家从羊艾劳改农场搬到清镇中八劳动教养所，你母亲所在单位领导考虑到你母亲是已婚，年纪也相对大，给了你母亲单独一间房，这在当时的情况下，已经是非常优厚的照顾了。最近在看北京台播放的电视连续剧《天伦》，有一段情节是描述宝珠当时的男朋友得到了一间独立的房间后的场面，这个场面反映了宝珠和她男朋友如获至宝的激动。事实上，那就是当时整个社会一代年轻人的真实境遇，所以，看了这个电视剧的很多情节，常常会让我回忆起那个年代，那个年代你母亲有幸单独得到一间房的事情。

自从去帮你母亲搬了家回到铜仁后，因为工作忙，很少能够去清镇的中八劳教所看望你母亲，在我的记忆中，从 1985 年 4 月你母亲调整到中八劳教所，到 1986 年 1 月你母亲调回铜仁，我似乎也就去过你母亲那里两次。时间长了，我也记不清楚去的具体时间，一直到最近在清理我和你母亲这一期间的信件时，才理出了一点头绪，除了那一次搬家外，我应该在当年的五月、六月初和六月中旬，一共三次去你母亲单位看望，而之所以有六月初和六月中旬两次，是因为单位有急事，将本来是一次的探亲假分割成了两次。最后一次去中八劳教所看你母亲应该是六月中旬，七月初返回铜仁。因为在我七月十三日给你母亲的信中有"回家快要半个月了，只给你写过一次信，实在内疚"的说法。

依稀还记得最后一次去清镇中八劳动教养所看你母亲的情况，因为就是那一次，在你母亲那里我得了重感冒。贵阳的六七月正值春夏交替，那个季节的天气是既有明媚，也有顷刻间的冷雨突袭。应该是在从贵阳乘客车去你母亲所在单位的汽车站下车后，突然大雨倾盆，你母亲单位的所谓汽车站，其实也就是大家约定上下车的地点，根本没有遮雨的地方。从下车的地方走到你母亲的宿舍时，我全身湿透，第二天就开始发烧、咳嗽、头痛。一场重感冒一直延续到探亲假结束时。

七月初回到铜仁后，立即被中心支行下派到支行去任职，忙碌一下子占据了我的全部精力和时间，直到中旬才给你母亲去信。而你母亲也没有及时给我回信，大约到了七月下旬，你母亲才给我回了一封很短的信。让我大吃一惊的是，你母亲的来信在语气上表现出了从来没有过的烦躁和怨气。要知道，在大碉喇的同学和朋友圈里，你母亲是大家公认的具有典型不外露个性的人。那时我也年轻，想不出是什么导致你母亲的情绪如此不稳定，一直到七月底，你母亲才写信来说她可能是怀孕了，她每天去食堂吃饭，食堂只有很少的菜品，没有油水也没有味，她吃不下饭，而且常伴有恶心，并且告诉我，她自己弄了个泡菜坛，在里面泡了很多泡菜，每天只喜欢吃自己做的泡菜。那时候，我和你母亲收入本来就低，加上所有有营养的东西都是要票证的，所以，你母亲怀上你以后，天天吃泡菜，既有怀你以后的一种生理变化的原因，当然也有经济环境窘迫的原因，毕竟她一个人在那里怀你时，过着艰难的单身生活。

对于我来说，你母亲这一次怀上你是喜忧参半的，喜的是毕竟一个新的生命要诞生，对于从一开始就想着完成婚姻、生儿育女，承担起作为人子之责任的我来说，这是一种进步。忧的方面的理由大致有两个，一是觉得当时条件下，应该不是你母亲怀孕的恰当时候，你母亲一个人在那边工作生活，怀了你又没有人照顾，而且工作特性又是带那些年轻的劳教人员到农场地里去干活，需要比较多的体力劳动。更重要的是从那段时间你母亲写给我的信看，你母亲怀你时的反应是很大的，有几次回信中，由于担心你母亲熬不过太激烈的妊娠反应，我几乎想要你母亲放弃。二是自从你母亲离开铜仁后，我就开始在内心生起了一种不安定，反复地思考是不是真的就在铜仁这个小地方平静地待上一辈子。可是在不经意间你母亲怀上你，迫使我不得不把那种不稳定的思想暂时放下来，集中精力解决最为现实的家庭生活安排。

从后来你的出生和生长看，从今天对过去的反思和总结看，你母亲的这一次怀孕，包含着将为父亲的我，没有在生育一个新的生命问题上做好必要的心理准备，也不懂得什么是生育文明。所有这些都是一直到了博士研究生毕业，才慢慢在与我的同学或比我小得多的低年级同学的交谈中体会到的。特别是在一次与同学聚会时，听了比我低一级的博士生同学的一段自我调侃，我才开始认真地想你的生命诞生是不是包含了我这个作为知识分子的父亲应该持有的生育文明观。我的那个比我低一年级的同学姓徐，我们是同一个导师，毕业后不久，他与一个在北京中药研究所工作的姑娘恋爱、结婚，大约婚后一年的时间，他们开始准备要孩子，在同学聚会上，他告诉我：为了要怀孕，他妻子要求他在怀孕半年内戒绝烟酒，而且每天早、中、晚餐的营养搭配要按照比例来，比如胡萝卜要多少克、粗粮吃多少克，有绿叶素的蔬菜要吃多少克，等等。听了他的话，我开玩笑式地嘲笑他说：

"这不就等于是喂下蛋的鸡了吗？"

可是后来才发现这种嘲笑是没有道理的，因为在后来见到的所有比我年纪轻的人，他们似乎都是这样来对待孕育生命的，也正是因为这样一些事例，我才开始慢慢理解了什么是"生育文明"。

1985年年底，你母亲工作到了转正期，我所工作的工商银行开始联系调你母亲回铜仁，到1986年初，一切调动手续办妥，二月初，我正好到省分行出差，于是决定先期将你母亲接回铜仁。接你母亲回铜仁的那天，当我在省分行办完事时，时间已经是下午一点过，单位的驾驶员先开车去30公里之外的中八劳动教养所接你母亲，再到省分行来接我，接到我时已是下午两点多，车子没有丝毫停留，立即赶着从贵阳回铜仁。从贵阳到铜仁的距离是 410 公里，那时候是没有高速公路的，从贵阳出来要爬三座大山、下三座大山，除了山区公路崎岖蜿蜒，坡陡险峻外，当天下午还下起了绵绵小雨，道路泥泞难行。车子到达铜仁时，已是第二天凌晨两点。

要是按照今天的标准，你母亲那样的状况，是绝不可以如此长途奔波的。后来，我所在银行的两位女同事问我：

"如果那晚真的因为你老婆不堪颠簸而在半路临产了，你该怎么办？"

那时年轻，即使听了她们的话，似乎没有发生也就不存在危险，但是几十年后的今天想起那晚的情形的确是很后怕的，因为那种情况下，你母亲因为颠簸而被迫在荒无人烟的半路上临产的情况是完全可能发生的。途中是根本谈不上什么医生和医院，那样，你和你母亲都可能遭遇不测。

（三）

回到铜仁，大约只有不到一周的时间，你母亲出现了临产状态，于是赶紧将你母亲送到地区医院。医生检查后告诉我们说：羊水已破，孩子要提前生产了，于是让你母亲住进产房。

生你的过程也不是顺利的，那一夜我守在你母亲床前，看着别的产妇是那样的顺利，几乎是一出现疼痛，推进产房不一会就连孩子带母亲出了产房，可唯独你母亲，产前那种阵疼痛，直痛得你母亲满头大汗，每次都是你母亲痛得不行，于是去找值班医生，医生看你母亲痛苦的样子，同意把你母亲送进产房，可是我将你母亲扶进产房去了，不一会医生又告诉我说："还早。"于是我又不得不把你母亲扶回病房。就这样重复了不下七八次，后来连值班的妇产科医生都开始有些不厌其烦了，医生总认为你母亲过于反应了。可是，你母亲的确疼痛得无以复加，最后两次，我根本无法搀扶你母亲把身子站直，你母亲痛得完全直不起腰来，几乎是从产房爬着回到病房的。

大约这样反复有 9 次之多，折腾了一个晚上，在第二天早上 9 点钟的样子，终于听到了你的第一声啼哭，医生抱来给我看了你刚从母亲身体里脱颖而出的样子，结果是满脸的绒毛，就跟花果山上的小猴子一样。

生了你不久，爷爷奶奶也来了，奶奶看你满脸的绒毛，说这是你没有足月造成的，三天后回到家里，奶奶用那种铁匠铺里纯手工打造的老式剃刀，慢慢把你脸上和脖子上的绒毛刮净，看着你奶奶给你刮脸上的绒毛，我问你奶奶：

"刮了，会不会像胡子一样还会重新长？"

"不会，这是胎毛，刮了就不会再长了。"奶奶边刮边回答说，我和你母亲多少还有些将信将疑，但是，的确后来就不再有那些绒毛了。回到家只有不到一星期，你就病了，赶紧抱到地区医院去检查，医生告诉我们说你得了新生儿肺炎，这对于你这样一个刚刚出生的生命来说，是个要紧的病，于是赶紧办理了住院手续。你外婆也从铜仁汞矿请假来帮着我们照顾你。

也就是这一期间，因为我的大意，或者说对一个新的生命诞生认识不充分，又一次犯下一个错误。1985 年，利用自己在铜仁支行当副行长的职务之便，瞒着中心支行领导，悄悄地报考了当年的研究生。记得后来的研究生考试都放在了春节之前，但我考的那几年，考试时间却是在春节之后。你是那年大年初五生的，正月十几就又住进医院，虽然你外婆请假来帮着照顾你，可是外婆毕竟年纪大了，白天我上班时外婆和你奶奶轮流照顾你，但是晚上就只能我一个人照顾你了，眼看考试时间临近，我白天要上班，也就只有利用晚上那点时间，抓紧看书复习。

那些日子正好是深冬，铜仁的冬天本来就特别湿冷，而你又一直在输液，输液的针是扎在你脑门上的（据说新生儿那里的血管才好扎），为此，医生反复强调要想办法给你保暖。那个时候，无论是经济上还是市场上可供购买的商品，都不像今天这样想买什么就可以买什么，也有能力去买。结果还是管床医生告诉我们如何给你保暖，其实这也是医院常用的最为节约的办法，那就是用生理盐水瓶灌上开水，再用毛巾包住瓶子，然后放在你的小身子旁边。

终于有天晚上，我太困了，不经意就趴在你的病床旁边睡着了，书也掉在了地上。快要天亮的时候，终于被你的哭声吵醒了，可是怎么哄你都哄不好，没有办法我只好叫来值班护士，值班护士也哄不好了，你只是一个劲地哭，医生问我，是不是你饿了，于是我把外婆和奶奶做好留下来的米糊糊弄来喂你，可你还是边吃边哭，弄不清楚是什么原因，我只好再次去找护士，护士来看了也无奈，于是告诉我，只有等 8 点半大夫上班后再说。

大约在大夫刚换好白色大褂的时候，你外婆来了，听到你不停地哭，而且听说已经哭了很久了，于是打开你身上的被子，又把裹在你身上的小被褥打开，结果发现装开水的生理盐水瓶子早已经从包裹瓶子的毛巾里脱落出来，并且直接接触到了你的腿上，小小腿上已经被烫起了很大一个水泡，而且水泡还被你不断蹬打被褥时给磨破了，红嫩的肉肉裸露在外面，可以想象，小小的你有多么疼痛，只是那时候你太小，没有办法用语言来表达自己的痛，只有声嘶力竭地哭闹，当然，更没有意识来为此对着你粗心大意的父亲发脾气。

你外婆狠狠地说了我，接着，你奶奶到了后又痛痛快快地骂了我一顿。后面几天，外婆要上班，不得不回到厂矿去，剩下的日子全都是你奶奶照顾，你奶奶开始想尽一切办法找药医治你的烫伤。虽然医院也开了药，但都是很一般的烫伤药，而你奶奶最大的担心是这一次烫伤会不会给你留下明显的疤痕。你奶奶开始四处托人寻找土制的蛇油膏。蛇油是你奶奶一生都信奉的治烫伤且不留疤痕最好的药，因为在你之前，被严重烫伤过的亲人还有两个，一个是我，一个是你的满满，据你奶奶说，还在沿河县农村老家时，其实也是我刚生下大半岁的样子，奶奶要做饭，就把我塞在背我的背篼里倚放在灶台边，然后自己忙着在灶台上去大锅里往桶里盛猪食，而在小锅这边，中午饭刚刚榨过米汤盖上锅盖，一碗滚烫的米汤正放在灶台的边上，那时我虽然还小，但是手已经可以乱抓了，结果把放在灶台边上的一碗滚烫的米汤打翻过来，米汤直从我的头经面部一直淋到胸前。据奶奶说，她就是托人找来乡下人自己熬制的蛇油，天天给我涂抹，才没有在脑袋和脸上留下疤痕，但是，由于找到的蛇油数量不多，奶奶说，她担心我会破相，于是蛇油主要都涂在我的脸上了。胸口上却因为没有那么多油来涂沫，所以至今都还有烫伤的痕迹。

你满满的烫伤大约发生在刚刚可以走路但走得并不稳的时候，当时在厂矿，冬天取暖就是在地上挖一个坑，我们都叫"火坑"，然后在这个火坑里烧炭或柴火取暖，你满满一次在大人因为忙事，看管不及的一点点时间扑倒在火坑里，好在大人很快把他拉了起来，但是小手和脸都有轻微烫伤，你奶奶也四处托人找来蛇油膏给你满满涂抹，最后，你满满好了后也没有留下任何疤痕。

不过，你这一次没有那么幸运，你奶奶四处托人去找蛇油，苦于在城里一时找不到那东西，奶奶没有办法了，为了减轻你的痛楚，只好先用医院开的药膏涂抹你的伤口。只可惜当时的烫伤药膏，只保证缓解疼痛和逐渐愈合创口，并不保证不留下疤痕，等到奶奶托的人找到蛇油再给你用时，你的伤口已经开始结痂了，不留下疤痕已经不再可能了。此事一直让你奶奶耿耿于怀，更让你奶奶觉得难以释怀的是，以后随着你个子长大，那块烫伤形成的疤痕似乎也越来越大。

1994 年到了北京上学，开始体会到大城市的家庭，对生儿育女的细节的重视，当然还有一个重要的认识影响来自于文艺作品，尤其是很多电视剧，都会采取种种手法对生命降临的喜庆与伟大进行艺术烘托和夸张。一看到文艺作品中关于生育一个孩子之前所做的那些细致的功课，包括各种心理和物质上的近乎于繁琐的准备，以及新的生命降临那一瞬间，作为父母亲的那份欣喜若狂，我就总会想起生育你的过程中那些点点滴滴，多多少少有些愧疚于自己对生命诞生理解的简单和草率。电视剧或文艺作品，不管它是不是就是对现实生活的夸张，但是，从生命之意义来理解，应该肯定：生是有其文明内涵的，而作为生命创造者的父母，是应该第一个认识和理解这种生之文明的。

不知从什么时候开始反思我自己，还有你母亲孕育和生你的整个过程，在这个过程中，我是不是真的以一个受过高等教育的知识分子应该有的文化悟性去对待一个新的生命的诞生。但得出的结论是不能让我自己满意的，首先是自己没有任何足够的心理和物质准备，而且还是在重感冒的状态中开始你母亲对你的孕育的，尤其是在你母亲临产危险之际，自己毫无风险意识，带着你母亲和腹中的你雨夜长途奔波达十二个小时，无论怎样，你的早产或多或少都有这方面的原因。其次是因为准备研究生考试而在你刚刚出生的时候，自己处于考试前复习的极度疲惫状态，终在照料襁褓中的你时，烫伤了幼小的你。当然，这一切愧对于"生"而发生的事，并不是父亲的亲情淡漠，毕竟你是父母亲的骨血，现在回想起来，可能有两大原因导致了在你的"生"这件事情上出现种种不可原谅的过失：第一，应该是处在那个时代和岁月的我，面对不确定的未来、对窘迫的生活还有很多无法解开的疑惑，更多的心思在如何解开疑惑、改变自己；第二，在那个时代，整个社会的物质生活还很匮乏，全国人民都还生活在相对贫困的状态下，而在这样的环境下，人们的社会自我教育和国民意义的公共辅导水平低下，人们真的还不能从一个很高的高度去理解生育文明。作为父亲的我，从懂事开始印在大脑里最深刻的现实是全家生活在社会的最底层，爷爷、奶奶、你大伯，甚至包括十三岁以后的我，都围绕着一日三餐的生存而努力，所以，从小不可能在这方面得到有益的家庭文化的滋养与熏陶。

二、你之养

1986 年的五月，我接到了研究生的面试通知书，虽然中心支行领导对我未经批准擅自报考研究生给予了批评，但最终还是同意我前往学校面试，并最终同意了我再次上大学的申请。就在你 8 个月的时候，我离开了家，一个人去了成都，家里留下真正意义上的襁褓中的你。那时候，虽然因为你的出生，让我一下子从单纯的"人子"，转变到了"人子"与"人父"的双重身份，但是，生命的"焦躁"感，却并没有因为这个双重身份的到来而发生具有本质意义的改变。整个大学毕业后的三年，包含了对自己事业现状的困惑和困惑基础上的思想自我碾压，当然，这些思想的自我碾压之中也包含着对自己亲情责任的不成熟或不完整思考。

之所以说不成熟和不完整，是因为按照传统中国文化的线路，思考更多的是你爷爷、奶奶的晚年，就像鲁迅在他的《朝花夕拾》中评析元代郭居敬辑录《二十四孝图》所展示给中国人的生命和文化伦理标准一样：当一个人作为生物界的一个单体，由弱小而到长成，由盛年而步入衰竭是一个生命的必然过程。当步入衰竭生命期时，生命自身将会面临无助，生命伦理如果是一种人们共同认识到的规则，那么，当生命之无奈和无助到来时，另一个正处于盛年的生命是有责任来帮助解决这种无奈与无助的，这就是中国"孝道"文化的自然根源。而包含在生命过程中的文化伦理，当然也是可以用一句最简单的话来概括的，那就是：人因为是典型的思想动物，所以，比起一般生命与生命之间平行相助而形成的回报，因生育而形成的生命感恩更具有人类的特性，在中国文化里，这甚至成为教养的一个最有力的证据。

所以，在那些矛盾的日子里，冲突最大的并不是你的养育问题，而是反复思考要不要就在铜仁那个地方待下去，承担起稳定一个家庭的责任，把受了一辈子苦难和艰辛的爷爷奶奶从困境中解脱出来，用自己的努力来感恩生命之诞生和生命之养育。也是到了我已经进入五十岁以后，有时间回过头去思考曾经的那一段经历时，才能从一个较完整的角度，体会和理解发生在我生活中的这一段极度失衡的伦理思考。现在想来，尽管这种思考的规则符合中国封建传统文化标准，但以进步的人文思考为前提，这种思想过程算得上是一段扭曲的生命伦理思考。

（一）

也正是在这种完全失衡的思考之下，凭着年轻人或一个人年轻时代不可避免、可以克服而又很少有人能克服的"自私"，我最终选择了离开家庭，为自己不安分的灵魂寻找不可知的安慰。

丢下你们母子，然后也把照顾你的担子扔给你已年迈的爷爷奶奶，更重要的是，我一去读书，刚刚缓解的家庭经济一下子又开始慢慢地重回困境，你母亲一个人的工资要负担整个家是不可能的，虽然我在学校有少量的研究生津贴可以解决常规的生活需要，但是穿衣、往返路费，还是要家里负担的，所以，这时候，你爷爷那点有限的退休工资与你妈妈不高的工资收入合并起来，才能勉强维持这个再次陷入贫穷的家。

去玉屏火车站上车的那天，我工作的单位工商银行铜仁市支行派车送我，奶奶一个人在家带你，爷爷随车也去送我，随身带的一个大木箱和一辆自行车都是你爷爷帮着我搬上车的。一路上，能体会到你爷爷心情并不是那么好，一直沉默不语的爷爷让我第一次感受到了思想和情感上的负罪与沉重。到了玉屏火车站，你爷爷帮着我把托运办理好，我买了一张站台票，你爷爷和我一起进了火车站。我上的这趟车是从广州开往成都的，起点站到终点站用时57个小时，火车从广州开出到达玉屏，不过只是走了全部路程的五分之三，所以，玉屏站上车，常常是不会有座位的（那时的火车，除卧铺外只有起点站才卖座位票），运气好时，能够在贵阳站过了以后找到座位，如果运气不好，遇到学生暑假结束返校高峰时间，要一直站到重庆可能才有座位。好在那一年是我的第一年研究生报到，报到的时间是在9月30号，大多数大学这个时间已经早就开学了，学生返校的高峰期也早就过了。进到车厢后，正如所料没空座位，好在过道上站的人并不多，站台上你爷爷能清晰地看到我站在车厢里，你爷爷也默默地凝视着车厢里的我，一直到火车开动了，才向我挥挥手。

现在想来，年轻时代的我和所有年轻人一样，对于冷漠与自私之下的所谓事业追求完全可能成为人生代价的这种结果视而不见，更不要说主动去认真理解和思考了。记得第一个学期放寒假回到铜仁家里，一天在与你奶奶闲聊时，你奶奶很直接地跟我说，爷爷本质上是不愿意我再次外出读书的。在爷爷看来，我只要好好地在当地坚持工作，提拔有望，是家庭和个人前途可以兼顾的最好选择，而我却不顾家人的感受，放弃了一切再次去读书。

当时的我，并没有认真去想这样做是不是有违常情和常理，多少年以后，才渐渐体会到，作为一个身上有着沉重担子的男人，或者说作为人子，在安排和规划自己的工作和生活时，如果不将父母的要求和感受作为抉择的重要因素来考虑，实际也就等同于罔顾自己身上的责任，至少也是不懂得尊重父母的。可是，回想当年决定离家去读书时，何曾想过你爷爷和奶奶的感受？如果说孝顺之理，"顺"才是最有行为实体的"孝"，那么，当年执意离家去读书，就应该是一种不折不扣的"不孝"表现。

2014年6月12日是你奶奶去世的日子，而你奶奶去世的日子，也是我即将进入一甲子岁月的日子。自你奶奶去世后，我常常会反思自己，毋庸置疑的是自己在一些影响整个家庭的重大选择上，从未真正理解所谓"顺"的含义，尤其是在反复思考你爷爷因得癌症而不能及时就医最终早逝的原因问题上，感受到自己违背"孝顺"之道的深深愧疚。你爷爷1990年病逝后的很长一个时期，我都摆脱不了一个始终萦绕在大脑里的问题：你爷爷的早逝是否与我1986年再次读书有着直接的因果关系？其实，只是因为长期以来我都自认为自己是一个深悉中国传统孝道文化的人，不愿意承认自己会是一个不孝的"人子"。可是，却摆脱不了要对你爷爷早逝的原因进行思考。在你大伯在世的时候，这是我一直讳莫如深的问题，没有勇气和胆量去承认这种因果关系。一直到你大伯于2011年去世，我才终于敢于自我承认，至少两个方面的事实是造成你爷爷早逝的直接原因，而这两个事实又无一不是因为我1986年弃家从学引起的。首先，因为我再次去上学，使得整个家庭再次陷入借债度日的困境。因为家庭经济拮据，你爷爷长期在铜仁银行我们住的家属大院门口的小卖部去赊购因发霉而廉价出售的香烟，而根据医学研究证明，霉变是致癌第一物质。其次，就在我要研究生毕业的那一年的夏末，你爷爷开始出现了流鼻血而用常规医疗手段和药物无法止血的症状。但是，那时的我虽然已在重庆以实习的身份工作，但是，毕业、工作和搬家，诸多俗务积压于一身，无暇认真去对待你爷爷的病情。

一直到我办完所有与毕业有关的事务，并在重庆正式安顿下来，才在 1990 年的春节后，带你爷爷去遵义医学院检查。检查结果很快出来了，病情报告单清清楚楚地写着"鼻咽癌三期"，而且癌细胞已经侵蚀了颅底骨。

因为你爷爷的病被确诊，我和你大伯才开始去购买癌症这种病的知识读本，从书上知道，鼻咽癌实际是癌症中存活期相对较高的一种，根据我向遵义医学院的大夫咨询，只要进行早期放疗和化疗是可以有效控制的，根据遵义医学院的病人档案记载，有存活期长达十七年的病历记录。事实上，你大伯就在发现患上与你爷爷同样的病后，因为治疗及时而整整又生活了二十一年。

(二)

我去上学以后，你母亲的经济压力骤然增大，而你在 7 岁上小学之前身体极其脆弱易病，那时还没有"医保"一说，所以生病成为家庭另一个沉重的经济负担。

上一次去北京，你媳妇说你应该是你母亲怀你足月生产的，可是，按你奶奶对你母亲的孕期计算，你就是只在你母亲腹中逗留了 7 个月，也正是因为这个，你奶奶见人就说：

"养七不养八。"

无论你母亲怀你是否足月，但有一点是千真万确的，那就是你小的时候几乎是天天生病，三日一小病，七日一大病。在你从铜仁随你母亲搬到重庆之前，也就是你 4 岁之前，生病住院成了你的生命成长的一个"重要"组成部分。在铜仁，地区医院的技术条件是当地最好的，可我们家住的地方离得比较远，而各方面条件差一点的县医院就在我们家的对面，由于你经常要住院，考虑到这里近，方便年迈的爷爷奶奶照顾你，所以，多数时间都是在这个医院看病和住院。只要你一住院，一定是爷爷在医院里照顾你，然后是你奶奶在家做好饭，给你和爷爷送到医院去。

每一个假期要到来之前，我是我们研究生班二十个同学中最早一个离开学校的，虽然我在大思维上有着年轻时代的"自私"与"自我"，但是，毕竟在你爷爷私塾文人的传统文化气息的熏陶下，直观的中国传统孝道意识还是很强的，当然这其中也有作为人父，对还是幼儿的你的一份想念。

回到家，最惬意的事就是带着你在楼下走，或推着你的小童车去铜仁仅有的河滨公园玩。除了带着你玩之外，还有另一件重要的事就是填写你的《成长日记》，不过，由于总共也就只有五个假期，所以，那本关于你的《成长日记》，实际上也是记得不完整的。以后到了重庆，整天忙碌于俗务，所以，大约是在你 4 岁以后，那本《成长日记》也就没有再详细地记了，甚至也就荒芜了。以至于后来翻你的《成长日记》时，总有一种残缺简单感，因为在这本《成长日记》中，除了每个学期回去给你照相的照片，量量你的身高后的身高记录外，最多也就记录离开你去学校的那几个月时间，你的身体和生活习惯、语言方面的一些变化。

我研究生毕业后去了重庆工作，就在重庆工作的第二年的四月份，我把你们母子俩从铜仁接到了重庆，铜仁银行还是派了一辆大解放牌汽车，把你母亲连人带家送到了重庆，在重庆初步做了安顿后，我和你母亲前往遵义的绥阳县，把此前暂时寄放在你外公外婆家的你接回重庆。接你回来路过遵义的时候，带你去了遵义医学院，看望正在那里住院的爷爷和在医院里守候你爷爷的奶奶。也就在将你接到重庆不久，我即请假一个月返回遵义去照顾住在医院里但已经日渐消瘦的爷爷。6 月，医院同意你爷爷暂时出院休息一段时间，因为太长时间的放疗会对身体造成伤害，需要间歇一段时间。出院之前与医院方约好，一个月后再回到遵义医学院复查。

　　我将爷爷和奶奶都接到了重庆,就在重庆市南岸区的四小区两居室的房子里安顿下来。这个房子是刚刚分到的,因为很穷,也没有钱置办家居,所有的东西都是从铜仁搬来的,所以,一个家简陋得不行。

　　你在铜仁出生后一直到4岁离开,因为你母亲要工作,爷爷和奶奶始终是守候你、照顾你的人,这种情况一直延续到你爷爷生病住院,家里实在没有人照顾你,这才将你送到遵义绥阳县外公和外婆家里。也就是说,在你4岁之前,爷爷和奶奶才是真正照顾你成长的人。所以,爷爷出院后住在重庆的那一个月,也就成了爷爷一生中陪伴你的最后一个月。我在我们单位的幼儿班里给你报了名,于是每天你跟着我一起坐单位的班车去市中区,下午回家时,我去接你上车,又和我一起坐班车回到家里。我清楚地记得,在家里的爷爷奶奶最高兴的事,就是我们一爬到八楼,你就会在门外大声地喊:

　　"爷爷,奶奶,我回来了。"

　　爷爷虽然因为长期放疗,精力已经很差,也仍然会轻声地问:

　　"小锋锋,今天在学校乖吗?"

　　7月中旬,我送你爷爷回遵义复查,在那里守候了几天,我就回重庆了,你大伯在医院守候你爷爷,同时等候院方的全面复查结果。到了8月上旬,院方告诉你大伯说,爷爷的癌症已转移到了肺部,已经没有希望了,要我们将爷爷接回家里去,于是我匆匆再次赶到遵义,和你大伯一起办理了你爷爷的出院手续。

　　医生告诉我们,爷爷出院后再存活一个月是没有问题,于是我和你大伯商量,决定我还是先回重庆上班,到了8月底,我再请假回铜仁。买好了大伯、爷爷和奶奶的火车票,在要走的头一天晚上,你奶奶睡在一张陪护的病床上,我和你大伯出于节约的考虑,决定在病房里的椅子上迷糊一夜,我坐在椅子上,头趴在你爷爷的病床边上迷迷糊糊糊地瞌睡，到了半夜的时候，整夜咳嗽而无法入睡的爷爷坚持要我挤在他的脚边睡，我也的确困得不行，于是上床挤在你爷爷的脚这一头。那一夜感受最深的是，让我回忆起了1978年冬天我和你爷爷一起回沿河老家的一段经历。

1978年的冬天，落实政策后，我和你奶奶、满满的户口可以迁回城里，于是我和你爷爷一起回到贵州沿河老家去办户口。那时候从铜仁到沿河总共不过就三百公里的路程，但坐长途汽车需要两天时间，到了沿河县城，还得走六十华里路到乡下。为了节约，一路上我们父子俩住十几张床一间屋的招待所，而且都只买一张床，我就睡你爷爷的脚边。虽然是大冬天的日子，但睡在你爷爷脚边别说有多舒服了，因为无论多冷的天气，多么冰凉的被窝，只要你爷爷先睡，被窝就会变得暖和，所以，一路上睡你爷爷脚边，从来都是一件很温暖的事。记得为这个我问过你奶奶，奶奶就会很自然地说：

"你爸爸是属虎的，身上当然暖和了。"

但是，在遵义医学院睡在你爷爷脚边的那一晚，已经不是那种感觉了，爷爷的脚边已经没有过去的暖和了。由于整夜咳嗽不止，他要不时坐起来，那时的爷爷整个身体已经很虚弱，即使是8月的天气，睡在脚边也感觉不到有多少暖和之气，那种变化让我一晚上都很难过：爷爷的生命已经走到了尽头，这种体会如此真实和没有距离……

爷爷回去十天多一点，也就是8月24日晚上，单位派人把你大伯拍来的电报送到我家里，电报只有几个字，但对于我来说就是已知的噩耗。在痛哭和流泪中熬过了一夜，第二天一早，带着你上了去铜仁的火车。到玉屏火车站时，工作过的银行已经派车在站外等候，很快到了爷爷所在的工厂，灵棚就搭在工厂的厂区内，本来早就应该钉棺了，就是因为要等我们父子到了后看一眼爷爷才一直没有钉棺。

打开棺盖，爷爷安详地躺在棺椁里，我把你抱起来看躺在棺椁里的爷爷，奶奶站在旁边一个劲地对你说：

"小锋锋，叫公。"

"公……"你看着躺在棺椁里的爷爷，连叫了两声，一点也不害怕。

也许是因为那时的你年纪还太小，爷爷的去世对于你意味着什么或不意味着什么，你并不知道，你只是听奶奶的召唤而作出那样的举动。可是作为我就不一样了，见到躺在棺椁里的父亲，一下子，所有与你爷爷离世有直接关联的问题，与他一生不公正遭遇的社会问题，以及父子从此阴阳两隔的凄惨现实，全都会随着钉棺而永远留在我的亲情世界观里。

（三）

爷爷的一生是命运多舛的一生，作为旧知识分子其遭遇与所有经历二十世纪上半叶社会变迁的知识分子一样，他甚至以一个出生于最为闭塞、贫瘠农村的文化人所固有的质朴，比起 1957 年那些被打成"右派"的知识分子，他更早就被一个以"运动"方式来维持权力存在的社会所欺骗、所打倒。从因为有文化知识而被政权重用，到因为知识文化而被政权以"政治运动"方式、而不是以正规法律审判方式送进监狱。爷爷可能没有时间，也因为压迫而不被允许去想这一切是为什么。虽然表面说只是两年的监禁，但实际上一直到 1978 年整整 20 年时间，其权利与自由被完全或基本剥夺，生活与牢狱并没有本质区别：没有基本自由，不能按照自己所想来表达，每天以半监禁方式接受所谓的政治教育，一些"文盲级"的官员要把他们这样一些人，每天集中在一起，强制性对他们进行洗脑式的所谓"教育"。

在那些年，我、你大伯和你满满都处在嗷嗷待哺的岁月，奶奶没有工作，靠爷爷一个人的微薄工资来养活一家五口人。那时，政府给所有没有工作的人每个月发 25 斤口粮的粮票，即所谓居民口粮供应。对于一个有着三个正在成长期孩子的家庭来说，这点粮食是不能维持下去的，更何况从 1969 年后，奶奶、我还有你满满还因为"黑人"身份失去获得这 25 斤口粮的权利。于是爷爷奶奶只能靠购买黑市粮食，或长期借粮来维持我们的成长需要，奶奶则通过帮人家带孩子或帮别人缝制衣服来补充家庭开支。1969 年的冬天，除你大伯已经当知青下乡到铜仁附近农村外，工厂的革命委员会将你奶奶、我和小叔也遣送至农村老家。

我们被遣送回农村不久，你爷爷因为曾经在国立师范读书时接受过国民党的入党宣传培训，而被当作"反革命"接受特殊审查，工资被降至 15 元一个月，这个审查一直延续到了 1972 年春天。1972 年秋天，家乡一带大旱，爷爷出于无奈，只好将奶奶和你满满接到工厂，把从生产队分到的不多的粮食，留给仍然在人民公社农业中学上初中的我，一直到我 1975 年初中毕业并再次因为家庭出身而辍学，回到爷爷身边。也就是说，从 1972 年到 1978 年所谓落实政策，整整六年时间，靠你大伯打工和你奶奶帮人做零活，挣得微薄收入到"黑市"上去买黑市高价粮食来维持生存，一家三口成了当时倍受歧视的"黑人"（没有户口的人）。

就这样，在爷爷和奶奶付出极度艰辛之下，总算维持到了 1978 年，但是，对于那些没有文化的父亲来说，这种艰辛可能不会产生什么精神上的不适，但对于作为有能力思考的知识分子的爷爷来说，他所经历的一切，包括抓捕、牢狱，对他因此而一生被毁的种种因果，绝不会仅仅是一划而过的东西。是谁将正直和知识贬至人间底层？是谁把人的生命和人的自由当作权力戮虐对象？那些光鲜的口号，是不是真的就代表着人类文明和人类进步？这样的问题不会不在爷爷的思想中辗转。也正是因为这些，爷爷一生作为人父，承受了与天下身处艰难的父亲一样的穷困和艰辛，但是，爷爷作为旧式文化人，既不可避免要思考，但又因为数十年的精神奴役而无法将困惑思考至清晰。这就是爷爷比天下为人父者更多一层的痛苦。

也可能正是因为这个原因，我在爷爷的棺椁前恸哭无法自抑。

你在重庆一共生活了八年，但在重庆的生活对于你来说，仍然是不顺利的，在重庆的幼儿园期间，也就是你七岁上小学之前，你的身体仍然不好，总是一不小心就生病，而且一生病就是发烧，扁桃体发炎，直至化脓。经常会是幼儿园的阿姨打电话到我办公室，说你发烧了，让我赶紧送你去医院。有时候我工作实在太忙，去不了，就只好拜托幼儿园的阿姨帮忙送你去医院。

1993 年，到了你要上小学了，那时候，在重庆市中区（现叫"渝中区"）要上一个好的小学可不是一件容易的事，但那时候我在人民银行重庆分行金融行政管理处，属于金融领域权力最为集中的处室，相当于今天的银监会、保监会、证监会的权力综合体，所以，找了当时市中区的财政局长，局长亲自开着车，带着我去找了当时市中区中华路小学的校长，而中华路小学是当时我们所住区域乃至整个市中区最好的小学。财政局长以今后在对学校拨款时给予中华路小学以特殊考虑为说辞，最终得到了校长的认可，然后你就进了这所学校。

当时的家在民主路一个叫蔡家石堡的地方，与你读书的学校有一定的距离，我和你妈妈每天上班早、下班晚，没有时间接送你，于是我们把奶奶从铜仁接来重庆，由奶奶每天送你去学校，下午又将你从学校接回来。当时，奶奶已经快要 80 岁了，加上奶奶本来腿就不好，所以，每天接送你的时候，奶奶都要拄拐杖。每天下午接学生的高峰时间，会有许许多多的家长等候在你们学校的门口，可能是因为整个接学生的人群中，数你奶奶年纪最大，有一次听你妈妈讲，你曾经对你妈妈说：

"妈妈，有同学问我，说我们家怎么有那么老的奶奶。"

奶奶四十岁才生我，而我又三十岁后才有你，你和奶奶之间相差达七十岁，所以，你的那些小同学有这样的疑问也是情理之中的。

(四)

1994 年，我考上博士研究生，再次离开你们母子俩去了北京，这一次的离开，比起 1986 年的离开，应该没有那么凄凉了，因为与六年前比，这时候的经济条件毕竟要好了很多。虽然，我离开重庆在经济上不用像 1986 年那样深感重负，但是在我的内心里，仍然存在着两个多少有些让我矛盾和忐忑的问题。

首先是究竟要不要在已经快要四十岁的时候再次去读书，甚至要远离南方去北京，一个对我来说很陌生的地方，并且在中国社会里，完全可能的情况是：读书是时间和机会成本的净损失。作为男人，在重庆这个地方的 4 年多时间，毕竟是我一生中最辉煌的一段时间，但是只要离开，也就意味着一切都会归零，要从头来努力。但想到你的未来成长，最终我还是毅然决定去北京考试，关于重庆、北京这两个城市，哪一个更有利于你今后的上学和发展，我当然选择了后者。依据那时国家的户口政策，对于没有任何特殊背景的人或家庭来说，要想举家迁往北京，最好的途径就是上博士研究生，因为只要我获得博士学位，并在北京留下来工作，按照国家人事部人才流动司的政策，你们母子二人就可以随我迁往北京。

其次是在这一时期发现了你一个严重影响学习的爱好，那就是在街上的游戏机房打游戏。我和你妈妈开始对你的成长产生了些许忧心，重要的问题不在于你打不打游戏这件事情的本身，而是我们每次去游戏房里找到你的时候，能够从你站在游戏机前的精神状态体会到对游戏的痴迷和忘我。我记得有一个周末，你对我说你上街去玩一下，我和你妈妈因正忙事，随口便答应了你，可是一直到晚饭的时间你都没有回来，然后我出去找你，结果在民主路与蔡家石堡路的交叉口的游戏机房里找到你，你几乎完全沉浸在了游戏里，我连喊了你几声，你都没有听见，几乎能看到你的小脸蛋完全被一种兴奋的红色所覆盖，我强行将你从游戏机上拉了下来，你哭丧着脸，很不高兴，我赶紧把你身上穿的那件你奶奶给你打的红色小毛衣脱了下来，因为里面贴身穿的小内衣已经完全湿透了。那天把你带回去，我打了你，你也在我的体罚之下承认了错误，并保证不再到游戏机房里去打游戏。那时候，还没有关于未成年人不能去经营性游戏机房里打游戏的法律规定。我唯一的办法是不给你钱，知道你去打游戏的钱是奶奶给你的，我赶紧告诉奶奶，今后不能给你钱，当然我也知道，以你奶奶对你的疼爱，我说这话也未必就真的能够实现。

　　1994 年初，我完成博士研究生报考之后，从人民银行辞职，一个人去了海南，在海南复习了三个月，然后于五月去北京参加了人民银行总行金融研究所研究生部的博士研究生笔试，三天考试结束后再回到海南。到了八月，终于接到了研究生部的录取通知，于是从海南回到重庆，做负笈北上的准备。问了一下你妈妈，我离开家这半年时间，你是不是还在偷着去打游戏，你妈妈说因为住到了解放碑附近的"凌汤元大楼"，周围较近的地方没有游戏机房，所以，没有住在蔡家石堡的时候那么方便了，但是，偶尔还是发现你会去稍微远一点的游戏机房玩。为这事，在离开家去北京之前，我将你叫到面前，不管小小年纪的你是否能听懂，还是好好地跟你说了一通道理，而且也要你当场表了态，口头保证今后不会玩游戏，要认真学习。

　　1997 年 6 月我完成了博士研究生学业，为了能够尽快将你母子俩接到北京，我放弃了去人民银行总行工作，而是在你唐伯伯的劝导下，去了当时的中国投资银行，但这家银行不仅规模极小，而且还因当时的领导人非金融专业局限，正在经历机构和发展收缩期。1997 年的冬天，由你刘叔叔帮忙，匆匆把刚分到的位于三虎桥的房子装修了一下，在我拿到人事部人才流动司准予迁入北京的批复后，立即回到重庆将你们母子俩接到了北京。

（五）

你在北京的小学生活，仍然是让我和你妈妈担忧的。一开始来北京时你正好是小学五年级，据你的班主任杨老师说，你的成绩在班上是前几名的。作为父亲听了老师这样说，自然内心还是很为你骄傲的。但是，也有让父母担忧的一些事情在这一期间发生。就在我们投资银行的大院里，邻居家有一个孩子叫王诚，经常来找你玩。可是这个孩子也爱玩游戏，他经常会把那种最简单的单体游戏机悄悄拿出来和你一起玩，甚至就把游戏机藏在门口的设备间里，终于有一次我找了王诚的妈妈，她是我同单位的同事，我告诉了她关于你和王诚的一些可能影响学习的不良习惯，希望我们两家共同来解决你们两个玩游戏的问题。

自从和王诚的妈妈交流后，王诚很少再来找你玩了，但是，你对游戏痴迷的问题仍然没有解决。有一次开家长会，杨老师告诉我，经常看到你拿着一台笔记本到学校来和同学们玩游戏。那时候，笔记本电脑并不像今天这样是每一个家庭里都有的工具，我知道一定是你把我的笔记本悄悄地拿出去了。回家后，我将你叫到面前，打了你，因为在我这个父亲看来，事情的严重性还不仅仅是因为你玩游戏的问题，而是有一种不诚实的个性的暴露，而这是一个孩子成长中必须要解决的品德问题。

更重要、当然也是更让我担心的事是，一次在整理你的书桌时，我发现你的书桌里有很多光碟，我把这些光碟放在电脑里检查了一下，发现很多是游戏，而且有些还多少带有不健康的色情成分。于是我又一次把你叫来，问了一下这些碟子从哪里来的，你一开始百般抵赖，而后经不住我的严厉逼问，终于坦白说是在三虎桥菜市场的一个卖小玩意的地摊商那里买的，于是我带你去指认，结果那个卖不健康碟子的商贩还很横，不仅不承认，而且很横蛮地说："卖给你儿子又怎样了"，下面的话，我也就没有再说了，对于那样的人，我知道即使说去派出所举报也是没有用的。于是把你带回家再次打了你，甚至发狠说：

"如果再发现你不听话，还要买这些碟子，还要玩游戏，宁可砍掉你的手，爸爸愿意去坐牢，也不能让你因此而堕落，因此而给父母带来无穷遗恨和遗患。"

你跪下来，哭着承认了错误，并答应今后绝不再做那样的事，从那次以后，你的确有了很大的进步。但我知道，这种进步并不基于认识到问题的严重性，而更多的是慑于父亲的体罚而约束住了自己的行为，毕竟那个时候，你还不到 13 岁。

打了你以后，作为父亲的我，内心并不平静，毕竟你还小，毕竟你是父母的骨血，毕竟体罚这种古老的传统教育方式是不被现代教育方式所认同的。记得那时正值年初，跟你们母子一起来北京的奶奶要到重庆你二表姑家住一段时间，就在我送你奶奶去重庆的那天上午，你上学去了，我在你的书桌面前给你写了一封信，并放在你的书桌上。今天重新读这封信时，虽然并没有在信中看到作为父亲的我直接向你表达内心的"罚亲"之痛，仍然按照你爷爷临终前告诉我和你妈妈的"课子"责任，向你讲述学习、做事和待亲的道理，但是，那样一些仍然带有严厉成分的话语，多多少少是隐含着父亲的后悔和自责的。

在你去南京上大学之前的生活，大约还有三件事应该是影响你一生的，当然也是我一直无法释然的……

第一件事是关于你的中考选择。初中升高中时，你在海淀区立新中学成绩是数一数二的。按照北京的规定，高中是全市统考，然后以分数在全市高等中学范围内，依据学校的教学质量排名从上至下地录取，但是，有一个不成文的规定，即如果学生所在的中学在征得父母亲同意并签署留校协议后，就可以无论你考试分数高还是低，均保证和必须留在本校的实验班。所以，就在你要开始中考的时候，学校的教导主任给我打来电话，要求和学校签署留校升入本校高中实验班的协议。那时，我的工作太忙，你们学校教导处主任打电话的时候我正在外地出差，匆忙之中也没有认真想要不要让你去挑战一下全市范围的升学竞争，于是也就答应了立新学校的教导主任，并答应出差回来后补签这个协议。

一个月后，你的中考成绩出来了，依稀记得考了 553 分，而当年全市最好的中学，人大附中和四中的录取成绩也就是 500 分左右。看到这个结果后，作为父亲的我，多少有些后悔没有让你去挑战全市竞争，当然，这还只是一种很粗浅的"父以子荣"的虚荣心泛起的一丝后悔，更让我后悔的是，到了你高中快要毕业参加全市摸底考试时，发现你在全市的摸底考试的排位，始终达不到可能被北大和清华录取的范围，这时我才开始真正领悟到关于中考的决定是一个重大的失误。总结一下体会最深的是，即使你在立新学校这种普通高中成绩名列前茅，但是由于在名校与普通高中之间教学方法有着不可否认的差距，在各种知识的灵活掌握以及融会贯通方面，普通高中具有无法克服的局限，这也是后来你的高考成绩无法企及北大、清华的根本性原因。

第二件事是你在快要临近高考、也是在人生最为关键的节点上，你开启了你人生的第一次情感。按说，在你已经 18 岁的生命阶段，个人情感上的事发生，本质上是很正常的，关键是这份情感到来得不是时候，无论是我和你妈妈还是校方，都觉得这种时候有了爱情，必然会成为影响你高考的负面因素，事实上，学校的教导处主任和你的班主任赵老师，我们都见过面，大家都有一个共同的体会，那就是：不是这份情感不该有，而是觉得出现或发生在了不恰当的时候。

从"一摸"、"二摸"考试的情况看，的确出现了极其不稳定的成绩，我开始多少有些担忧，于是又将你叫到面前，开始用苦口婆心的方式和讲"大世界观"的内容，要求你能渡过这个艰难的时期。从未来你们这一代人竞争的残酷性，到应该如何看待自己的情感，从责任讲到了亲情，从个人意志和毅力的培养，讲到如何选择，作为父亲，我总是相信"课子"除了是为人父的职责外，也是唯一能够通过反复和不厌其烦的说理，将最值得重视和最具有现实意义的道理灌输进你的大脑的最有效方式，就如我为"人子"的那些年，无论生活多么艰辛，爷爷总是要隔一段时间把你大伯、我和你小叔叫来坐在他的面前，讲人生的某些道理，如何做正直的人，如何重视亲情，如何努力帮扶困难的家庭，如何体会父母的艰辛等，也不管我们是否愿意，是否听得进去，更不会管他的这三个出生年份相差平均七岁的儿子是不是每一个人都能听得懂。

虽然你当着我的面，认同了我的基本看法：高考期间为避免分散精力，所有影响高考的事都应该放下。但是高考成绩下来后，事实证明你这场情感或多或少地给你造成不可否认的负面影响。没有办法在北京上北大和清华，而只能上如航空航天大学等在北京排在第二档次的学校。反复与你唐旭伯伯商量，最终还是认为应该去上综合性大学，而以你的分数，如果要读全国排名在前十的综合性大学，就必须要出京。

第三件事是大学专业选择。当时你报了南京大学，为什么要去南京，父母亲当时是不知道理由的，当然是在后来，我们才知道你坚持要去南京大学实际是有着你情感上的原因。我当时只是简单地想，排名在前六名的全国综合性大学除清华北大外，有四所都是在江浙沪一带，如浙江大学、复旦大学、南京大学、上海交通大学，所以，去南京还是去上海，抑或去杭州都差不多，但是重要的问题是，当时在选择学文科还是理工科上，我没有能够作出正确的判断，因为当时总担心以你的考试成绩虽然能够进南京大学，但是却对你是不是能够进入南京大学文科中的工商管理类专业院系没有把握。为这个还找了你唐旭伯伯，他说，如果真要进当时比较热的经济学专业，他可以给南京大学商学院或管理学院的工商管理系的负责人打电话。但想去想来，南京大学毕竟是以理科见长，所以，选择理工专业院系应该是理所当然的。但是从今天看，这是一个极其不务实的判断和决定。

后来同意你去了软件工程学院，殊不知这样一个不务实的判断、决定，可能成为改变你人生职业取向的决定。而且在我看来，这种改变所产生的影响，不仅仅限于职业取向，而且可能通过决定你的知识结构和兴趣取向影响你的一生，尤其是后来有一次和你及儿媳在一起吃饭，说到未来生活的一些基本打算和取向时，你们两个几乎同时都说了一个中国传统生存的概念：只要潜心自己的专业（技能），确保自己有一技在身，便其余不多求了。这让我看到了你今后一辈子的智慧结构：你的一生知识取向中，技术成分将成为主色调，而理性与文化思考则会逐渐变化至零。可是，人的完善，需要具有进行哲学、文学、历史乃至政治学内涵思考的能力。

我曾经很正式地告诉你，作为一代大学生知识分子，除了生存技能外，还有一个重要的智力组成，那就是要有能力去知道或判断自己身处之位置和身处之社会究竟是怎么回事，要有能力去判断真正的正义、真正的亲情、真正的爱和真正值得去为之努力的目标。

有一次我们一家四口出门，在车上，我听你说不爱历史学，并且说一看历史就头痛。听了你的话，你可能不知道作为父亲的我，内心有多么的难以言表，而且你的话音一落，我便马上想起 16 世纪英国著名思想家的那段著名的话来：

"读史使人明智；读诗使人灵秀；数学使人周密；科学使人深刻；伦理使人庄重；逻辑使人善辩。"

六门对自己修养有益的知识中，社会科学类知识占了五门，可你偏偏不爱的就是对自己人生修养最为有益的社会科学。

想想后来你在生活中表现出的以下特点或多或少跟你的专业选择是有关的，比如：亲情理解上的淡漠，问题理解的轻微偏执，对一些习惯与偏好自我克制重要性的认识缺位，等等，或多或少都与你对社会科学知识的排斥有关。在你大学快要毕业的时候，我曾经建议你应该考虑到国外去读书，甚至慢慢地移民国外，要有这样的打算，可是当我说完了之后才发现，这样选择的深远含义不是你的知识面可以理解的。所以，从那一次以后，我就没有再说了，想想，这其中的深刻道理，其实是一个如何理解生命的问题。

三、你之育

从你妈妈退休后，不知为什么，我开始细细地琢磨起过去来，尤其是开始琢磨作为我生命之延续的儿子你来。自己内心觉得很奇怪的是，多少年以来，都只在有事来临时，才由此及里地想一些发生在我们家庭里与你的成长有关的事情，以及这些事情背后究竟反映着一种什么样的伦理、思想和认识理解。不知从什么时候开始，我断断续续地思考我们父子之间的这场生命构成，可能是因为你妈妈退休后整天与我生活在一起后，我的内心可能也在潜移默化中发生了我自己都没有觉察到的变化，如果你有一天思想成熟到了某种水平，你一定会知道这是人的心理和情感趋于老态的表现之一，具体反映就是开始用较多的时间去回顾和思考过去，甚至用一种固执的态度去计较曾经的过去。

（一）

对于"生"，我的理解就是你作为我的儿子来到这个世界的前前后后，因为你的到来，使我这样一个曾经单一充当"人子"角色的人，转变到了既为"人子"也为"人父"这样一种双重身份的男人。那么，你的出生究竟给我带了什么样的生命体会、亲情体会和人生体会呢？回想起来，一个不争的事实表明，至少包含了以下两个方面的生命含义：一种亲情的喜悦，一种对生育文明的忽略。

而对于"养"，只能理解为一个新的生命成长的艰难过程，这个过程中包括了我作为你不成熟时期的直接决策人，对于你后天成人所埋下的一些说不上好还是坏的影响因子。作为人父，在努力维系自身和家庭的时候，是没有时间去细想这些问题的，仅仅是到了我已经开始步入暮年的时候，这些才成为情感世界不可予夺的思考内容。大学毕业后，你虽然在家与父母亲又共同生活了六年，但是，在我看来，所谓"养"的父子关系应该终止于你大学毕业，从那以后，无论你做什么，都应该是出自于一个已经具备思考能力的男人以深思熟虑为基础的。当你大学毕业第一次拿到工资时，在我看来，你应该首先想到请父母亲吃一顿饭，以表达你对父母养育之恩的谢意，但是你没有，而是花了4000元买了一套收费的游戏，虽然这个游戏价格同时包括一部苹果手机，但作为父亲的我情不自禁地认为，你大学毕业后的这个决定或多或少包含两重意思：一是你并没有自我意识或通过史学和文学阅读培养起自己作为人子的感恩意识；二是你向你的父母间接地表示，你继续保持你从小就热爱和痴迷的游戏，但这一次因为你成年，父母不再有能力左右你的决定。也正因为如此，我没有再像过去你上中学的时候那样，对你的这种选择表示反对，而是和你一起开车去中关村的一个商店，取回那个价值4000元的游戏软件所包括的苹果手机。尽管我的内心仍然不喜欢你执着和痴迷于游戏，我自己知道这就是我作为"人父"的内心失落和疼痛，但是，既然你已经大学毕业了，我必须承认你对自己生活行为有选择的权利。

其实，这涉及一个如何基于我们这个现实社会环境去决定家庭教育取舍的问题。而之所以要说取舍，而不能单一说"取"，是因为在社会竞争复杂性不断提高和社会道德标准也同时趋于复杂的环境下，已经没有单一"取"的问题，而是取重舍轻或取轻舍重的问题。

为这样的问题，我曾经和你唐伯伯讨论过，唐伯伯家生的是个女儿，所以，从小个性很乖巧，也比较听话，说到如何教育子女，我们共同的结论是，作为女儿，能不能在知识上和事业上有多大的造诣并不是第一位的，但是，能够培养起优雅的个性，包括宽厚、温柔、善良、勤劳。总之，就是要能够在个性修养中突出：不为生活以外的任何功利而矫揉造作，培养起个性谦让，亲情为上，持家礼待，文质而优雅。而作为儿子，唐旭伯伯说出来的内容就多了，最重要的一点是因为责任大于女儿，需要有比一般人更突出的毅力和韧劲，要有终身学习的劲头，在唐旭伯伯看来，要使自己强大，方法只有一个，那就是知识，也就是不间断地学习。当然，我从你们这一代人身上和社会现实看到的情况并不完全是这样，你唐伯伯所陈述的期望并不是颠扑不破的真理，尤其是在我们这个社会大量存在的创造与财富之间、知识与纯洁事业目标之间失去必然联系的畸形现实。

在这一点上，我和唐伯伯的看法有不尽相同的地方，在我看来，除了上述唐伯伯说的那些对于一个将要成长为成熟男人的儿子来说很重要外，还有一个更重要的、也是与正在进行着变革之社会环境有着必然关联的成长因子，那就是需要有比较坚定和明确的"是非感"。在我的理解中，这个"是非感"所包含的内容是：正直不欺、不妄不诳、知情知义。之所以这样来判断我对你的未来个性塑造的"取"与"舍"，根本原因是社会风气日下，对于性格正在形成的一代，如果不能在其人格成熟的临界点上，建立起稳固而坚定的"是非感"，作为父母可能最后得到的不是在儿子成功后的喜悦，而是因为成长塑造不当，最终坠入品行无端和法律制裁的泥潭，作为父母最终得到的将是完全负面的、也是一辈子的风险。

我对你唐旭伯伯说："我养育的是儿子，无法跟你比啊，我只能做一个'风险规避者'，所谓'不求无功'，却要坚持'但求无过'。"

也正是因为这样，即使我知道完全可能因为我的方法问题，在你懂事后会造成你对我这个父亲的情感逆反，但我还是始终坚持我所对你的要求，有些甚至是完全不能被那个时候的你、现在的你和未来的你所理解的。或许只有到你有一天身负养育子女责任的时候，你可能才会愿意来理解。在中国社会，成长过程中的行为道德化教育，基本主要来自家庭，而西方社会则更多来自社会和社会稳定结构的自然过程，在我们这个国家，之所以社会化的道德行为教育被弱化，是因为在人们还很小的时候，根本不具备起码知识准备的少年一代的大脑里被灌输进了大量政治取向类的东西，而这些与受教育者的未来生活塑造又是低度或不相关的。

社会教育体系虽然也在进行着某种程度的道德规范教育，但是，行为教育毕竟是与生活现实、与被教育者还不成熟的眼界所观察到的环境紧密联系在一起的，没有稳定的人际行为构成，也就意味着不成熟的少年能从现实生活中领悟的东西会少之又少，甚至可能会是扭曲的。在一个以家庭结构为最稳定结构的社会，滋养个性成长的养分更多只能出自于家庭，而不是出自于公众化的教育。也就是说，在中国，因传统传承所决定的家庭稳定结构，成为替代社会不稳定结构政治教育最可依赖的基础，这个现实使得在我们这样一个社会，任何一个成长中的心智，都不可避免地从一开始就要直面眼界可视范围内的各种冲突。

在教育方式上，正轨化的大道教育，你们这一代人的启蒙教育是不具备"主动理解"的可能的，即使是我们这一代，也由于封建社会传承下来的习惯而不会去主动理解，而更多是在对父权的畏惧之下，被迫接受来自于成年家长的种种"说教"和"规定"，一直要到自己长大有了理解能力，理性能力达到可以从父母辈、从生命养育包含无条件爱儿女的必然情感模式上去体会父母当初种种"说教"与带有强制性的"规定"。"良苦用心"的本质可以被儿女的能力所体会到，于是才对父母亲尤其是对父亲的教育方式作必要的理解。就拿你爷爷的教育来说，大致就是这样的，小的时候，我很少被你爷爷打，当然，按照你奶奶的说法是我嘴甜，每次都在你爷爷对我做错事而要生怒的时候，因为我会说话而化解，免去一顿打，而你大伯恰好相反，总是坚决不会承认自己的错误，总是父子情感上逆反你爷爷，所以挨打比较多。在我已记得比较清楚的岁月里，或真正记得起的只有一次被你爷爷打了屁股，那是因为我去你爷爷办公室玩，偷偷将你爷爷装订活页账本文件的穿绳拿出去玩的时候，漏进了地板缝隙取不出来了，你爷爷急了，打了我。记得从此以后，尽管爷爷持家艰难，但也没有再打过我。以后记忆最深刻的是，爷爷总要把我们三弟兄定期叫到他的面前，说一些生活现实与道理交织的话，后来我才理解到这是爷爷在尽为人父的"课子"之责，可是，当时是不能理解的，甚至在心里暗暗地想：就我们家这样，别人家为什么不这样。真正开始认真理解你爷爷对我的养育深情和用心之苦，是在你爷爷去世之后。当然，一直到今天，有些事也未必真的想明白了，也未必完全理解爷爷内心的那份育子之苦和育子之情。也正是因为这个原因，对于据说是出自孟子之语的"子欲养，而亲不待"常常很敏感，毕竟，你爷爷以67岁的年龄早早离开人世，有很大的原因是我对亲情的冷漠和对功利的看重所致，当我真正理解自己作为人子的责任与情感的时候，一切都已经晚了，正所谓"子欲养，而亲不待"……

在你这里，就"育"字而言，作为父亲的我是说不上成功的，唯一可以欣慰的是，你后来的处事原则表明你应该已经具备比较稳定和鲜明的"是非感"。换句话说，也就是从行为道德角度来看，不正直的、非法的、不正当的或有违做人基本准则的事情，你已经有能力让自己不为之所动。有了这一点，作为父亲便有把握让自己解脱于育儿风险。因为在现实生活中，因为儿女没有稳固的"是非感"，导致下沉于违法、堕落的泥潭，让父母亲一生在担惊受怕中受尽折磨，而我和你母亲却可以一生规避这一风险，这或许就是我的"取"。

但是，从后来你我父子之间的情感水平看，我实际还是为这种"育儿观"付出了代价。因为，从我的过分严厉，在几次重大事情上，利用了父权而使用了比较暴力的压制手段，加上在后来的日子里出于某种父亲必然有的当然也是"自私"的父爱心理，比如，因为情感波折而显得颓废不振，生活没有自我培养和树立健康习惯的意识，不爱读书，没有重新选择的闯劲，亲情感冷漠等。当然，对于我这个父亲来说，整个养育过程，依据严厉而在品行和大义上的"取"，让我承受起你对父亲的逆反恶果，这或许就是我的"舍"，而且是别无选择的"舍"。

但对于这一切，我是有思想准备的，这就是我还在你很小的时候与唐伯伯讨论育儿问题时确立所谓"取舍"思想的根本原因，取舍，也就意味着，不奢求一切都能够令人满意，"取"，是基于社会现实追求无风险前提下完成养育之责，"舍"，是因为规避风险而可能或必然要受损的血缘亲情。

（二）

看过公元前 5 世纪古希腊著名戏剧家索福克勒斯由著名希腊神话《俄底浦斯》改编的著名悲剧《俄底浦斯王》都知道，这个悲剧在非正式讲述古希腊神话故事的同时，也在无言中揭示了人类存在的某种必然情结，也叫"俄底浦斯情结"，当然，很多人将这一"情结"单一归纳在所谓"恋母情结"上，但也有一些戏剧分析家认为，索福克勒斯在《俄底浦斯王》中还揭示了另外两个人类情结。

第一个是文学和哲学理论界讨论得较多、同时争论较多的知名"情结"，即"知性必然导致悲剧"。这是因为神过早告诉了事件的主人翁事情未来的真相，而这个真相又恰好是这个过早告知的"知性"所导致的，如果故事的主人不在事前知道未来真相，未来真相就不会发生，在这个具体的悲剧情节中；如果俄狄浦斯的父亲不因为神关于"弑父娶母"预言而将还在婴儿时期的俄底浦斯送走他乡，那么，俄底浦斯就不会因为这种"知性"而外出避祸，如果俄底浦斯一直生活在父母亲身边，便不会因为长成归来时，因为不认识父亲和母亲而发生"弑父娶母"的人间悲剧。

第二个知名的"情结"是："儿子是父亲为自己塑造的天敌。"这一情结是由俄狄浦斯王杀了父亲这一个故事引申出来的。揭示的规律有两个，一是父亲生下自己的儿子后，按照"同性相斥"的自然原理，二者本身存在着相处矛盾的必然。二是自己的妻子在没有生下儿子之前，整个身心归属于"爱自己的丈夫"，一旦生下儿子，自己妻子的爱或情感就会转移到儿子身上。当然，这只是在揭示人类可能存在的情感纠结，但并不说明在人类现实生活中，这种情结一定会有如古希腊悲剧那样的结果，毕竟人是理性和高智商动物，并不会与其他动物一样，完全由生理或生命的自然过程来演绎生命与生命之间的关系。

在你的身上所发生的一切，或者说在我们父子之间发生的一切，虽然不一定就是上述第二个情结的反映，但是，从父子情感构成来看，到了某一个阶段儿子不分情由地逆反父亲的情况的确在你身上有所表现。从你上大学以后表现出的对亲情和父母的冷漠来看，有理由相信那样一种悲剧式的"俄底浦斯情结"，在父子关系上还是或多或少地反映出来。我相信，一方面是你情感不能自抑的一种人生"翩然感"所致，而另一个重要的方面，可能就是在你成长过程中，作为父亲的我，出于责任但又没有摆脱从上一辈人或传统文化中继承下来、不再适合于这个时代的"父为子纲"的教育方式所造成的逆反后果，这个后果在你还没有亲历"人父"责任承担的时候，其必然性只有一个，那就是忽略亲情内涵的重要性，偏见于"方式"的不正确性。

在你读大学期间，除了第一次和你母亲送你去上学外，依稀记得我又去过你学校一次，大约是在你大学二年级的时候，我去南京农业大学参加全国农业大学类《货币银行学》教材编写会议，其间我抽了一个下午的时间去浦口校区看你，当我坐了很远的公交车到达你们学校门口的时候，我在你们学校门口的桥边给你打电话，你说你在实验室。

然后，我就在那个桥上足足等了你半个小时，半个小时后，你才慢慢悠悠地骑着自行车到了学校门口，见面的第一句话是："你来做什么？"

话很平淡也很冷漠。作为父亲，其实内心是很不好受的，我虽然也说了多少有些埋怨的话，但是，那不过也只是内心亲情与血缘反应最不重要或最不激烈的部分。我并不知道你是不是因为个人情感伤痛而使自己情绪陷入低谷才会有那样的冷漠，但是我相信这可能就是我在你成长时期的教育方式给父子情感抹上了阴影的结果。也就是在那一刻，我想起了我在对待你爷爷的问题上曾经足可以让我后悔一生的一件事。

1990年入夏时节，爷爷在经历了近三个月的放疗后，遵义医学院医生建议爷爷出院休养一段时间，毕竟放疗对身体的损害是很大的，于是我将你爷爷和奶奶接到了重庆家中，那时候我正在人民银行重庆市分行做行长秘书，整天的文字工作忙得不可开交，并且重要的一点是，那时候的所有文字工作不像今天这样是通过电脑打字来完成的，而全部是要用钢笔书写的方法将文件写成草稿，然后送给行长审阅，行长审校并签字后才送打字室。有一天，行长要求我要完成两篇文稿，而且要求第二天都要交，我写好一篇后没有时间清稿，于是我就把很乱的文稿交给你爷爷，请你爷爷帮我誊写。我记得你爷爷接过文稿什么都没有说，拿过用方格文稿纸写成的文章，趴在你的小书桌上帮我清稿和誊写文稿。两个小时候后，你爷爷把誊写好的文稿交给我，我才注意到，你爷爷一直用手绢蒙住了自己的一只眼睛，脸上掩饰不住因为病中用眼过度的痛苦表情，我这才想起，你爷爷在得了鼻咽癌后，由于没有及时治理，几乎走过了鼻咽癌恶化的整个过程：不停地流鼻血，头部剧烈疼痛，眼睛出现严重复视。你爷爷眼睛出现复视后，有一只原本就有问题的眼睛视力下降到几乎看不见东西，而且常常会出现疼痛，如果两只眼睛同时用，所看到的物体会出现可怕的重影，为了给我誊写文稿，你爷爷只好用手绢蒙着一只眼睛，用已经很弱视的另一只眼睛帮我誊写。

很多年以后，我才真正体会到，对于已经快要走到生命终点的爷爷，以他虚弱的身体，用已经极其不正常的视力帮我誊写一篇文稿，这对于他来说是一件多么艰难的事。所以，多少年来，一想到这里，我便会情不自禁地问自己：是自私，是人性冷漠，还是亲情血缘被青年时代过分功利的人生目标所诋毁？

在你们学校大门桥边的那样一次冷漠和对血缘的漠视，让我想起了与爷爷之间作为父子的这件永远无法忘记的往事，于是心想：当有一天我离开人世，而你已经开始从生育下一代、抚育儿女成长中体会养育之艰的时候，你会不会像我今天一样，为自己在血缘亲情上的冷漠和忽略中国传统人性文化伦理内涵而悔恨呢？

一切都是不可以重来的，因为在你爷爷去世后，我和你大伯去买了很多有关癌症的基础读本，总是想：一切如果还可以从头来一次，我们无论如何也不会像曾经的那样——漠视血缘亲情，一定不会让你爷爷那么早就离世。可是，时间是不可逆的，生命更是不可逆的，一切都不允许重新演绎，所以，根本就没有如果。

那天下午吃完饭后，我去你宿舍看了一下，然后，你送我去公交车站，在路上你突然问："生命，为了什么？"

大学期间，你好像在看《周易》一类的书，我不知道是因为情感失落而造成的心情灰色，还是因为看了像《周易》那样的书后形成的"淡世"之想。在亚里士多德之前西方世界科学文化发展形成了两个途径，这当然主要发生在西方，一是从哲学中分离出了分子学、原子学，研究物质存在与发展的微观与宏观方面的可知与不可知；二是从哲学中分离出了所谓与政治、经济、文学和艺术一体的社会科学，而且社会科学从公元前3世纪就开始了对人文与人性的研究，尤其是像修昔底德、希罗多德、亚里士多德这样一些古典的思想家。在东方，哲学并没有完成这种分野，以中国为首的东方哲学，在同一时期开始走向多少有些"玄"意的学说，面对不知如何解释的自然现象的困惑，转而以神话或迷信来寻求人类自身精神的慰藉，迷信和神话成为东方哲学的终结。我并不知道你是出于什么，突然会对我说上这么一句，不过，从我内心来说，听了你的话是喜忧参半的。喜的是因为你可以思考除专业以外的社会学问题，忧的是说出这样的问题，说明精神和情感上正在经历着某种痛苦。也是在后来我才知道，大学二年级以后的一段时间是你成长以来情感上第一次经历的痛苦期。

在这个世界上，真正完全没有回报要求的爱，只有母爱，所谓不要求回报，也就是无条件的爱，有关这一点，我相信，如果你是个关心亲情的人，你会和天底下的所有"人子"一样能够感受到。之所以这样说，因为父亲作为生育儿女两个责任主体中的另一个，对子女的爱多不会是不要求回报或没有条件的。当然，这里所说的回报或条件，在生育意义上讲，它不是功利和世俗的。

天下的父亲对待自己的子女，尤其是对儿子，总会以一种生长、发展、光耀门楣的标准来对待儿子和要求儿子，就拿我来说，从一开始，就想好了要将你培养成什么人，这个通行和普遍的父亲思维，也许是我们中国社会承袭传统人文伦理的最集中体现：思想家、艺术家，或成就事业，或成就权力（做官）。在你大学毕业的时候，我曾经反复问你要不要出国，要不要考研究生，作为父亲，希望能够塑造自己的儿子，或按自己确定的标准，或按社会通行的标准，在这个可以定义为"自私"父爱情感的驱使下，父亲往往会忽略儿子的感受和需要，甚至有些方法是具有强制性的。

你大学毕业后，生活仍然没有规律，而且常常脾气暴躁，继续打游戏打至深夜，周末不上班的时候会睡到中午，内衣内裤脱下来后丢给母亲洗，经过几次我不愉快地提醒后，才开始自己洗自己的贴身衣物。不愿意在外结交人，没有必要的人际圈子，也没有锻炼的兴趣。作为父亲，我看在眼里，但内心很是焦虑。说理，对于你来说不是能否听懂或能否理解的问题，而是愿不愿思考和理解的问题。失望之余，总是希望你能在学习和身体锻炼，或走正常生活道路方面理解自己生为男人的种种职责。

这种让父母担心和不安的生活一直延续到了你重新拾回你的感情。作为父亲的我，也在你重拾情感和生活逐渐走入正轨的时候，开始反思我这种可能比其他父亲附加了更多"条件"的父爱。这种带有明显"自私"成分的父爱，本质是出自于父亲的虚荣呢，还是真的希望你能够在奋斗中获得自己可以和应该得到的荣誉？是依据于父亲对人生的理解来理解你应该走的人生道路，还是应该依据于时代、依据于你的需要和感受，走属于你的人生道路？很多很多的问题，无法一语而尽。

2005年，我从北京到了云南昆明，父亲的这样一次人生的巨大变动与迁徙，本身就是在重新注释所谓"事业"与"虚荣"。既然已经认识到这些在我的世界观里根深蒂固的所谓"事业"与虚荣，曾经是忽视和冷漠亲情的原因，那么，我有什么理由仍然要用这样一个世俗标准来要求我的儿子呢？于是开始去思考你这一代年轻人与父辈截然不同的存在。经过这个过程，多多少少也想通了一些问题，这种想通，既是世界观的一种升华，一种脱胎换骨，一种质的蜕变，也是生命的理解过程已经走到了自己无法再用功利标准去思考的人生阶段的必然。所以，开始有意识地让自己对你的情感站到与母亲之爱一样的水平，充分理解当下大多数父母都较为认同的父母之爱，那就是：你能够平安、健康地生活，才是最值得血缘亲情为之庆幸的。

不过，想去想来，有一点是我始终不能释怀的。也许要求你出国，要求你考研究生，要求你事业有成等等，或多或少地包含着作为父亲的虚荣，而有一点却一定是不包含父亲虚荣的，那就是希望你是一个永远爱读书的人。因为读书才是完善一个人的个性与品格的最有效的方法和途径，可是，为什么我的儿子不是一个爱读书的人？为什么我的儿子就是一个那么容易满足现状的人？为什么对亲情血缘的理解与侯家的传统有如此显著的差距？所有这些问题有可能都与你不爱读书有着直接的关系。你今后可能会很富裕，至少比起当年的我来说是这样的。记得2016年4月中旬，我出差去北京和你见了一面，看得出你为经济收入的提高而踌躇志满，甚至你说我是"读书读呆了"，曾经大好的赚钱机会没有赚到钱。如果与你的后面一句话"赚很多钱"联系在一起，我真的宁可你和我一样，成为一个"呆子"，而不愿意你因为"赚了很多钱"却在精神上是个贫瘠的人。

"不苦读，何以善己"，我常常这样想。而且今后你还需为人父，为人父即为榜样，只有读书，人才可以走向理性，虽然这不一定是必然之结果，但却是必然之路，所以，想想，只有这一点父爱的自私，将可能成为我们父子关系构成中的永恒。

四、父之去

记得有一次中国银行总行的一位同事告诉我，说她的朋友给她转来了一句据说是父亲写给儿子的经典话语，她很为之感动，这句话就是：

"无论爱或不爱，下辈子都不会再见。"

后来在百度上查了一下，知道这是香港著名电台节目主持人，同时也是一位儿童心理学导师梁继璋送给他儿子的备忘录中的一段话①。这句话，实际上间接讲述了生命自然规律与生命繁衍中附加了情感的某种复杂结构。当年文学家余秋雨在百家讲坛上讲《红楼梦》时，由林黛玉的情感问题延伸地讲到过所谓人的"复杂结构"。后

---

① 九条要他儿子记住的事中的第九条中的一句，原话是："（九）亲人只有一次缘份，无论这辈子我和你会相处多久，请好好珍惜共聚的时光，下辈子，无论爱与不爱，都不会再见。"

来，在看奥地利籍英国思想家、1974 年诺贝尔经济学奖得主冯·哈耶克所写的《哈耶克文选》时，再次看到哈耶克说到"有机复杂性"和"无机复杂性"的问题。记得 2015 年冬天从成都到昆明给研究生上课，点名的时候发现一个班 28 个研究生，有一大半是从理科和工科转过来考经济学的。按照惯例，我需要对研究生二年级学生中每一个本科非经济专业的研究生提一些专业基础问题，其中一个问题是要询问学生是不是已经按要求补过基础专业课，问到其中一个河南籍的同学时，学生回答说他虽然没有去补专业课，但他自己看了《货币银行学》教材。然后，我问他看的是谁的教材，结果这个学生理直气壮地告诉我：

"我才不管谁的教材，只要能看就行了。"

我当然也觉得这个学生说得并不是没有道理，不过我还是对他说了下面一段话：

"社会科学与你在本科时学理科学是不一样的，'1＋1＝2'在任何一本理科教材里都不会有不同的结论，但是社会科学，一本教材反映的是作者对所写问题的不同视角、不同看法、不同学术判断标准，乃至作者自身特有的学术人格。"

其实，这就是思想家冯·哈耶克的所谓"有机复杂性"和"无机复杂性"的差别。

如果仅仅从生命的繁衍，我们每一个人都按照自己的生命过程完成应该有的每一个步骤，从这个意义上讲，即使有多少艰难和不平凡，也不过属于"无机复杂性"。"不管你爱还是不爱，我们都不会再见"，以"无机复杂性"来理解这段话，只需讲清楚生命繁衍这样一个基本现实就可以了。可是，由于我们是有思想的，尤其是在整个社会的群体化生活中，这种生命构成必然会包含着很多属于可以记载、可以传承的意志类的东西。而这就使得"不管你爱还是不爱，我们都不会再见"这句话听起来，不像生命繁衍本身那样冷漠和没有生机。

（一）

小锋锋，你和我成为父子的时代，恰好属于中国社会历史上血缘亲情关系发生变革的年代，我们之间的很多事，你可能认为是顺理成章的事，却是父亲一辈人在思想和情感、伦理与是非思考上纠结不清的事。作为父亲的我，也是到了六十岁以后才开始努力说服自己去服从这种人伦和血缘关系变革的现实。

翻开中国传统文化，孔子开始创立儒家文化是我国历史文化第一次试图从文化伦理、君主结构建立人类秩序，而这个秩序又主要分为两条主线，一条是社会的，以君臣关系的"绝对服从"与"绝对权威"来表示，只要一个社会的政治伦理是封建的，这一条社会治理主线就一定会被继承下去，最典型的便是权力世袭，因为这就是"绝对服从"与"绝对权威"政治伦理的最突出表现。而另一条则是血缘的，或者说是亲情伦理的，这一条主线中虽然有着泯灭个性的成分，尤其是对繁衍所形成的后一代人的意志的摧残，但是，这条主线是基于不发达的经济社会条件下，以一种回报和感恩的伦理来完善生命的全部过程，以避免人类也像动物界那样，把生命的蜕变直接放在荒野中成为不带任何情感的遗弃。从这个角度讲，对于封建文化构成来说，它是有一定合理性的，毕竟，父母亲在壮年时养育了儿女，而自己有一天必然要面临生命衰败的过程，而在这个过程中，生命会变成为一种"无助"，在动物世界，这种"无助"可以直接解释为生命的更替现象之一，可是人类不愿意这样，不愿意承受这种"无助"在有意志的生命体现中真的就变成可用文学语言描述出来的"残忍"。

儒家文化体系的形成，系统地解决了这个问题，通过"养"与

"赡"的伦理定义，让生命的过程变得比动物更加完善、美丽和超越自然。在以儒家文化伦理主线所主宰的社会文化环境下，生命被装帧上亲情血缘因素后，父母与子女之间，围绕生命之来和生命之去，表达对生命赐予感恩的情感回赠线路，当然是要以时间先后来反映的。也就是说，父亲永远是儿子生命的给予者，也永远是生命哺育过程中的付出者，而儿子应该是生命的获益者，而因为这个获益，则使儿子永远是一个生命的感恩者。而当子女完成了生命感恩后的不久，曾经的"子女"会变成"父母"，同样会因为养育了生命而变成被感恩者一样。由子女针对生命获益以感恩来表达人际情感伦理上的一种平衡，而这个感恩式的情感平衡，就是中国传统文化中的"孝道"。以生命本质来解释所谓"孝"，实际也就是：当作为生命赐予者的父母亲走向老年，进入生命无助阶段的时候，作为生命的被赐予者的子女，应以生命"感恩"这样一种道德要求，去尽心尽力地帮助曾经是自己生命赐予者的父母亲，让他们能够安静、顺利地走向生命终结。

可是，不知是什么时候，这种中国传统的人文伦理线路发生了逆转，或者说发生了根本性的反向变化。历史学家会不会思考这个问题我不知道，但是社会学这个广义的学科范围内，一定会有人思考这种逆转的根本性原因。

"文化大革命"？经济体制改革？对外开放？也许都不是引发生命伦理关系逆转的根本原因，但又或许都是。想来想去，有一个最直观的原因是可以为所有人接受的，那就是按照"物以稀为贵"的经济学理解，就在你们这一代人，"供"与"需"的对比关系发生了根本性的改变。超越经济科学规律来理解"供求关系"，根本性改变恰好发生在所谓"80后"这一代。你们的父辈这一代人，是政府计划生育政策实施的先驱，到了你们这一代成长的时候，社会的家庭亲情结构的"多数方"，由历史上的"儿女一辈"变成了"父母一辈"，而相向而行的情况是，"少数方"由过去的"父母一辈"变成了"儿女一辈"。就拿我们家来说，你外公外婆一代下面有四女一男，爷爷奶奶这边有三个儿子，也就是说，两个与你有直接血缘关系的家庭，在你之前，父母与子女的数量关系是4:8，而今天到了你这一辈，父母与子女的数量关系，逆转变成了4:2，这是一个完全相反的数量比例关系。

作为你的父亲，我与别的父亲可能不一样的是，当这种关系逆转真的降临现实生活的时候，并不能把这种变化简单地理解为一种生命数量关系的变革。

首先，我们这一代人，真真切切地从你们祖父辈的生命过程中，体会到了生命的不易、生命的屈辱和生命在社会和国家治理概念中的不确定性，尤其是在那个特殊的时代，生命卑贱到被社会扭曲和被准宗教意识形态跌来荡去。在他们那个时代，善良和正直的标准因宗教式的狂热而失去它本来应该有的内涵，并因此而形成对人性的摧残，所有这些，作为儿子的我，不仅仅是作为"旁观者"目睹，而实实在在是父亲对儿女生育与抚育困惑和艰辛的一个构成部分。所以，尽管今天我看到也体会到这种伦理关系线路逆转的客观性，但是，要在思想和情感上完全接受这种逆转，本质上是不易的，毕竟在我的思想意识和人文认识构成中，还有一个非常完整的部分是被中国传统文化所占据的。所以，当你对血缘亲情较为冷漠的个性反映出来时，对我却是一种思想搓揉的痛苦过程，所以，与天底下其他父亲相比，社会发展所引致的血缘和亲情伦理关系的逆转，对于像我这样的父亲，一定会多一层痛楚。

其次，要真正使这种血缘和亲情伦理关系逆转能够在父子情感上不留下创痕，其实还会受到时代的限制。作为父辈的我们，生命的最后并不会免于"无助"的命运，因为以我国社会现状看，要真正能够避免生命"无助"之苦，即使社会提供了一个相对完整的养老保障体系，那也是需要由相当的经济力量来加以保证的，更何况我们的社会所谓出于人类文明而在 21 世纪初兴起的养老体系，其本质意义只在于贡献给了社会一个"进步"的概念，而并不能完全作为文明社会体系的一个实践组成部分，因为，社会预算体系并没有真正实现养老物质条件的完整和充足，在所谓人文进步的理论意义得以体现之下，存在着巨大的物质条件缺口，而这个物质条件缺口仍然是需要由家庭中承上启下的血缘亲情关系来完成。也就是说，很大一部分还是需要由被抚育一代的子女，通过个体的血缘感恩情结来完成。可是，这是建立在传统儒家文化基础之上的，没有这个文化认识为基础，无论我们的社会舆论如何去刻意塑造或倡导，但是，很现实的情况是，"80 后"的一部分人对传统文化的理解基本是荒芜的，传统道德标准的蜕化速度要远远快于官方机器所力求挽回的那些东西的消逝。导致这种情况的原因有两个，一是物化过程对人性的侵蚀，二是主流社会公信水平的不断下沉。

而这只是事情的一个方面，还有一个更重要的方面是，"80 后"还必须正视一个历史现实：在父辈一代人中，并不是每一个人都积淀起了足够的财富，并可以用充足的财富来解决生命"无助"，因此，让他们心甘情愿地接受生命伦理线路的逆转，显然也是差强人意的。这里我可以通过查阅历史资料来加以佐证，以我为例，我是恢复高考的第三年即 1979 年考上大学的，而当年的资料统计是："1979 年，全国高考录取人数为 28.4 万，而报考人数为 468.5 万，录取率约 6.1%。"也就是说，约 18 个考生录取 1 个，即使不考虑还有很多根本没有基础再参加高考的同代人，那么，应该还有 90% 参加了高考的同代人，并没有因为恢复高考而最终改变自己的命运。如果我们还是一个依据知识和智慧来定义基本分配模式的社会，那么，可以想象，生育了"80 后"的一代父母亲，真正能够通过改变命运而使自己积累起了足够的物质财富，并以此为基础冷静对待所谓"生命伦理线路逆转"的，并不是我们这一代人的大多数。那么，他们怎么办？他们怎么去理解你们这一代人的生命观和人伦观？尤其是在他们预计到自己的生命归程可能是完全"无助"的时候。

之所以在这里说这样一个宏观问题，是因为你和我，都摆脱不了要在未来的生命过程中必然要思考的这样一个问题：你如何看待发生在你父辈以前的与"生命赐予"有关的"生命感恩"，而我应该如何看待发生在你们这一代人身上的"生命伦理线路的逆转"，尤其是对于我这样一个存在着内心文化冲突而又是作为文化人存在的父亲。

尽管，"不管你爱还是不爱你的父亲，下辈子，你和你父亲我都不会再相见"，但是，对于父亲的我来说，这一定是一个有思想情感的、活着的父亲走到生命尽头以后的事，而对于儿子的你来说，毕竟你还要生育和抚养后代，在你赐予下一代生命的过程中，你会遇到你的父亲所遇到的同样问题，会不会因为自己对生命真谛的理解缺位，而让自己将亲情理解缺位带来的痛苦留下，承受永远无法弥补的遗憾呢？我当然希望一切不要发生。

（二）

作为生命之"去"，也就是"死"，父亲已经很早就感受到了去之前的这个过程，它是那样的清晰。记得在 2011 年的时候就在杂志《经典阅读》中读到过一篇文章，题目是《找一个理解死的人》，文章讲了第二次世界大战时期美国名将巴顿将军的轶事，介绍他不避讳死亡观的个人性格，虽然不知道这轶事中关于对于死亡的态度，是否真的就是那个具有怪僻个性的巴顿将军的生前事，但是里面讲述的生死观却是值得人们敬仰的。

死，可能是属于人类的一种最艰难态度，但是，如何看待它却也是一种修养，而且这也是可以伴随一生的修养。在我来说，虽然自己并没有真正感受死亡之"去"，但是，却亲眼目睹和体会到亲人和朋友的"去"。

1990 年那个夏天，你爷爷去世时，依据你奶奶的描述，爷爷是不知道自己那么快就要"去"的，而只是在他倍受癌症剧烈疼痛折磨而不能自已的时候，才想到过自己将"去"，于是在他的《病中记事》里写下了剧烈病痛折磨和希望早一点离世的心声，而在后来癌症病变得到控制，只是生命逐渐变得赢弱，直至彻底衰竭的过程中，你爷爷并没有感受或认为自己将"去"。

2011 年 10 月，你大伯"去"，早在前一年的 6 月我专门从贵阳开车去见了病中的他，那时他身体也处在了虚弱和衰竭的连接点上。同样的癌症已经彻底剥夺了他进食的功能，医院已经给他插上了胃管，依靠胃管从外部打流食进去维持生命，但他似乎并不因此而颓丧，仍然安排我去见他和我都认识的朋友，要我和他们一起吃饭。后来你满满和你堂姐告诉我，你大伯是少有的清晰感受自己将去的人，并且在将去之前，还从容地安排他的最后一些事，就在要"去"的头一天，让你芸芸姐给你满满打电话，要你满满赶在他"去"之前去见他，他有些事要交代。从这个意义上讲，你大伯是那种在清醒之中迎接自己生命终点的人。

2014 年 6 月，你奶奶"去"，其实你和你媳妇春节期间回去完婚的时候，你就应该体会到奶奶的生命之光已极度微弱。奶奶没有太多的文化，虽然老早就说到过自己要"去"，但是奶奶的文化水平不足以让她可以轻易地承认舍儿女而去的现实。2012 年后，奶奶的身体急转直下，行动和吃饭都不再像过去那样给人以信心，但是，奶奶是以一种大多数生活在现代医疗条件下人们所共有的状态"去"的。因为医疗条件的缘故，你奶奶在"去"之前进了医院的重症室，当我从重症室将你奶奶接出来的时候，奶奶已经处于昏迷，这可能是大多数所谓 ICU 的通常状态：为了能够缓解病人的病情或疼痛，一般都采取麻醉法让病人先安静下来，然后才来设想用什么办法解决病痛问题，可奶奶已是 97 岁高龄的人了，一切身体内部的检查都已经无法做了，而且在那样一种情况下，一旦麻醉，实际上也就无法恢复过来了。在从 ICU 病房接奶奶出来之前，我得到特许去见奶奶一面，奶奶身上没有穿一件衣服，全身插着管子，那时候奶奶似乎还多少有些意识，然后反复地用眼神和微弱不清的声音示意我说：她不愿意待在 ICU。我和你满满很为难，如果不待在 ICU 病房，奶奶就会腹痛难忍，可是待在里面，可能最违背奶奶心愿的是见不到亲人，当然，还有就是 ICU 病房那种没有人情味的氛围。

最后，还是决定将奶奶从 ICU 病房接出来，但按照医院的规定，家属是不可以轻易将病人从 ICU 病房接出来的，于是，满满找了与医院院长有一定关系的熟人，终于同意将奶奶从 ICU 病房里接了出来，进入普通病房，但从此，奶奶便没有再清醒过来，而是一直在迷迷糊糊中走到了生命尽头。

奶奶的"去"是现代医学条件下大多数人的"去"法，从心理上讲，对于恐惧死亡的人来说，这样的"去"是最好的，毕竟是在冥冥中落下自己的生命之幕的，但是，对于不惧死亡的人来说，这样的"去"却是对生命尊严的一种损伤，所以，将奶奶从 ICU 病房接出来这件事情上，我的最大获益就是开始反思我自己，要在自己还有能力记忆和交代之前，告诉身边守候我的人：永远、坚决不要把我送进 ICU 里去等待生命的最后环节。

（三）

最近几年，生活中的一些变化，开始让我体会到某种与"去"有着一定联系的生命现象。

从 55 岁之后，生活中最突出的精神变化，应该以日常生活行为中出现的一种怪现象最为典型，常常会因为某件事，大脑支配自己从卧室到客厅，明明在行动之前想好了要去拿什么东西，或要去做某件事，可是，当人走到客厅后，突然记不得自己到客厅来要做什么。这种情况随着年龄的增加，出现的频率也就逐渐多了起来，以后更加突出的情况是，想一个简单的问题，甚至是自己曾经记忆最深刻的事情，竟然会有一个很长的记忆断点，总是想不起、回忆不上来，并且为这种记忆的迟钝，情不自禁地产生一种从未有过的焦虑。

最突出的身体变化，当数颈椎出现的明显变化，2011 年的夏天，颈椎第一次出现了从来没有过的疼痛和僵硬，于是去北京丰盛骨科医院检查，大夫按程序给我开了拍片的单子，当我把片子拿回来给大夫看的时候，大夫告诉我说："你的第三、第四节颈椎出现病变。"

于是，根据大夫的要求，在这家医院做了将近两个月的理疗，包括每天做 30 分钟的中药理疗和做牵引。

从那以后，只要稍有疲劳，或睡姿稍有问题，第一反应就是颈椎出现难以忍受的疼痛和僵硬，于是，把云南白药膏当做 55 岁以后的常用药。最严重的一次发生在 2015 年夏天。8 月初，我开车和你母亲从深圳到成都，到了成都后颈椎疼痛再次发作，甚至比前一次有过之而无不及。疼痛难忍时，几乎整个晚上不能正常入睡，于是，在附近一家骨科小门诊去看了医生，跟前一次一样，医生要求拍片，并且开出的拍片通知单注明是三个维度的透视。同样，片子拿了回来给大夫看，这一次，也不知是大夫出于门诊揽生意的需要，还是真的出于专业看片的实际情况，拿着片子对我说了一大通"非治疗不可"的理由，并给我解读了片子，向我证明了两个最为严重的病变，一是颈椎骨刺，二是颈椎高精度出现反向。在这样一种一半专业、一半江湖的危言病灶描述的背后，其实我自己清楚是怎么回事。

一是自己的生活与"写"始终不可分割，甚至伴随一生，二是身体随年龄增长而显著蜕变，而且这种蜕变终于要在这一天爆发成一种生命典型过程的一个必然部分，而且还由于第一个原因，这个过程来得比别人早，比别人更典型。于是，决定在这个并不正规的骨科小门诊做理疗。治疗到第二个疗程的时候，与大夫做了一番讨论，我问那位有副主任医师头衔的大夫：这种治理究竟只是病痛本身的暂时缓解呢，还是可以从根本上解决问题。医生的回答可以很清楚地反映其职业准则和商业准则的综合需要，他用了一种模棱两可的语言回答了我的提问。其实，我自己虽然不知道这病的具体引发过程，但是，可以从生命角度理解我的颈椎发展成这样一种状况的必然原因。在这个骨科小门诊理疗了差不多三个疗程后，我自己主动终止了治疗过程。

当然，还有一个突出的身体衰退表现就是视力的加速下降，这也是我为什么要在这个时候——离真正生命之"去"似乎还有很长距离的今天，完成早就计划好要写给你的这一份心语的理由。按照最初的想法，是想等我真的退休了以后，有了充足的时间，有了对上面已去的和未来将出世的有了更符合自己身心变化的理解的时候，才慢慢坐下来整理、记载和书写，可是，自 2011 年颈椎出问题以来，时时担心自己的记忆力、眼睛、颈椎会有那么一天让我猝不及防，瞬间丧失写作的能力，那样，就会让这件事成为自己生命中的遗憾。

还有一种生活观察，也能清晰地体会生命的渐"去"过程，那就是从你母亲这里可以讲两个我的观察和体会。2014 年 11 月你妈妈退休了，12 月我就开着车和你母亲一起去云南居住，记得从长沙去张家界那天，由于头一天我感冒了，所以，在中午的时候，我开始感到严重的犯困，居然有一次方向失控，车子滑向路边，还好我在瞬间清醒了过来，车才没有撞上高速路的外侧护栏。惊吓之余，看了看坐在副驾驶上的你母亲，她早已入睡，只是方向盘剧烈晃动，你母亲才从入睡中醒过来。但是，在我的记忆中，在此之前只要我在路上开长途车，你母亲出于安全需要是从来不会入睡的，而且总是打起百倍的精神，一直陪着我把车开到目的地。

大约也就是从那以后，尽管也是外出开长途，但是只要到了中午，你母亲就再也没有过去的精神劲了，即使我开玩笑和调侃地对她说：

"怎么啦，不监督老头子开车了啊？"

但是，你母亲已经无法控制自己的疲惫了，总会在中午的某个时间段，不可遏止地进入瞌睡状态。你母亲的这种情况，并不是主观意愿上要放弃对我开车的监督，毕竟，监督我开快车是你母亲坚持了数十年的习惯。所以，在我的内心，我常常体会到的是随着岁月的逐渐远去，从未有过的"生命过程"已经悄然地到来。

你母亲的生活还有一个变化事例也是比较典型的，你母亲满57岁后，会因为出汗不及时擦干而感冒，于是，只要我和你母亲外出，或锻炼后，必须随身要带上一条干的毛巾，一旦你母亲出汗，就立即用随身带的干毛巾垫在她背上，以吸收背心里易于回凉的汗渍。如不这样做，立竿见影的结果就是会马上患上感冒。就为这个变化我常常调侃地对你母亲说：

"我看，你是越来越像第一代侯家老母亲了。"

我说这话，你是应该知道其背景的，因为在你奶奶的晚年生活中，用干毛巾垫背，以防止"回汗"而引起感冒几乎就是她身边照顾她的人必做的功课和必须注意的事项。

（四）

其实，生命本身没有那么复杂，想想今天你的一切，无论是表现出冷漠还是看重一份血缘亲情，都不影响你作为一个长大了可以自己独立生存之生命意义的存在。想想，无论什么人，无论是男是女，一生真正跟父母亲在一起的时间，不会超过他或她全部生命过程的三分之一，而另外三分之二的时间，都是跟你的妻子或丈夫，或以你独立的个人意志存在。就像我在前面说到的，将生命理解成一种繁衍规律和繁衍责任，冷漠和机械地理解父母亲所完成的这样一个生命赐予过程，并不是不可以接受的。作为生命赐予者的父亲，没有必要以恩情和眷顾来看待自己的付出，而只需要以一种责任的自我满足来衡量自己。这里本质的差别只来自于文化，说具体点，来自于中国传统文化用数千年时间建立起来的所谓血缘道德文明。

作家毕淑敏在她的散文《教养的证据》中一共列举了八个证据①，其中，第六个证据是这样写的：

"一个有教养的人，对人类种种优秀的品质，比如忠诚、勇敢、信任、勤勉、互助、舍己救人、临危不惧、吃苦耐劳、坚贞不屈……充满敬重、敬畏、敬仰之心。不一定每一个人都能够身体力行，但他们懂得爱戴和歌颂。人不是不可以怯懦和懒惰，但他不能把这些陋习伪装成高风亮节，不能由于自己做不到高尚，就诋毁所有做到了这些的人是伪善的。你可以跪在泥里，但你不可以把污泥抹上整个世界的胸膛，并因此煞有介事地说到处都是污垢。"

这段话的前半部分，实际就是表达文化中的属于完全精神和灵魂的东西：如果不是去做一个很直白和动物一样的生命，那么，人类的很多属于思想意识形态的东西还是要去认真把握、体会和经历的，只有这样，才能说得上是一个所谓"有教养的人"。作为父亲的我，总是想以此来勉励我自己，即使并不容易做到。

---

① 作家毕淑敏的散文《教养的证据》中八个方面的证据是：①要热爱大自然；②要有使用公共语言的能力；③要对历史有恰如其分的了解；④要有远大目标；⑤要了解和珍视自己的身体；⑥要对人类优秀品质有所敬畏；⑦要有恰当的"害怕感"；⑧要有谦逊的态度来仰视伟大。

很早就听到过"老年痴呆"这样一种对于老年人发生概率较高的病，但一直都只单一地从它是一种"病"来理解，而没有去理解这种病与其他病不一样的一面，直到有一天，中央电视台的节目讲述了湖南怀化市一个中学老师背着自己已经得了老年痴呆的母亲去给学生上课的动人故事，才认真体会了这种所谓的"病"，本质上与生命之衰老过程的不一样，因为这个"病"的过程，实际包含血缘情感一种悲剧似的生命过程。每天放学骑车回家，这个年轻的中学老师都必须把母亲绑在自己的背上以防止已经失去自主意识的母亲从车上摔落下来。当采访记者问到母亲眼中的儿子会是什么样子的时候，这个年轻的中学老师回答说：

"其实，我妈妈已不知道我是谁，更不知道我就是她的儿子。"

听到这里，我不禁大吃一惊，为自己一直将老年痴呆简单地理解成一种"病"而心生愧意。那个年轻中学老师的回答，实际告诉我们，从他母亲患上老年痴呆那一刻起，年轻的中学老师与他母亲之间的血缘情感纽带就断了，转而变成了作为儿子的他的一个完全单向的情感和责任。这种状态下，作为儿子的那个年轻老师，即使将母亲放在大街上扬长而去，母亲也不会对儿子的这种行为提出任何道德质疑。

其实，生命的这样一种特殊事实，延伸出了另一种更现实的父子、母子、夫妻之间的血缘亲情伦理关系：只要关系构成中的一个人先"去"，对于已经"去"的人而言，另一个留在世界上的人就是一种完全的陌生，而对于还活在世界上的人来说，那个已经"去"的人，等同于一切生物，就是一个完成蜕变的生命。这也就是香港那位父亲（梁继璋）写给他儿子的那句话："无论爱或不爱，下辈子都不会再见"的生命伦理真谛。

所以，你应该能够理解，总有一天，我们之间被社会定义的父子情感会钝化成为生命的陌生。基于这一点，真到了那个时候，一切道德层面的问题、血缘亲情伦理层面的问题，都不再有讨论的意义。

即使对于我来说，血缘亲情、父子伦理是一种不应该有的奢侈，我也想在结束这段写给你的一份心语之前，说一点我最后的希望：当有一天，曾经强悍一辈子的父亲跌落到"生命无助"的深渊时，希望你能尊重我今天所作的决定，并以你做人之诚信帮助我实现这种决定。

第一，一般来说，在一个家庭里，如果不是岁数悬殊太大，男人总是会先于女人而"去"，这是男人和女人性别构造形成的一种虽然不绝对但却普遍存在的现实。所以，如果我先你母亲而"去"，希望你能从物质和亲情上善待你母亲。这比你善待我还要重要，因为你父亲这一辈子虽然无所成就，但大多数时候都是按照自己的意志来抉择的，而你母亲作为一个绝对善良无辜的女人，一生都是在服从你父亲的抉择（不论这种选择是不是真的就合理）下生活，甚至就是在这种完全遵从你父亲意志的善良中，走过了自己的青春、成年和老年，我也在数十年前你还未出生时，承诺过不辜负你母亲对我的善待。从这个意义上讲，我还在世的时候，即使我已经老了，我也会以我的有限之精力努力实现我的承诺和抹平内心的愧疚，但如果我早于你母亲"去"了，我希望你能代父继续完成或实现这种承诺和对愧疚的补偿。

第二，我在前面说到过你的爷爷、大伯、奶奶，他们是以不同"去"的形式离开人世的，但一般来说，在现代医疗条件下，只要经济条件允许，像你奶奶那样的"去"可能是一种常态。不过我要说的是，死并不是痛苦的，因为对于清醒者而言，在面对死亡之前，其实生命已经很羸弱，这个时候，生，其实是一种艰辛，而"去"，会自然成为一种可以接受的选择。基于这样的认识，我需要你做的是：如果我真的到了病重无助的时候，不要为挽救一个没有希望、自然该"去"的生命而过度运用医疗手段，尤其不要把要"去"的我送进与亲人隔离的所谓 ICU 病房去，更不要用任何医疗手段来延续我的呼吸。

希望你牢记：你作为父亲生命的延续和意志的部分传承人，我对你只有一个要求：让我在无痛中平静离开人世……

2016 年 4 月 17 日于成都